SOFIE CRAMER

ROMAN

ROWOHLT TASCHENBUCH VERLAG

Originalausgabe
Veröffentlicht im Rowohlt Taschenbuch Verlag,
Hamburg, Juli 2019

Umschlaggestaltung ZERO Werbeagentur, München
Umschlagabbildung Olga_Ionina,kobeza/shutterstock
Satz aus der FoundryOldStyle
bei Pinkuin Satz und Datentechnik, Berlin
Druck und Bindung CPI books GmbH, Leck, Germany
ISBN 978 3 499 27508 1

«Die eigentlichen Entdeckungsreisen bestehen nicht im Kennenlernen neuer Landstriche, sondern darin, etwas mit anderen Augen zu sehen.»

Marcel Proust

TAG 1

Das geht ja gut los! Meine Reise hatte noch nicht einmal richtig begonnen, und schon war mir nach Aufgeben zumute. Vor dem Schloss in Celle musste ich mir einen Weg durch eine Traube schöner Menschen bahnen, die offensichtlich auf ein Brautpaar warteten. Und ich steckte mittendrin, mit schwerem Outdoor-Rucksack und hochrotem Kopf.

Und meine Blase drückte. Wieso nur hatte ich auf der Bahnfahrt von Hamburg auch diesen riesigen Latte Macchiato getrunken? Es war ja klar, dass ich gleich nach dem Aussteigen dringend aufs Klo musste. Die öffentlichen Toiletten am Bahnhof waren noch nicht geöffnet gewesen an diesem frühen Montagmorgen.

Seltsam, dass sich um diese Uhrzeit schon so viele Hochzeitsgäste versammelt hatten. Jedenfalls nahm ich an, dass sie für eine Trauung hier waren. Die Frauen trugen schicke Kleider und Hüte, die Männer gutsitzende Anzüge.

Hilfesuchend blickte ich mich nach einem Hinweis auf ein Klo um. Denn ich konnte mich wohl kaum in aller Öffentlichkeit hinter einen der zahlreichen Bäume hocken. Langsam kroch Panik in mir hoch. Wenn dieser verdammte Rucksackgurt nicht auch noch so drücken würde ...

Also in Richtung Fußgängerzone. Ich war das erste Mal in Celle, aber allein schon, weil Tessa, meine Chefredakteurin, so von der Altstadt geschwärmt hatte, beschloss ich die Stadt nicht zu mögen. Auch wenn der Schlossplatz mit seinem großen parkähnlichen Gelände, umrahmt von Wassergräben, eigentlich hübsch anzusehen war.

Trotz meines fast zwölf Kilo schweren Gepäcks ging ich eilig über die Straße in Richtung Innenstadt. Sofort begann ich wieder zu schwitzen und spürte, wie meine Wangen glühten.

Endlich, hinter der zweiten Straßenecke fand ich ein Café, vor dem zwei Kellnerinnen gerade Stühle für das beginnende Tagesgeschäft bereitstellten.

«Entschuldigen Sie, dürfte ich vielleicht mal ...», begann ich zaghaft und wurde sogleich unterbrochen.

«Durch den Gang und dann links», rief mir die ältere der beiden Damen zu.

Ich nickte dankbar, betrat das kühle, etwas plüschig eingerichtete Café und flitzte den Gang entlang. Umständlich quetschte ich mich mitsamt dem Rucksack auf die Toilette, weil ich es sonst einfach nicht länger ausgehalten hätte.

Puh!

Am liebsten wäre ich einfach sitzen geblieben und hätte mich die nächsten vier Wochen hier im Café versteckt. Denn schon der Gedanke an die bevorstehende Strecke ließ mich erschaudern: über 200 Kilometer zu

Fuß, mit schwerem Gepäck und ohne WLAN. Ein totaler Irrsinn!

«Das ist genau das Richtige für dich», hatte Tessa vor einigen Wochen in der Redaktionssitzung befunden. Die Blicke aller Kollegen hatten sich erwartungsvoll auf mich gerichtet. Ich konnte zwar ganz gut schreiben, war aber in der direkten Kommunikation meist nicht besonders schlagfertig. Deshalb hatte ich leider nichts Verwertbares erwidern können – und hatte nun diesen absolut schwachsinnigen Auftrag am Hals. Oder besser gesagt an den Hacken. *Pilgern vor der Haustür* sollte meine Reportage heißen. Laut Tessa ein echtes Trendthema. Dafür sollte ich den angeblich schönsten Wanderweg Deutschlands gehen, den Heidschnuckenweg – von Celle quer durch die Lüneburger Heide bis zurück nach Hamburg. Und wenn es nach Tessa ging, sogar bis vor die Tür der Redaktion. Caro hatte mich mit großen Augen angestarrt und mir später zugeraunt, dass das Angebot doch ziemlich ungewöhnlich sei angesichts des allgemeinen Sparzwangs auf dem Printmarkt und ich deshalb keine Wahl hätte. Dreißig Tage gewährte Tessa mir für die Reise und bis zur Abgabe meines Berichts. Trotzdem hätte ich liebend gern auf diese Erfahrung verzichtet.

Es war außerdem der denkbar schlechteste Zeitpunkt, jetzt nicht zu Hause zu sein, dachte ich, als ich die Toilette verließ und in den mit zahlreichen Geranien bepflanzten Hinterhof des Cafés trat. Ob ich mir hier unauffällig mal die klobigen Schuhe ausziehen konnte? Die Behauptung stimmte wohl: Man musste Wanderschuhe einlaufen.

An einem schattigen Tisch setzte ich ächzend den

Rucksack ab und ließ mich auf einen Stuhl fallen. Die jüngere Kellnerin kam heraus, um nach meiner Bestellung zu fragen.

«Äh ... Könnte ich einfach nur einen frisch gepressten O-Saft bestellen?», fragte ich schuldbewusst. Ich wollte die Toiletten nicht ohne Gegenleistung benutzen.

«Gerne, kommt sofort!» Sie verschwand wieder im Inneren des Cafés.

Anstatt mir sofort die Schuhe von den Füßen zu streifen, kramte ich erst mal mein Handy hervor. Dabei stieß ich auch auf mein kleines Notizbüchlein, das ich mir unterwegs besorgt hatte. Ich legte es auf dem Tisch ab und blickte neugierig aufs Display. Ob Frieda sich schon gemeldet hatte? Im selben Augenblick erschien es mir reichlich absurd. Sie war schließlich noch in der Schule und hatte gar kein Handy dabei. Wenigstens in diesem Punkt konnte ich mich zu hundert Prozent auf meine Tochter verlassen. Zwar war sie im besten Teenageralter, aber sie würde nie eine Schulregel brechen, auch das Handyverbot nicht. Aber ich war nervös, weil sie heute zwei wichtige Zeugnisnoten erfahren würde. Und ich fragte mich, ob sie und Simon während meiner Abwesenheit allein zurechtkamen.

Es fiel mir wirklich nicht leicht, loszulassen. Zumal heute auch noch die neue Ausgabe unseres monatlichen Magazins *Feel feminine* erschien. Zu diesem Anlass kam immer die gesamte Redaktion zusammen, um sich der Blattkritik zu stellen. Dieser Termin war allseits gefürchtet, weil Tessa immer etwas zu beanstanden hatte. Trotz stabiler Verkaufszahlen blieb die Branche angespannt, weil kein Anzeigenkunde und damit auch kein Job mehr sicher war. Von außen betrachtet war alles Hochglanz, einschließlich unseres verspielten, aber hochwertigen Layouts und des imposanten Verlagsgebäudes in der Hafencity. Doch hinter den Fassaden regierten Rotstift und Ellenbogen. Schon vier enge Kolleginnen hatte ich in den vergangenen zwei Jahren gehen sehen. Meine Freundin Caro, mit der ich mir seit Jahren das Büro teilte, sagte immer, ich solle keine Perlen vor die Säue werfen und mich nicht länger für die *Feel feminine* prostituieren, sondern als freie Autorin Romane oder Kinderbücher schreiben. Dabei wusste doch jeder, dass es dem Buchmarkt mindestens genauso schlecht ging wie dem Zeitschriftenmarkt. Natürlich träumte ich wie die meisten Redakteure heimlich von einem Bestseller. Und von einem verwunschenen Ort zum Schreiben, an dem ich ganz für mich sein konnte. Doch das war eben nur ein Traum. Nicht mehr und nicht weniger.

Und deswegen schrieb ich weiter für Tessa über aktuelle Kulturtipps und neue Entschleunigungstrends. Einfach, weil ich nichts anderes konnte. Weder konnte ich mit Zahlen etwas anfangen, noch hatte ich eine besondere Begabung oder Spezialwissen auf einem bestimmten Gebiet. Mir fehlte das Händchen fürs Backen und das Näschen fürs Kochen. Meine Welt als Lifestyle-Redakteurin bestand aus Zeilen und Deadlines und leicht verdaulichen Themen zur Entfaltung der weiblichen Persönlichkeit. Die vielen Interview- und Recherchetermine ließen mir gar keine Zeit für ein Hobby. Und ich hatte meines ohnehin zum Beruf gemacht. So gesehen war der Heidschnuckenweg vielleicht doch eine gute Gelegenheit, um im wahrsten Sinne mal rauszukommen und etwas anderes zu sehen.

«Hier kommt eine gesunde Stärkung für den Weg», sagte die nette Kellnerin, als hätte sie meine Gedanken gelesen. «Sie wollen doch Schnucken gucken?»

Ich lächelte sie dankbar an, als sie mir das gutgefüllte Glas hinstellte.

«Wollen Sie den ganzen Weg laufen?»

Ich nickte zaghaft. «Etwa 15 Kilometer habe ich mir pro Tag vorgenommen. Keine Ahnung, ob das realistisch ist.»

Das hatten Caro und ich jedenfalls grob überschlagen: vierzehn Tage wandern und zwischendurch vierzehn weitere Tage, um meine Eindrücke aufzuschreiben. Allerdings sah mein geheimer Notfallplan vor, Abkürzungen einzubauen und auf die letzte Etappe bis zum Ziel zu verzichten. Schließlich wollte ich in Hamburg, wo ich seit mehr als einem Jahrzehnt zu Hause war, ganz sicher niemandem begegnen. Es wäre doch auch vollkommen sinnlos, durch mir bereits vertraute Gegenden zu latschen. Für alles andere gab es zur Not auch Google Maps. Und das Internet lieferte mir ohnehin alle erdenklichen Infos, da musste ich nun wirklich nicht bis in die Hafencity laufen.

«Freuen Sie sich drauf», sagte die Kellnerin mit einem warmherzigen Lächeln. «So eine Wanderung kann das ganze Leben verändern.»

«Ach ja?» Fragend sah ich sie an.

«Ich bin den Heidschnuckenweg mal von Hamburg aus gegangen und dann hier gestrandet.» Ihr hübsches

Gesicht wurde von beneidenswerten Locken in Rotblond umrahmt.

«Sie kommen auch aus Hamburg?», fragte ich erstaunt, als könnte man sich freiwillig für die Provinz entscheiden.

Doch die Frau bejahte und erklärte, sie habe schon etliche Touren quer durch Europa unternommen. «Mit einer Freundin zusammen bin ich sogar den Jakobsweg gegangen. Aber wirklich bei mir angekommen bin ich erst, als ich allein direkt aus Ottensen losgelaufen oder besser gesagt weggelaufen bin. Danach habe ich mein Studium abgebrochen, mein WG-Zimmer untervermietet, und jetzt jobbe ich hier erst einmal eine Saison durch.»

Nach dem Beginn einer ganz großen Karriere klang das nicht gerade. Trotzdem: Wäre es nach Tessa gegangen, hätte ich auch direkt von zu Hause aus loslaufen sollen, dachte ich etwas beschämt. Doch der umgekehrte Weg war mir sinnvoller erschienen, weil ich mich dann mit jedem Tag meinem gewohnten Leben näherte.

«Ich mache das eigentlich nur zu Recherchezwecken.» Ich suchte nach den richtigen Worten. «Ich hoffe, ich werde überhaupt durchhalten. Mir ist eher nach Entspannung in einem Wellnesshotel ...»

Die junge Frau grinste und setzte sich kurzerhand mir gegenüber an den Tisch. «Haben Sie was zum Schreiben?» Ihre leuchtend grünen Augen versprühten pure Lebensfreude. «Dann gebe ich Ihnen die Adresse einer sehr süßen Unterkunft, direkt am Naturschutzgebiet. Und auch meine Nummer, wenn Sie wollen. Vielleicht brauchen Sie unterwegs ja noch mal den einen oder anderen Tipp. Zum Durchhalten.»

Ich nickte etwas überrumpelt und reichte ihr einen Stift und das kleine Notizbuch.

«Falls Sie dort Rast machen, grüßen Sie die Gastgeberin von mir!» Nachdem sie in schöner Handschrift ihre Nummer und die Anschrift von Haus Annegret notiert hatte, sagte sie: «Ich bin übrigens Jana.»

«Ich bin Valerie», entgegnete ich und reichte ihr die Hand. Dann bezahlte ich den O-Saft mit reichlich Trinkgeld und griff nach meinem Handy.

«Soll ich schnell noch ein Foto machen?», fragte Jana. «Ist doch ein feierlicher Moment, so kurz vor der ersten Etappe.»

Ich wollte schon dankend ablehnen, musste aber an Tessas mahnende Worte denken, auch ja genügend Bilder mitzubringen. Womöglich wollte sie sichergehen, dass ich auch wirklich recherchierte und mir nicht bloß vier Wochen lang die Sonne auf den Bauch scheinen ließ. Also nahm ich das freundliche Angebot an und lächelte tapfer in die Kamera.

Ohne das sicher ernüchternde Ergebnis eingehender zu betrachten, steckte ich das Handy weg und setzte den Rucksack wieder auf, wobei ich ein leises Stöhnen nicht unterdrücken konnte.

«Der Anfang ist immer mühsam.» Mitfühlend sah Jana mich an. «Eine wundervolle Reise wünsche ich!»

«Danke.» Ich drehte mich noch einmal um und winkte zum Abschied, ehe ich nach draußen trat.

In der Zwischenzeit hatte sich die Luft spürbar aufgeheizt und die Fußgängerzone gut gefüllt. Alle Passanten schienen ein klares Ziel vor Augen zu haben. So wie ich es wohl auch haben sollte. Allerdings fand ich noch nicht einmal den Ausgangspunkt des Weges, der eigentlich direkt am Schloss beginnen sollte. Die Strecke sei super ausgeschildert, hatte ich im Internet gelesen, und mittlerweile so was wie ein Hot Spot unter Wanderern.

Doch was für Menschen wie Jana und sicher viele andere eine wahnsinnig inspirierende Auszeit bedeuten mochte, war für mich der reinste Horrortrip. Trotz meiner dreiundvierzig Jahre war ich zwar eigentlich ganz gut in Form. Guten Genen, Pilates und gelegentlichem Joggen an der Alster sei Dank. Aber Wandern durch die Walachei war einfach nicht mein Ding. Dafür hatte ich viel zu viel im Kopf. Die Streitereien mit Simon zum Beispiel oder die Herausforderungen mit unserer Tochter sowie die ewigen Auseinandersetzungen mit meiner Mutter. Sicher hätte sie jetzt gesagt, ich hätte mich besser vorbereiten sollen auf diese Reise.

Ich kam mir jedenfalls ziemlich dämlich vor in meinen drückenden Wanderschuhen und mit dem großen Rucksack, als ich wieder verloren auf dem weitläufigen Schlossplatz stand. Statt eines Wegweisers entdeckte ich nur ein silberfarbenes, mit weißen Rosen geschmücktes Käfer-Cabriolet. Der Fahrer stieg aus und öffnete dem Brautpaar, das hinten auf der Rückbank saß, die Tür.

Unwillkürlich blieb ich in der Nähe des Wagens stehen und lächelte versonnen, was mir erst bewusst wurde, als die glückliche strahlende Braut mir kurz direkt in die Augen sah und mir zunickte. Sie trug ein umwerfend schönes Kleid im Prinzessinnenstil, nicht zu pompös und nicht zu schlicht. Ich dagegen steckte in einem verschwitzten Top und alten Shorts, in denen ich mich normalerweise nicht einmal zum Briefkasten getraut hätte.

Sie und ihr Zukünftiger schienen noch genauso jung zu sein wie die meisten der Hochzeitsgäste, die ich zuvor gesehen hatte. Ich war ein bisschen neidisch, wie viel Glück sie mit dem Wetter hatten. Das war Simon und mir leider nicht vergönnt gewesen, als wir vor fünfzehn Jahren geheiratet haben. Eigentlich hatten wir im Garten meiner Schwiegereltern in Poppenbüttel ein entspanntes Fest feiern wollen. Doch unser schreiendes Baby und Dauerregen hatten den großen Tag auf das reduziert, was am Ende von ihm übrig geblieben war: eine bloß standesamtlich beurkundete Lebensgemeinschaft ohne jede Leidenschaft.

Aber daran wollte ich mich jetzt gar nicht erinnern. In Gedanken wünschte ich dem Brautpaar eine bessere Ehe, als ich sie gehabt hatte, und ging weiter.

Auf meinem Weg ums Schloss stieß ich endlich auf eine dunkelblaue Hinweistafel, die in großen Buchstaben mit dem Wort *Heidschnuckenweg* überschrieben war. Eine Karte zeigte die gesamte Strecke von 223 Kilometern und informierte über markante Orte wie Soltau oder den Wilseder Berg, nicht nur im übertragenen Sinne «Höhepunkt» der Strecke mit seinen gerade mal 169 Metern, den ich zuletzt als Kind bei einem Schulausflug besucht hatte. Leise murmelnd las ich den Text. Es war die Rede von Glockenheide, einer kleinen, regional gezüchteten Schafrasse, den Heidschnucken, die sich fast ausschließlich von Besenheide ernähren, und von vielfältigen, teils kuriosen Formen von Wacholdern. Und als Slogan darunter stand: *Wandern, wo die Schnucke grast.*

«Na bravo», zischte ich. Wenn das keine Strafarbeit war: aus einem Rentnerthema eine Titelstory für hippe Großstädterinnen zu machen! Ich hatte absolut keinen Schimmer, wie ich der Reportage auch nur ansatzweise den Glanz einhauchen sollte, der stets von mir erwartet wurde. Angeblich war ich das beste Pferd im Stall, wie Tessa nicht müde wurde, zu betonen. Doch wenn unsere Chefin Komplimente aussprach, klangen sie wie eine Drohung. Bei jeder zugeteilten Aufgabe fühlte ich mich, als würde das Stöckchen zum Drüberspringen immer ein Stück höher gehalten. Wenn Tessa den Rotstift zückte, wartete ich quasi auf mein Todesurteil. Jeder andere Chefredakteur sah Texte am Computer durch. Nur die allseits gefürchtete Tessa liebte es, auf Ausdrucken herumzukritzeln und ihre angeblich so geschätzten Mitarbeiter vor allen anderen vorzuführen. Schon jetzt sah ich mich im Büro sitzen und den Text wieder einmal in einer Nachtschicht umschreiben. Der Druck war enorm und würde sicher nicht durch achtsames Wandern besser werden oder durch die Schönheit der Glockenheide, die noch nicht einmal blühte.

Ich stöhnte und sah mich missmutig um. Das Schloss lag in all seiner Pracht vor mir. Die Eichen, die jetzt, Anfang Juli, in sattem Grün standen, umrahmten das riesige, vierflügelige Bauwerk. Mit der weißen Fassade und den orangerot umrandeten Sprossenfenstern erinnerte es mich an die Schwedenurlaube, als meine Kindheit noch unbeschwert gewesen war.

Dank der Hinweistafel wusste ich jetzt zwar, was mich auf dem Weg erwartete, aber noch immer nicht, wo genau es denn nun losging. Also entschied ich mich dafür, das ganze Schloss zu umrunden, bis ich das «H» fand, mit dem der Heidschnuckenweg entlang der gesamten Strecke angeblich markiert war.

Nach einem nicht unerheblichen Umweg über den Wassergraben fand ich mich wenig später erneut vor derselben Hinweistafel wieder und kam mir ziemlich blöd vor. Das Brautpaar war inzwischen in den Innenhof getreten, wie ich durch das offenstehende Tor gesehen hatte. Kurz überlegte ich, ebenfalls noch mal dort hineinzugehen. Aber wenn ich noch im Hellen bei meinem heutigen Etappenziel ankommen wollte, musste ich jetzt los. Für den allerschlimmsten Notfall hatte ich zwar Friedas Isomatte und ihren leichten Schlafsack an den Rucksack geschnallt. Doch ich wollte keinesfalls ohne Dach über dem Kopf der wilden Natur ausgeliefert sein. Spinnen und andere Krabbeltiere waren keine willkommenen Gäste, vor allem nicht in der Nacht. Sogar Wölfe sollte es in der Heide geben!

Ach was, ich konnte jederzeit ein Taxi rufen und mich ins Hotel fahren lassen, falls ich irgendwo im Niemandsland feststeckte. Oder aber die Tour gleich ganz abbrechen und versuchen, die Reportage heimlich im Home Office zu Ende zu bringen.

Eine durchaus verlockende Vorstellung, dachte ich

schnaufend, weil mir mein Gepäck jetzt schon mächtig schwer erschien.

Ich hatte mich gerade entschlossen, auf einer der Parkbänke eine Pause zu machen und nun doch die Wanderkarte aus dem Rucksack ganz unten hervorzukramen, da entdeckte ich an einem Laternenpfahl endlich das erste «H». Allerdings zeigte der Pfeil in Richtung Bahnhof, von wo aus ich am Morgen gekommen war.

Mist! Ich hätte mich tatsächlich gründlicher vorbereiten sollen.

Also marschierte ich zurück. Ich kam am Gefängnis vorbei und musste lange an einer viel befahrenen Straße warten. Ein kurzer Blick auf eine öffentliche Uhr, die auch die Temperatur anzeigte, verriet, dass sich die Luft schon auf 27 Grad aufgeheizt hatte, obwohl es erst halb elf war.

Ich ärgerte mich, dass ich nicht doch noch zwei, drei Dosen Cola eingesteckt hatte. Dabei hatte ich schon in der vollkommen irrationalen Annahme gepackt, ich könnte unterwegs verhungern oder vor Sehnsucht nach einem Stück Schokolade irre werden: vier belegte Brote, drei Äpfel, eine Tüte Chips, Schoko- und Müsliriegel sowie zwei Literflaschen Wasser, die jeweils links und rechts im Seitenfach steckten. Aber keine Cola. Dabei liebe ich das Zeug, bin quasi süchtig davon. Aber wenn ich jetzt weiter an eisgekühlte Cola dachte, würde das augenblicklich eine Heulattacke provozieren.

Wäre ich doch nur in Hamburg geblieben!

Ob Frieda sich schon gemeldet hatte? Als ich durch ein Wohngebiet ging, versuchte ich umständlich mein

Handy aus der obersten Tasche zu ziehen. Und weil ich es nicht sofort ertasten konnte, wurde ich panisch. Ob ich es im Café liegen gelassen hatte? Im Seitenfach wurde ich dann zum Glück fündig. Die vielen Taschen des neuen Rucksacks waren mir einfach noch nicht vertraut, und ich vermisste schon jetzt meine geliebte Liebeskind-Handtasche. Ich schaute aufs Display und wollte unbedingt für Frieda erreichbar sein. Aber außer einer belanglosen Gruppennachricht von ihrem Hockeytrainer war nichts gekommen.

Am Stadtrand folgte ich dem nächsten «H», das mich unter einer marode erscheinenden Brücke herführte. Langsam wurden die Häuser spärlicher und die Grundstücke weitläufiger. Bislang fand ich die Wanderroute eher enttäuschend. Und plötzlich hatte ich wieder die Stimme meiner Mutter im Ohr, die sagte, ich solle nicht immer so undankbar sein. Ich hätte doch schließlich alles im Leben – einen tollen Mann, der erfolgreicher Architekt war, eine hübsche Tochter, die in der Schule bestens zurechtkam, einen abwechslungsreichen Job und eine begehrte, alsternahe Altbauwohnung in einer der schönsten Ecken Hamburgs. Sie verstand einfach nicht, warum ich oft so unzufrieden war. Und das Schlimmste daran war, dass ich es selbst nicht verstand.

Irgendwo drückte eben immer ein Schuh. Und so war es auch jetzt, wortwörtlich. Ich hatte gerade mal ein paar Kilometer hinter mich gebracht, und schon machte sich die Naht meiner Socken oberhalb der Zehen bemerkbar.

Hätte ich doch bloß auf den Verkäufer bei Globetrotter gehört! Er hatte mir nicht nur dazu geraten, in einen vernünftigen Rucksack und stabile Wanderschuhe zu investieren, sondern wollte mir auch noch Spezialsocken andrehen, was ich reichlich übertrieben gefunden hatte.

«Am besten, Sie laufen die Schuhe mit den Socken ein und waschen sie dann nicht mehr», hatte er vorgeschlagen. Darauf hatte ich bloß irritiert gelächelt. Ich fand es schon heldenhaft, dass ich statt der günstigeren und hübscheren Schuhe die sauteuren genommen hatte, weil diese angeblich atmungsaktiv, wasserabweisend und besonders leicht waren. Dabei wollte ich ja keinen Achttausender bezwingen, sondern eigentlich nur einen sehr langen Spaziergang machen. Ja, ich wollte mich mehr *spüren*, aber doch nicht so!

Kurzerhand ließ ich mich am Straßenrand nieder und legte den blöden Rucksack ab. Als ich meine Schuhe und Socken ausgezogen hatte, um meine Füße eingehender zu betrachten, verzog ich die Mundwinkel. Denn oberhalb der Zehen, wo die hauchdünne Sockennaht drückte, war die Haut bereits wund gescheuert. Wenn ich so weitermachte, würde ich tatsächlich Blasen bekommen. Ich seufzte. Und jetzt? Zurücklaufen und neue Socken kaufen? Das erschien mir absurd. Irgendwo klingeln und um eine Sockenspende bitten? Wohl kaum. Barfuß in den Schuhen weiterlaufen? Unmöglich, denn dann bereitete die Übergangsstelle von Nylon und Lederspitze sicher erst recht Probleme. Also beschloss ich, die Sockennaht beim Anziehen weiter hochzuschieben, in der Hoffnung, damit Schlimmeres zu verhindern. Und tatsächlich, als ich die ersten Schritte getan hatte, wurde es angenehmer. Erleichtert ging ich weiter.

Da bellte plötzlich lautstark ein Schäferhund und hörte nicht mehr auf. Zum Glück trennte uns ein grüner Metallzaun. Davor verwies ein Schild auf den *Verein für Deutsche Schäferhunde.* Ich erstarrte vor Schreck, während mein Herz wie wild hämmerte. Das Fläschchen mit dem Reizgas, das Simon mir besorgt hatte, steckte irgendwo in den Untiefen des Rucksacks. Wie in Zeitlupe drehte ich mich um, um zu sehen, ob irgendwo der Besitzer auftauchte und die Bestie zurückrief. Aber da war niemand! Nur ich und der kläffende Hund mit seinen spitzen Zähnen. Mit weichen Knien ging ich vorsichtig weiter, immer in der Sorge, er könnte gleich über den Zaun springen oder irgendeinen anderen Ausweg aus seinem Gefängnis finden. Erst als ich etwa 20 Meter weitergeschlichen war, verstummte der Hund endlich. Ängstlich sah ich mich um – und stellte erleichtert fest, dass er sich verzogen hatte.

Nach einer Weile, die ich wie in Trance hinter mich gebracht hatte, musste ich links in eine Straße abbiegen, auf deren rechter Seite sich etliche kleinere Häuser aneinanderreihten. Gegenüber lag ein kleines Waldstück. Es war von einer niedrigen Betonmauer umgeben. Dort ließ ich mich noch einmal nieder, um den Schock zu verdauen. Ich trank ein paar Schlucke Wasser und kramte mühsam das Reizgas hervor, das ich von nun an permanent in der Hand halten wollte. In der anderen das Handy.

Als ich erneut aufs Display sah, wunderte ich mich, dass ich den Eingang einer WhatsApp-Nachricht von Frieda gar nicht mitbekommen hatte. Sofort stellte ich den Ton etwas lauter. Sie schrieb:

und? bist du schon erleuchtet? ;-) bekomme in mathe btw doch noch ne 2 und in englisch auch, yes!!

Erleichtert atmete ich auf. Ich freute mich sehr über die guten Noten. Die in Mathe war nun doch besser, als Friedas Lehrerin zuvor angekündigt hatte. Zügig schrieb ich zurück:

Na, ein Glück! Da bin ich erleichtert. Melde mich später noch mal, wenn ich eine Unterkunft habe. Nudelauflauf steht im Kühlschrank. Kuss, Mami

Bevor ich weiterging, schaute ich noch schnell, ob ich irgendeine wichtige E-Mail bekommen hatte und ob das Wetter in der Heide auch halten würde. Wobei ich mir gar nicht mehr sicher war, ob mir Regen nicht lieber gewesen wäre als diese drückende Hitze. Schon jetzt am Vormittag war es eigentlich viel zu heiß zum Wandern. Zum Glück schien der Weg am Ende der Straße wieder in ein Waldstück überzugehen, das hoffentlich ausreichend Schatten bot.

Was Frieda bei der Hitze heute wohl anstellte? Am liebsten hätte ich die Frage gleich hinterhergeschickt. Aber dann hätte es wieder so ausgesehen, als traute ich meiner Familie nicht zu, alleine zurechtzukommen. Und wenn ich eines nicht gebrauchen konnte auf dieser Tour, dann einen neuen Streit, von denen es in letzter Zeit ohnehin viel zu viele gegeben hatte.

So herausfordernd hatte ich mir die Pubertät nicht vorgestellt. Natürlich kannte ich all die Geschichten von Bekannten, deren Kinder plötzlich nicht mehr redeten und nur noch hinter ihren Displays oder in ihren Zimmern verschwanden. Trotzdem hatte ich mir eingebildet, mit Frieda würde es anders werden. Wir hatten schließlich schon immer ein enges und vertrauensvolles Verhältnis gehabt und sogar über Sex, Verhütung oder Drogen offen geredet. Und nun war doch alles anders. Frieda wollte die Schule abbrechen.

Urplötzlich war sie mit dieser komischen Idee um die Ecke gekommen: Sie wolle Hebamme werden und die Wartezeit bis zur Ausbildung als Au-pair-Mädchen im Ausland überbrücken, am liebsten in Neuseeland. Dabei war sie noch nicht einmal siebzehn! Das hatten wir Lilly, der besten Freundin von Frieda, zu verdanken, deren Mutter Hebamme war und ihr offenbar diesen Floh ins Ohr gesetzt hatte. Aber wie sollte sich meine Tochter um Babys oder kleine Kinder kümmern, wenn sie selbst noch eines war? Vielleicht nicht nach außen hin, mit ihrer gewinnenden Art, die sie von ihrem Vater geerbt hatte. Aber im Inneren war sie doch immer noch das kleine Mädchen, das noch nie einen festen Freund gehabt hatte und noch nie länger als eine Woche von mir getrennt gewesen war. Ich war stolz darauf, wie nahe wir uns standen und wie offen wir miteinander reden konnten. War es da wirklich unnormal, wenn ich nicht wollte, dass sie einfach so ging – dazu noch ohne Abitur?

Bei ihrem guten Notendurchschnitt gab es auch gar keinen Grund, die Schule hinzuschmeißen, dachte ich, als ich endlich den schattigen Weg abseits der Straße erreicht hatte.

Die Vorstellung, dass meine Tochter womöglich schon nach den Sommerferien unser Zuhause verließ, schnürte mir die Kehle zu. Eben noch war sie ein kleines Mädchen mit Zahnlücke und Haarspangen gewesen. Und nun wollte sie in die weite Welt. Dabei hatte sie enge Freunde, ein großes Zimmer, ihre Hockeymannschaft, ihre Oma, ihren Vater, mit denen sie sich eigentlich gut verstand, und natürlich mich. Womöglich würde ich nie wieder abends vor dem Zubettgehen meinen Kopf in ihre Zimmertür stecken und mich auf die Bettkante setzen, um noch ein paar Minuten mit ihr über einen Streit mit Lilly, Kummer wegen erster unerwiderter Verliebtheit oder ihre neueste Shoppingausbeute zu plaudern. Vielleicht würde ich sie nie wieder spontan mit ihrem Lieblingsessen, Senfeier und Kartoffelbrei mit Gurkensalat, überraschen können.

Ich bekam Beklemmungen. Natürlich wusste ich, dass Loslassen zum Elternsein dazugehörte. Das war beim ersten Übernachtungsbesuch von Frieda bei ihrer Oma so, beim Start in der Kita, bei der Einschulung, der ersten Klassenfahrt ... Aber von jetzt auf gleich auf quasi kalten Entzug gesetzt zu werden, gepaart mit der übergroßen Angst, ihr könnte sonst was passieren am anderen Ende der Welt, brach mir das Herz.

Während ich hier durch die Heide wanderte, fühlte ich mich noch ohnmächtiger als zu Hause. Auch wenn ich Frieda unter der Woche kaum noch zu Gesicht bekam, wusste ich sie immer in Sicherheit. Natürlich war sie kein kleines Kind mehr. Aber sie brauchte mich noch. Das spürte und wusste ich. Ob ich ihr einfach zu wenig Raum gelassen hatte? Oder lag es an der Situation zu

Hause? Vielleicht wollte sie weg, weil Simon und ich im Grunde wie zwei schlechtgelaunte WG-Bewohner zusammenlebten? Vielleicht hielt sie das unbewusst nicht mehr aus und wollte deswegen aus ihrem Nest fliehen? Das wäre ein Grund mehr, die Ehe mit Hilfe meiner Therapeutin zu retten. Denn wenn ich es nur irgendwie schaffte, unsere Ehe einigermaßen wieder ins Lot zu bringen, würde die Stimmung zu Hause sicher wieder entspannter werden, und dann müsste unsere Tochter nicht nach Neuseeland fliehen.

Ich stoppte, weil sich plötzlich eine Lichtung auftat, und ließ meinen Blick über die Landschaft schweifen. Obwohl die Stadtgrenze immer noch nicht ganz überwunden schien, zeigte sich der Weg hier zum ersten Mal von seiner sehr grünen Seite.

Eine Hinweistafel verriet, dass es sich um die Allerwiesen handelte, die bei Wasserhochstand überflutet wurden. Mich zog es schnell weiter auf dem Weg, der jetzt von einer ganzen Reihe von Bäumen flankiert war. Ein weiteres Schild erklärte, dass hier je ein Exemplar aller bisherigen Bäume des Jahres eine Allee bildeten. Die Stiel-Eiche war demnach der erste Baum aus dem Jahr 1989, gefolgt von der Rotbuche, der Sommer-Linde, der Berg-Ulme und so weiter. Unweigerlich blieb mein Blick bei 2002 hängen, dem Jahr, in dem Frieda geboren worden war. Ich las, dass damals ausgerechnet der Wacholder Baum des Jahres gewesen war. Irgendwie mochte ich dieses Gestrüpp nämlich nicht besonders und fand es sogar gruselig, weil die Bäume immer wie alte, einsame Seelen inmitten der Landschaft wirkten.

«Da haben Sie sich ja ordentlich was vorgenommen, bei diesem Wetter!»

Ich hatte die zwei Radfahrer, die auf einer Bank saßen und über die Allerwiesen blickten, gar nicht bemerkt. Ihre Räder lehnten ein Stückchen entfernt im Schatten einer Buche.

Der Mann mit den Trekkingsandalen und dem rotkarierten Hemd hob seine Hand zum Gruß. Seine Begleiterin trug das gleiche Modell, nur in der taillierten Variante.

«Ja, aber lieber ein bisschen zu warm als Regen», schwindelte ich. Die Hitze machte mir mehr zu schaffen, als ich gedacht hatte. Ich fühlte wieder, wie meine Wangen glühten.

«Sie sollten besser eine Kopfbedeckung tragen. Da kommen noch viele Abschnitte ohne schattige Bäume», schaltete sich die Frau jetzt ein. Sie hatte einen dunklen Pagenkopf und trug eine rote Brille. Ich blickte auf die Fahrradhelme der beiden und atmete tief durch, weil ich wieder einmal nicht wusste, was ich darauf erwidern sollte. Sie hatten ja recht. Trotz ihrer Funktionskleidung und ihres Partnerlooks waren sie mir nicht mal unsympathisch, sondern im Gegenteil: Man sah ihnen schon von weitem an, was für ein harmonisches Team sie waren.

«Na, Sie sind sicher bestens ausgestattet, bei so viel Gepäck?!», fragte der Mann neugierig weiter.

Jetzt wurde das Rot meiner Wangen sicher noch intensiver. Fehlte nur noch, dass ich meine Sachen vor ihm ausbreiten und mich überführen lassen musste, wie beratungsresistent ich bei Globetrotter gewesen war.

«Das geht schon», wehrte ich daher freundlich ab, «ich denke, ich habe alles, was ich brauche. Und noch weiß ich auch gar nicht, ob ich überhaupt die ganze Strecke laufe.»

«Das Wichtigste ist sowieso etwas zu trinken, Regen- und Sonnenschutz», mischte sich die Frau wieder ein. «Und Pflaster natürlich. Aber das brauchen wir Ihnen ja sicher nicht zu sagen!» Sie lachte laut auf.

Eingeschüchtert von dieser geballten Reisekompetenz ließ ich meinen Rucksack zu Boden und gab mit einer Geste zu verstehen, dass ich besser mal nachsehen würde. Gespannt beobachteten die beiden, wie ich zwischen meinen Sachen nach dem Necessaire wühlte. Ich beförderte Wäsche, Sudokus und Klatschblätter hervor und schließlich auch meine Badutensilien. Nach einem kurzen Blick bestätigte sich meine böse Ahnung, dass ich tatsächlich vollkommen plan-, weil pflasterlos von zu Hause aufgebrochen war. Bis eben hatte ich gehofft, dass sich in einem der kleinen Seitenfächer noch irgendwo eines von vorangegangenen Reisen versteckte. Aber dort fanden sich nur Tampons, Feuchttücher und Gesichtsmasken, die ich tunlichst vor meinem Publikum verbarg.

«Kein Sonnenschutz?» Besorgt legte die Frau ihre Stirn in Falten.

«Doch, doch!», entgegnete ich und hielt stolz meine «Nuance-Sunprotect-Creme» mit Anti-Aging-Effekt und Lichtschutzfaktor 15 in die Höhe, die mich in der Apotheke ein Vermögen gekostet hatte.

Die beiden tauschten einen missbilligenden Blick.

«Ich habe aber tatsächlich kein Pflaster dabei. Das kaufe

ich mir noch irgendwo unterwegs», sagte ich, um davon abzulenken, dass mein leider durchsichtiges Schminktäschchen fast genauso groß war wie mein Necessaire. Ich hätte auch lieber geheim gehalten, dass ich niemals ohne Chanel Nr. 5 und Fußdeo aus dem Haus ging.

«Da kommt nix unterwegs», erklärte der Mann und raubte mir damit alle Illusionen. Ich hatte mich nach jeder absolvierten Etappe mit Shoppingtrophäen belohnen wollen. Er stand auf und kramte an der prall gefüllten Satteltasche seines E-Bikes herum und zog eine Packung High-End-Spezialpflaster heraus.

«Nehmen Sie die! Und packen Sie die schweren Sachen nach unten und hinten in den Rucksack», befahl er und deutete auf meine aktuelle Lektüre, einen Thriller mit immerhin vierhundert Seiten.

Ich meinte sogar, ein verständnisloses Kopfschütteln beobachtet zu haben, als ich beschämt anfing, meinen Rucksack neu zu packen.

«Und den Schlafsack schnallen Sie obendrauf und nicht drunter. Da gehört die Isomatte hin!», erklärte die Frau und beeilte sich sogar, mir zur Hand zu gehen.

Die beiden waren so liebenswürdig in ihrer Art, dass ich mir gar nicht so schrecklich blöd vorkam, auch wenn ich mich hier als Oberdepp präsentierte.

Als alles verstaut war, reichte mir der freundliche Mann noch eine Tüte Studentenfutter, mit dem Hinweis, dass ich das sicher brauchen würde.

Ich hoffte inständig, dass er meine Schokoriegel und Lakritze nicht entdeckt hatte, und bedankte mich vielmals.

«Na, dann drücken wir Ihnen die Daumen, dass Sie gut durchkommen. Alles Gute, und genießen Sie es!», rief die Frau noch.

«Danke, Ihnen auch einen schönen Tag», erwiderte ich und ging schnellen Schrittes weiter, ohne mich noch einmal umzudrehen.

Wenn die wüssten!, dachte ich und ahnte, dass die beiden mir kopfschüttelnd hinterhersahen.

Dann endlich verlief mein Weg um eine Kurve herum, sodass ich außer Sichtweite war. Alles in mir sträubte sich jetzt noch mehr gegen diese fragwürdige Unternehmung, die mir bislang wie reine Zeitverschwendung vorkam. Und auch jede Kommunikation darüber war mir lästig. Seltsam, früher war ich nie so zugeknöpft gewesen. Da hätte ich mit solchen Leuten eine entspannte Unterhaltung über Gott und die Welt geführt und so vielleicht noch ein paar wissenswerte Insidertipps erhalten. Zum Beispiel, wo man in der Nähe gut essen konnte.

Irgendwann verlangsamte ich mein Tempo. Der Weg führte wieder in ein kleines, idyllisches Waldgebiet, das nach einigen Metern sogar den Blick auf einen See freigab. Direkt am Ufer fand sich eine Bank. Also beschloss ich, dort meine erste längere Pause zu machen. Mit einem tiefen Seufzer löste ich mich von meinem Gepäck und setzte mich. Zunächst starrte ich eine Weile auf mein Handy, dann löste sich mein Blick, und ich betrachtete einfach nur die ruhige, grünliche Wasseroberfläche, ohne an etwas Bestimmtes zu denken, wie mir nach einer ganzen Weile bewusst wurde.

Es fühlte sich an wie morgens nach dem Aufwachen, wenn ein Traum noch vage im Gedächtnis ist und dann nur allzu schnell verschwindet. Plötzlich wurde mir klar, dass ich mich schon lange nicht mehr an meine Träume erinnerte. Das lag sicherlich daran, dass ich zu Hause einfach funktionieren musste. Meist stand ich als Erste auf, damit Frieda auch pünktlich zur Schule kam und Simon pünktlich ins Büro. Vielleicht wäre es all die Jahre anders gewesen, wenn wir auch so ein Arsch-auf-Eimer-Pärchen gewesen wären wie die beiden Radfahrer. Vielleicht hätte ich gleich von Friedas Geburt an auf absolute Gleichberechtigung in allen Fragen der Erziehung und auch der Haushaltsführung bestehen sollen. Aber es hatte sich einfach so ergeben, dass ich zu Hause geblieben war, weil ich nun einmal stillte und Simon längst sein eigenes Architekturbüro mit drei Angestellten leitete. Sein Job war jedenfalls immer wichtiger gewesen als meiner. Dabei hatte ich es durchaus genossen, mich um Frieda zu kümmern, all die Krabbelgruppen und Kurse zu besuchen und andere Mütter kennenzulernen.

Bis ich selbst Mutter wurde, hatte ich immer innerlich mit dem Kopf geschüttelt, wenn Frauen in meinem Umfeld kein anderes Thema mehr zu haben schienen als ihren ach so einzigartigen Nachwuchs.

Doch als Frieda kam, wurde auch ich urplötzlich auf einen anderen Planteten gebeamt. Wäre es nach mir gegangen, hätten Simon und ich noch ein, zwei Kinder mehr bekommen. Doch Simon war in seiner Rolle als

Vater eines Einzelkindes so zufrieden gewesen, dass ich meinen Wunsch irgendwann schweren Herzens aufgab.

Frieda machte mich trotz all meiner Fehler als Mutter zu einem besseren Menschen. Ich mochte meine Rolle. Vielleicht sogar zu sehr. Jedenfalls hatte mich das Muttersein wohl eine viel zu lange Zeit davon abgelenkt, wie viel eigentlich schieflief in unserer Ehe. Tief in mir drin fühlte ich mich nämlich allzu oft ungerecht behandelt. Es war selbstverständlich, dass ich mich um die Wäsche kümmerte, dafür sorgte, dass unsere Wohnung immer vorzeigbar, der Kühlschrank gefüllt war und Essen auf den Tisch kam. Wir hatten zwar unsere liebe Natascha, die mir das Bügeln und Fensterputzen abnahm. Dennoch hatte ich immer das Gefühl, alles andere blieb an mir hängen, weil es Simon schlichtweg gleichgültig zu sein schien, ob sich die Schmutzwäsche stapelte, was Frieda in der Schule trieb, wo all die Geschenke für Kindergeburtstage, Freunde und Geschäftspartner herkamen, wohin wir in den Urlaub fuhren und wann die Steuererklärung zum Finanzamt musste.

«Sie müssen klar Ihre Bedürfnisse benennen», war eines der Mantras, die Frau Stein-Nolte in fast jeder Therapiesitzung von sich gab. Auch wenn ich wusste, dass sie damit recht hatte, konnte ich es einfach nicht. Weil ich nicht einmal selbst wusste, wie diese Bedürfnisse aussahen. Es ging mir eigentlich ja auch gut. Bis vor etwa einem halben Jahr dieses Piepen im Ohr angefangen hatte, das mich beinahe um den Verstand brachte. Zum Glück besserte sich der Tinnitus, als ich Infusionen bekam. Aber wirklich verschwunden war das permanente Fiepen nicht. Vor allem abends, beim oft vergeblichen Versuch schnell einzuschlafen, war es quälend präsent. Und am Tage war ich umso angestrengter auf der Suche nach Ablenkung von diesem unerträglichen Geräusch. Joggen ging ich nur mit meinem iPod, in der Bahn und im Auto hörte ich Hörbücher, und im Büro war es immer trubelig genug, um es auszublenden. Auch hier im Wald war es erstaunlich laut. Ich versuchte, mich auf das Singen der Vögel zu konzentrieren. Sogar ein leises Knistern der Kiefern konnte ich hören, so als würden unzählige Insekten an der Rinde knabbern. Und auch das Brummen einer Hummel, die vorbeisauste, konnte ich vernehmen. Trotzdem hörte das Fiepen nicht auf.

Ich holte die Brote aus dem Rucksack und biss beherzt hinein. Wegen der unliebsamen Begegnung mit dem Hund schien es mir eine gute Idee, zuerst das Schinken- und danach des Käsesandwich zu essen. Auch wollte ich später ja keinen Wolf durch den Fleischgeruch anlocken. Wenn plötzlich einer vor mir stehen würde, oder gar ein ganzes Rudel, von denen es ja etliche in der Heide geben sollte, würde ich bestimmt schon allein vor Angst tot umfallen.

Das war vielleicht aber auch gar nicht die schlechteste Art zu sterben, sinnierte ich weiter und hatte schon wieder die Stimme meiner Therapeutin im Ohr. Ich wusste noch genau, wie sie mich in der ersten Sitzung angesehen und ihren Kopf schief gelegt hatte wie Lady Di und mich geradeheraus fragte, ob ich Suizidgedanken hätte. Wie aus einem Reflex heraus hatte ich dies sofort verneint. Auch wenn ich mich schon mal fragte, wie schnell man Schlaftabletten überdosieren konnte.

Immerhin waren diese seltsamen Weinkrämpfe weniger geworden, seit ich zu Frau Stein-Nolte ging. Warum ich so oft niedergeschlagen war, wusste ich nicht. Auch sprach ich mit ihr nicht darüber. Ich berichtete meist nur, wie es mir in den vierzehn Tagen seit dem letzten Treffen ergangen war. «Erzählen Sie mal», begann sie stets, «was haben Sie heute mitgebracht?» Ich konnte diese Frage nicht ausstehen. Genauso wenig, wie ich mich in diesen Momenten leiden konnte. Denn ich schaffte es einfach nicht, ihr zu sagen, was mich umtrieb. Also stieg auch ich meist mit Floskeln ein und antwortete so etwas wie: «Eigentlich geht es mir ganz gut. Ich habe also nichts Bestimmtes mitgebracht.» Daraufhin legte Frau Stein-Nolte ihren Kopf noch schiefer und schwieg so lange, bis ich ihren prüfenden Blick und die unangenehme Stille nicht länger aushielt und irgendwas von der Arbeit berichtete. Dass ich es mir zeitlich eigentlich gar nicht erlauben konnte, wegen der Therapie früher aus der Redaktion zu verschwinden, zum Beispiel. Oder dass ich intensive Blicke von meiner Chefin dafür kassierte.

Und wie auf wundersame Weise schaffte es Frau Stein-Nolte jedes Mal, die Fragen so zu lenken, dass wir doch noch auf Themen kamen, über die ich eigentlich gar nicht reden wollte. Über die Dominanz meiner Mutter etwa, wenn sie zum Beispiel anlässlich meines Geburtstages ungefragt einen Tisch für die Familie in ihrem Lieblingsrestaurant reservierte. Oder über Frieda und die Tatsache, dass sie sich allzu gern mit ihrem Vater gegen mich verschwor, wenn sie ihre Interessen durchsetzen wollte. Oder natürlich über Simon und unsere «stillen Anfeindungen», wie Frau Stein-Nolte es nannte. Doch jedes Mal, wenn wir auf meine Ehe zu sprechen kamen, fühlte ich mich in der Rolle der vermeintlich kranken Klientin noch unwohler als ohnehin schon. Denn Simon und ich hatten anfangs bei Frau Stein-Nolte eine Paartherapie begonnen, und sie hatte einen auffallend guten Draht zu ihm entwickelt. Ich mochte zwar stumpf gegenüber meinem Innenleben geworden sein, wie sie mir unterstellte. Aber für das, was sich direkt vor meinen Augen abspielte, hatte ich sehr feine Antennen. Dabei neigte ich überhaupt nicht zur Eifersucht, zumal Simon mir dazu auch keinen Anlass bot. Doch dass Frau Stein-Nolte Gefallen an ihm gefunden hatte, war mir nicht entgangen, so bewundernd, wie sie ihn angesehen hatte und ganz genau auf seine Formulierungen eingegangen war.

Und ich konnte es ihr nicht einmal verdenken. Schließlich war sie auch nur ein Mensch und Simon ein auffallend gutaussehender Mann, trotz oder gerade wegen seiner fünfzig Jahre, die er letztes Jahr überschritten hatte. Er war groß, schlank, ohne je etwas dafür tun zu müssen, hatte volles, dunkles Haar, das an den Schläfen mittlerweile leicht ins Grau überging, und sah in seinen dunklen Anzügen einfach umwerfend lässig aus. Natürlich wirkte er anziehend. Mir gegenüber versprühte er allerdings nur noch sehr selten seinen Charme.

Die nachlassende Leidenschaft zwischen uns war letztlich auch der Grund dafür gewesen, weswegen wir uns dazu durchgerungen hatten, Caros Rat anzunehmen und bei der von ihr empfohlenen Therapeutin Hilfe zu holen. Mit dem Ergebnis, dass Simon zwei Mal mitgegangen war, bis sich Frau Stein-Nolte und er einig waren, nicht wir, sondern ich allein war schuld daran, dass unsere Ehe nicht gerade glücklich war. Simon hatte höflich Rede und Antwort gestanden und nicht mal ein winziges Fleckchen auf seiner glänzenden, weißen Weste offenbart. Er beteuerte mehrfach, dass er mich liebe und an unserer Ehe festhalten wolle und im Grunde zufrieden sei mit sich und seinem Leben. Insgeheim verachtete ich ihn für diese Haltung und dann wieder umso mehr mich. Denn so viel wusste ich inzwischen: Er spiegelte mir meine eigene Unzulänglichkeit, und das war verdammt hart anzusehen.

Aber all das sollte mir hier und jetzt egal sein. Langsam kam mir der Gedanke, ob ich nicht das Beste aus diesem Trip machen und den Abstand vom Alltag nutzen sollte, um mich zu sortieren. Vielleicht könnte ich dann endlich dahinterkommen, was es mit der viel zitierten Achtsamkeit auf sich hatte. Bislang konnte ich nämlich nichts daran finden, mich allein auf meinen Atem oder meine Umgebung zu konzentrieren. Was anderen vielleicht Entschleunigung und Entspannung bot, machte mich nur noch kribbeliger.

Nach einiger Zeit hielt ich es nicht mehr auf der Bank aus. Ich raffte meine Sachen zusammen und setzte den

Rucksack auf. Schnaufend marschierte ich weiter. Mein Gepäck schien von Pause zu Pause schwerer zu werden. Als ich das Ende des Waldes erreicht hatte, war ich wieder der beißenden Sonne ausgeliefert. Der Weg führte an Feldern und vereinzelten Häusern entlang. Eines davon war auffallend groß und im Bauhaus-Stil gestaltet. Hier musste ein ambitionierter Architekt an der Planung beteiligt gewesen sein. Die Südfassade der ansonsten weiß verputzten Villa bildete eine Front aus riesigen Fenstern. Das großzügige Eckgrundstück bot sicher einen tollen Weitblick. Die Besitzer hatten wohl alles richtig gemacht mit diesem Platz am Stadtrand.

Ein solcher Ort zum Ankommen war immer auch Simons Traum gewesen. Eine ganze Zeit lang waren wir als junge Familie fast jedes Wochenende ausgeschwärmt, um Geheimtipps und Filetstücke im Hamburger Speckgürtel zu begutachten. Zwei, drei Grundstücke waren sogar in die engere Wahl gekommen. Doch ich hatte mich einfach nicht festlegen können, wo ich den Rest meines Lebens verbringen wollte. Sollte es ein spießiges Neubaugebiet südlich der Elbe sein? Ein Reihenhaus in der Einflugschneise des Fuhlsbütteler Flughafens? Oder ein Häuschen im gefühlten Zonen-Randgebiet am Sachsenwald? Es fiel mir schwer, eine so weitreichende Entscheidung zu treffen, die das ganze Leben betraf. Wo ich doch schon überfordert war, wenn ich bei unserem Italiener zwischen Pasta oder Pizza wählen sollte. Woher hätte ich denn wissen sollen, welcher Platz in der Welt für uns der richtige war?

Im Nachhinein war ich froh, in der anonymen Großstadt geblieben zu sein und Smalltalk mit Hipster-Müttern auf dem Spielplatz zu führen, anstatt mich mit Vorstadtmüttern im Pflegen von Beeten und dem Ausrichten von Tupper-Partys zu messen. Lieber beobachtete ich von unserer Dachterrasse aus das bunte Treiben am Isemarkt als irgendwo auf dem Dorf Schützenfeste zu feiern. Ich mochte die Anonymität und das Gewusel, weswegen mir der nun immer einsamer werdende Weg auch zunehmend Unbehagen bereitete.

Ich wusste nicht, wann ich das letzte Mal wirklich allein gewesen war. Einsam ja, das wusste ich nur zu gut. Doch längere Zeit am Stück allein mir und meinen Gedanken ausgeliefert zu sein, stellte sich allmählich als echte Herausforderung dar. Dabei war ich erst drei Stunden unterwegs, wie mir meine Fitness-Uhr signalisierte, die mir Simon zu Weihnachten geschenkt hatte. Aber diese Stunden kamen mir bereits vor wie ein ganzer Tag, und ich hätte einiges darum gegeben, wenn sich hinter der nächsten Kurve ein einladendes Wellnesshotel mit Drei-Gänge-Menü präsentiert hätte. Oder wenigstens ein Café mit einem schönen Plätzchen, an dem ich mein zweifelhaftes Vorhaben noch einmal überdenken konnte. Doch weit und breit war kein Zeichen von Zivilisation mehr in Sichtweite. Nervös schielte ich auf mein Handy, um zu überprüfen, ob ich überhaupt noch Empfang hatte. Erleichtert stellte ich fest, dass ich eine Nachricht von Caro bekommen hatte. Ich war also noch nicht vollends in Vergessenheit geraten.

Liebes, bist du tatsächlich los, oder hast du dich doch lieber pauschal nach Malle abgesetzt? Egal, sei froh, dass du uns für eine Weile los bist. Die Blattkritik war wie immer ein Zuckerschlecken. ;-) Genieß deinen Trip und schick ab und an ein Lebenszeichen, ja? lg, Caro

Kurz überlegte ich, als Antwort ein Foto meiner wundgescheuerten Füße zu schicken. Doch die Sorge, sie könnte es amüsiert in der Reaktion rumzeigen, ließ mich davor zurückschrecken. Vor Caro schon nach nicht einmal einem halben Tag zu kapitulieren, war das eine. Vor Tessa eine so frühe Niederlage einzugestehen, das andere. Diese Genugtuung würde ich meiner Chefin nicht gönnen.

Ich beschloss, mir spätestens am Nachmittag irgendwo ein Zimmer zu nehmen und Caro von meinem Tablet aus zu antworten. Vom Verlag hatte ich eine Extra-Tastatur bekommen, um nicht den schweren und sperrigen Laptop mitschleppen zu müssen. Fotos machte ich mit dem Handy, doch schon jetzt zeigte der Akku erschreckend wenig Kapazität an. Ein Blick auf meine Wetter-App, den nächsten Streckenabschnitt und ein paar Schnappschüsse von der Weite, die sich mir hier am Feldrand bot, reichten schon, damit auf meinem Display die Warnung erschien, ich hätte nur noch zehn Prozent Batterieleistung. Auch wenn mein Wanderführer immer noch in den Untiefen meines Rucksacks steckte, war mir Google Maps als Wegbegleitung deutlich lieber.

Noch etwa sechs Kilometer würde ich gehen müssen, um endlich wieder ein öffentliches Klo nutzen zu können. Zum Glück hatte ich wenigstens an Feuchttücher gedacht. Trotzdem fühlte ich mich wegen all des Staubes und der Hitze, als hätte ich mich tagelang nicht gewaschen. Mit jedem Schritt wuchs die Sehnsucht nach einer Bleibe, wo ich ausgiebig duschen konnte, um im Anschluss entspannt zu essen und mit dieser unsäglichen Reportage zu beginnen. Doch was sollte ich da eigentlich schreiben? Dass es hier in der Südheide rein gar nichts gab, für das es sich lohnte, sich auf den Weg zu machen? Sicher, der Text sollte «authentisch» sein, wie Tessa angeordnet hatte, aber er sollte unsere Leserinnen eben auch dazu einladen, etwas in dieser Richtung für sich zu tun.

«Valerie, hier geht es um mehr als ein bisschen Landlust», hatte sie am Freitag beim Abschied gesagt, «fokussiere dich auf das Spirituelle bei diesem Erlebnis. Das ist mehr als ein Trend. Unsere Zielgruppe will Antworten bei der Sinnsuche!»

Während ich immer langsamer weiterstapfte, dachte ich darüber nach, ob es in unserer Redaktion überhaupt jemanden gab, der solche Antworten geben konnte. Nach meinem Empfinden ließen sich meine durchweg weiblichen Kolleginnen in zwei Gruppen einsortieren: Da waren die «Alten», also die über Fünfunddreißigjährigen, die irgendwas Geisteswissenschaftliches studiert hatten und bloß zufällig an dieses Magazin geraten waren. Sie alle hatten wie ich einen Haufen Probleme, weil sie sich vierteilen mussten als Alleinerziehende, Alleinverdienerin oder Alleinfamilienmanager. Und da waren die «Jungen», die ihre Karriere als Medienkauffrau, Graphik-Designerin oder Marketingfachfrau straight durchgeplant hatten und schon mit Mitte zwanzig diverse Auslandsaufenthalte, Masterstudium, Volontariat und unzählige Praktika vorweisen konnten. Sie hörten mit ihren High-End-Kopfhörern Podcasts zum Thema Female Empowerment und zeigten keinerlei Anzeichen von Selbstzweifeln. Das kleinste Problem wurde sofort weggecoacht. Authentizität war ihre Religion. Und wenn man sich mit ihnen in der Teeküche über ein Thema der anstehenden Ausgabe austauschte, schauten sie einen mit offenen, dezent geschminkten Augen an und fragten lächelnd, ob es einem nicht gutginge, weil man so blass sei oder Augenringe habe.

Diese neue *Generation Perfekt*, zu der auch ein Großteil unserer Leserschaft gehörte, war mir irgendwie suspekt. Sicher, weil ich sie insgeheim beneidete, wie mir Frau Stein-Nolte garantiert unterstellen würde. Aber sie wirkten alle so wahnsinnig lässig und lebendig und gleichzeitig so furchtbar präsent auf allen Kanälen, als seien sie der Mittelpunkt der Welt.

Zum Glück hatte ich meine Tochter da ganz anders erzogen. Frieda war ein soziales Wesen mit Empathie und Herzenswärme.

Erneut schielte ich aufs Handy. Die Schule war inzwischen zu Ende. Besorgt stellte ich fest, dass sie sich immer noch nicht gemeldet hatte. Kurzerhand wählte ich ihre Nummer, damit ich endlich zur Ruhe kam.

Zum Glück ging Frieda überraschend schnell ran. «Hi, Mum. Das Haus steht noch, ich bin nicht verhungert, und meine Versetzung ist auch nicht gefährdet.»

«Ha, ha», entgegnete ich und schlug einen möglichst entspannt klingenden Ton an, um nicht wieder als Helikoptermutter beschimpft zu werden. «Ich wollte dir einfach nur noch mal persönlich sagen, wie sehr ich mich über dein tolles Zeugnis freue!»

«Danke. Aber, Mama, was willst du wirklich? Geht es dir nicht gut?»

Zu meinem Entsetzen schossen mir Tränen in die Augen. Mit aller Kraft versuchte ich, meine Stimme fest klingen zu lassen. «Nein, nein. Es ist alles bestens! Ich hatte nur ein bisschen Sehnsucht nach meiner Lieblingstochter. Ist das so schlimm?»

«Sollen wir später noch mal sprechen?», fragte Frieda abwesend. Im Hintergrund konnte ich laute Musik und Kindergeschrei hören.

«Wieso? Bist du unterwegs?», fragte ich bemüht beiläufig.

«Ich bin mit Papa im Freibad.»

«Was?», hörte ich mich ungläubig fragen. Ich konnte mich nicht erinnern, wann Simon jemals freiwillig etwas mit unserer Tochter unternommen hätte. Am Nachmittag. «Muss er gar nicht arbeiten?»

«Es ist doch so heiß heute. Und als ich ihm von den Zweien erzählt habe, hat er halt früher Schluss gemacht und gefragt, was wir machen wollen», erklärte Frieda.

«Okay, dann ... lasst euch nicht länger stören. Grüß Papa, ja? Ich melde mich morgen wieder», sagte ich tapfer und beendete das Gespräch.

Ich streifte meinen Rucksack ab und ließ mich kraftlos ins Gras sinken. Die ganze Palette unangenehmer Gefühle breitete sich in mir aus, ich konnte meinen Gemütszustand aber gar nicht einordnen.

«Was ist bloß mit mir los?», flüsterte ich und kämpfte mit dem Knoten in meinem Hals, der immer größer wurde.

Ich fühlte mich wie ein kleines Kind, mit dem niemand spielen wollte. War ich etwa eifersüchtig? Und falls ja, auf wen? Auf Frieda, dass sie ungezwungene Stunden mit ihrem Vater verbrachte? Oder aber auf Simon, weil er wieder den Gute-Laune-Elternpart hatte, wohingegen ich immer in die Rolle der Bedenkenträgerin oder Meckermutter gedrängt wurde? Es war ja gar nicht so, dass ich selbst gerne mit zum Schwimmen ins Freibad gegangen wäre. Auch fand ich es durchaus lobenswert, dass Simon sich ausnahmsweise mal über das Nötigste hinaus engagierte. Und natürlich gönnte ich den beiden ihren Spaß. Trotzdem fühlte ich mich einsam und leer.

Wo ist jetzt dieser verdammte Weg?, fragte ich mich entnervt, als ich in einem winzigen Kaff landete, das von der B3 durchschnitten war. Da hatte ich ein Mal nicht aufgepasst, und schon hatte ich mich verlaufen und auch keine Ahnung, wie ich überhaupt hierhergekommen war. Natürlich zu Fuß. Aber daran, was mir auf den letzten beiden Kilometern durch den Kopf gegangen war, konnte ich mich nicht mehr erinnern.

Dummerweise war inzwischen mein Handy tatsächlich ausgegangen, sodass ich nicht nachsehen konnte, ob ich noch richtig war. Schon seit längerem hatte ich kein «H» mehr entdecken können. Ob es in diesem kleinen

Ort wohl irgendeine Übernachtungsmöglichkeit gab? Ich stoppte an der großen, befahrenen Straße und wühlte nun doch nach meinem Reiseführer.

Als ich auf dem beigefügten Kartenteil ausgemacht hatte, wo genau ich war und dass der Heidschnuckenweg eigentlich an einer Parallelstraße entlanglief, entdeckte ich ein eingezeichnetes Hotel. Meine Erleichterung war grenzenlos. Ich freute mich wie ein kleines Kind, dessen lang gehegter Wunsch sich urplötzlich erfüllte, obwohl die Eltern immer und grundsätzlich nein gesagt hatten. Schnurstracks folgte ich dem Weg auf der Karte und stand wenig später vor einem ziemlich uncharmanten Tagungshotel. Es war gerade mal vier Uhr nachmittags, und ich hatte nicht annähernd mein Tagesziel erreicht. Aber ich war einfach mehr als geschafft.

«Haben Sie reserviert?», begrüßte mich eine ältere, rundliche Dame mit Schürze hinter dem Empfangstresen mürrisch. Sie setzte sich die Lesebrille auf, die zuvor an einer Goldkette an ihrem Hals gebaumelt hatte.

«Hallo! Äh, nein, hab ich nicht», stammelte ich, «haben Sie trotzdem ein Zimmer frei?»

Die Dame musterte mich nun über den Rand ihrer Brille. «Eigentlich sind wir ausgebucht», sagte sie.

Auch ich sah nun betreten an mir und meinem verschwitzten Top und den staubigen Schuhen herunter. «Gibt es denn noch andere Übernachtungsmöglichkeiten hier im Ort?» Ich versuchte meine aufkommende Panik zu unterdrücken.

Sie zuckte nur mit den Schultern. Dann fragte sie, wie viele Nächte ich denn bleiben wolle.

«Nur eine! Kann ich vielleicht ...»

«Einen Moment!», sagte sie und hob ihren Zeigefinger. Dann tippte sie schweigend auf ihrer Tastatur herum, griff zum Telefon und sprach kurz mit einer Putzfrau oder einem Zimmermädchen. «Sie können ein kleines Notzimmer unterm Dach buchen. Das müssen wir aber erst mal extra für Sie herrichten.»

Mir schien, der Servicegedanke dieser Frau war nicht besonders ausgeprägt.

Dann belehrte sie mich noch, dass es darin weder WLAN noch Telefon gab und dass es erst in einer Stunde bereitstünde.

Notgedrungen willigte ich ein und verschwand wieder nach draußen, wo ich mich direkt über mich ärgerte. Darüber, dass ich nicht dem Mumm hatte, in ein Taxi zu steigen und zurück nach Celle zu fahren, um in einem schönen Hotel zu übernachten. Und auch darüber, dass ich nicht einmal gefragt hatte, ob ich die Wartezeit irgendwo anders als hier auf dem Parkplatz verbringen durfte. Und ich ärgerte mich darüber, dass ich mich trotz dieser Einsichten auch jetzt nicht traute, noch mal zurückzugehen, um mich wie ein Stammgast behandeln zu lassen, der schon drei Jahre im Voraus für zwei ganze Wochen gebucht und ein tadelloses Äußeres vorzuweisen hatte.

Also schaute ich mich auf dem Hof des großen Geländes um, das leider nicht besonders einladend aussah. Weder schien es hier eine Besucherterrasse zu geben, auf der ich entspannt einen Kaffee hätte trinken können. Noch lud irgendein anderes Plätzchen zum Verweilen ein. Also setzte ich mich einfach am Ende des großen, zubetonierten Parkplatzes auf die Bordsteinkante und holte mein Brot raus. Falls andere Gäste mir verstörte Blicke zuwerfen sollten, würde ich versuchen, sie zu ignorieren. Immerhin kannte mich hier ja niemand.

Es waren gefühlte 38 Grad im Schatten, und die Luft stand, während sich der Schweiß weiter auf meinem Kopf und Rücken ausbreitete.

Wie gerne wäre ich jetzt durch den Rasensprenger gelaufen, der unermüdlich den großflächigen Rasen, die Rosensträucher und Rhododendren neben dem Parkplatz bewässerte. Das Zischen des Wassers ließ mich an eine Cola light denken. Unter diesen tropischen Bedingungen wäre ich sogar mit einer Pepsi glücklich gewesen. Hoffentlich hatte das Hotel wenigstens eine Minibar. Aber es würde wohl noch eine ganze Zeitlang dauern, bis sich die Empfangsdame dazu herabließ, mich aufs Zimmer zu lassen, damit ich endlich eine erfrischende Dusche nehmen konnte.

Also tat ich etwas für mich vollkommen Untypisches und traute mich, meine glühenden Füße von den dreckigen Socken und Schuhen zu befreien. Dann schlich ich in Richtung des Rasensprengers und streckte meine geschundenen Zehen in den eiskalten Regen. Ich erschauerte. Doch schon nach wenigen Augenblicken hatte ich mich an die Temperatur gewöhnt und wagte mich weiter vor. Herrlich! Und dann machte der Strahl plötzlich eine Drehung und erwischte mich voll. Ich schrie vor Schreck laut auf und vergewisserte mich dann sofort, dass auch ja niemand mein kindisches Benehmen beobachtete. Bestimmt kam gleich ein Hausmeister oder der Hausdrache und wies mich zurecht. Aber jetzt genoss ich erst einmal den kalten Regen, der sich etwa alle dreißig Sekunden über mich ergoss und meine Haare und Klamotten allmählich durchnässte. Gegen meinen Willen musste ich immer wieder juchzen, weil ich eine nächste erfrischende Mutprobe überstanden hatte.

Als wenig später ein vollbeladener Reisebus vorfuhr, brach ich die Aktion dann doch lieber ab. Ich befürchtete nicht nur Publikum, sondern auch, dass die Leute noch vor mir an der Rezeption einchecken würden. Deshalb beeilte ich mich, ihnen zuvorzukommen.

«Sie können jetzt auf Ihr Zimmer», sagte meine spezielle Freundin am Empfang im Befehlston und streckte mir einen Schlüssel mit einem schweren goldenen Anhänger entgegen, auf dem eine 26 stand.

«Die Küche ist von 19 bis 21 Uhr geöffnet. Haben Sie sonst noch Fragen?» Weil sie durch die großen Glastüren nervös in Richtung des Reisebusses blickte, war mir natürlich klar, dass sie mich schnell loswerden wollte, bevor ich, barfuß und klatschnass, noch einen geschäftsschädigenden Eindruck hinterließ.

Meine Beine fühlten sich so bleischwer an, dass ich ausnahmsweise gerne den Fahrstuhl nutzte, um ins Dachgeschoss zu gelangen. Mein Zimmer lag tatsächlich in der hinterletzten Ecke eines langen Flures. Gespannt schloss ich die Tür auf und ermahnte mich innerlich, ja keine allzu großen Erwartungen zu haben. Der Raum war tatsächlich keine zehn Quadratmeter groß, es gab keinen Fernseher und auch keinen Kühlschrank, bloß ein kleines Bett und einen schmalen Schrank aus Buchenfurnier, dessen Braunton sich mit den apricotfarbenen Wänden zu beißen schien. Am bedrückendsten aber fand ich, dass ich nicht wirklich nach draußen blicken konnte, weil das Dachfenster weit oben in der Schräge eingefasst war.

Womöglich wäre das Celler Gefängnis einladender gewesen, dachte ich und ließ mich erst einmal erschöpft auf den türkisfarbenen Teppichboden sinken. Mir war schon wieder nach Heulen zumute. Aber ich wollte nicht undankbar sein. Immerhin musste ich für heute nicht weiter durch den heißen Staub wandern. Ich beschloss, mir erst einmal eine richtige Dusche zu gönnen.

Argwöhnisch wagte ich mich in Richtung der Tür, hinter der nur das Bad liegen konnte. Ich war auf das Schlimmste gefasst – auf Schimmel in der Duschkabine, Haare im Waschbecken und ranzige Kacheln in beige. Zu meiner großen Überraschung war das Bad offenbar nur halb so alt wie die Zimmereinrichtung. Alles war weiß und durchaus sauber. Als ich meine Waschtasche holte, fiel mir ein, dass ich dringend mein Handy aufladen musste. Weil ich das Ladekabel nicht sofort fand, beschloss ich, den Rucksack komplett auszupacken. Beim Einpacken würde ich mich dann streng an die Ratschläge des Ehepaares halten.

Eigentlich hätte das Ladekabel im Hauptfach stecken sollen. Doch dort war es nicht. Auch in den großen Seitentaschen fanden sich nur mein restlicher Proviant und ein paar nützliche Dinge wie Küchenmesser und Kugelschreiber. Also suchte ich alle kleinen Fächer ab, immer hektischer. Vergeblich. Hatte ich das Kabel irgendwo verloren? Ich ging gedanklich alle Stationen des Tages durch – die S-Bahn, den ICE, das Café, doch nirgends hatte ich es meiner Erinnerung nach ausgepackt.

«O nein, verdammter Mist!», entfuhr es mir, als mir schlagartig klarwurde, dass ich es tatsächlich vergessen hatte. Zu Hause im Badezimmer, wo ich das Kabel extra sichtbar auf den Rand des Doppelwaschbeckens gelegt hatte. Simon war wie jeden Morgen direkt nach mir ins Bad gegangen. Er hätte es eigentlich sehen müssen!

Ich fühlte mich schrecklich hilflos, andererseits war ich beschämt, dass ich offenbar tatsächlich abhängig war von diesem blöden Ding. Dabei war ich es doch immer, die Frieda ermahnte, ihre kostbare Lebenszeit nicht mit digitalen Medien zu vergeuden.

In der Hoffnung, unter der Dusche würde mir eine Lösung für meinen leeren Akku einfallen, stellte ich das Wasser an, schnappte mir Shampoo und Duschgel und zog die nassen Sachen aus. Das Top nahm ich gleich mit, um es gründlich auszuwaschen.

Doch ich hatte mich wohl zu früh auf mein Tageshighlight gefreut. Der Strahl, der aus der Brause kam, war nicht einmal stark genug, um mir die Haare gründlich ausspülen zu können. Viel schlimmer aber war, dass das Wasser nicht einmal handwarm war.

TAG 2

Ein fades Abendessen, eine durchwachsene Nacht und ein immerhin leckeres Frühstück später machte ich mich wieder auf den Weg. Ohne funktionierendes Handy. Weil auch die Frau am Empfang mir nicht hatte weiterhelfen können, hatte ich beschlossen, aus der Not eine Tugend zu machen und eine kleine Handypause einzulegen. Allerdings hatte ich in der Lobby an einem schnarchlangsamen Computer online ein neues Ladekabel bestellt. Als Lieferadresse hatte ich einfach das Haus Annegret angegeben – die Unterkunft, die mir Jana in Celle empfohlen hatte. Dorthin hatte ich dann eine kurze E-Mail geschickt, mit der Ankündigung, dass ich in etwa einer Woche gerne dort einkehren und eben jene Lieferung in Empfang nehmen wolle. Auch wenn die Internetseite extrem altbacken und nicht gerade einladend wirkte, war ich froh, wenigstens eine Anlaufstelle auf dieser Strecke zu haben. Wenn die Inhaberin wirklich so nett war, wie Jana behauptet hatte, war das vielleicht sogar der geeignete Ort für eine längere Pause.

Ich startete also eigentlich guter Dinge in den Tag, bis ich es auf dem ersten endlos erscheinenden Waldstück wieder mit der Angst zu tun bekam. Falls ich mir hier den Fuß vertrat oder mich jemand überfiel, konnte ich nicht einmal einen Notruf absenden. Jedes Knacken erschreckte mich plötzlich. Weit und breit war nichts und niemand mehr zu sehen, außer dicht stehende Fichten bis zum Horizont. Ich fragte mich, wer wohl ausgerechnet diese Strecke zum schönsten Wanderweg des Landes gekürt hatte.

Ich musste automatisch tief seufzen, als der Waldweg auch nach einer Kuppe immer noch kein Ende nahm. Also beschloss ich, mich mit einer Pause für die ersten vier Kilometer zu belohnen. Ich hatte mir für den Tag vorgenommen, es bis nach Dehningshof zu schaffen. Das war zwar ungleich weiter als mein beschämender gestriger Auftakt. Aber ich fühlte mich heute deutlich fitter als am Vortag, und auch die Temperaturen waren an diesem frühen Vormittag sehr viel angenehmer. Noch war ich nicht bereit, aufzugeben. Und wenn ich es nur für einen letzten Funken Selbstachtung tat, hatte ich mir nach meinem Tiefpunkt gestern Abend geschworen, mindestens die Hälfte der Strecke zu bewältigen, um mein Gesicht vor den Kollegen und vor allem vor Tessa zu wahren.

An meinem Tagesziel befand sich der Hof Landseelen, in dem es hoffentlich noch ein freies Zimmer für mich gab. Und vielleicht ja auch einen Internetanschluss, dachte ich, als ich mich unsicher auf einer kleinen Lichtung in alle Richtungen umsah.

Erst als ich meinen Rucksack abgelegt und meine Schuhe ausgezogen hatte, bemerkte ich, dass auch mein zweites Paar Socken nicht viel geeigneter war für eine längere Tour. Wieder hatte sich die Haut oberhalb meiner Zehen wundgescheuert, sodass ich nun doch zu einem der Pflaster griff, die mir das Ehepaar mitgegeben hatte. Dann aß ich einen Müsliriegel und lauschte einem Specht, der in der Ferne klopfte. Nach einer Weile vernahm ich auch das Gezwitscher anderer Vögel und ein leises Rauschen des Windes. Fast schien es mir so, als wäre der Tinnitus schwächer. Hatte das Fiepen etwa nachgelassen? Konnte das sein?

Ich hatte schon länger nicht mehr an den Erfolg der Standardtherapie geglaubt und mehrere Termine für Infusionen einfach geschwänzt. Umso überraschter war ich, dass offenbar ein ausgiebiger Spaziergang ausreichte, um mal einen etwas entspannteren Moment zu erleben. Ich traute mich kaum, meinen Kopf zu bewegen. Dann aber wurde ich doch neugierig und machte mit meinem Hals alle möglichen Verrenkungen. Zunächst zaghaft, dann mutiger, um zu testen, ob sich etwas veränderte. Doch in meinem Ohr blieb es deutlich ruhiger, weswegen ich mich beinahe beschwingt wieder auf den Weg machte.

Als ich die ersten Meter gegangen war, dachte ich noch einmal an das Thema Achtsamkeit. Darum war es in einer unserer letzten Ausgaben gegangen. Für mich bislang ein hohles Wort, das ich innerlich mit einem Augenrollen abhakte. In einem unserer Experteninterviews hatte ich gelesen, dass man Achtsamkeit erreichte, indem man sich zum Beispiel beim Gehen auf seinen Atem und seine Sinne konzentrierte. Um ehrlich zu sein, wusste ich nicht, was mir das bringen sollte. Klar, beim Joggen war ich bemüht, möglichst gleichmäßig im aeroben Bereich Luft zu holen. Aber beim Gehen erschien mir achtsames Atmen dann doch übertrieben.

Vielmehr konzentrierte ich mich zunächst auf das, was ich sah, beziehungsweise das, was ich nicht sah, nämlich den Wald vor lauter Bäumen. Bislang hatte ich gar nicht gewusst, dass es in Norddeutschland so riesige zusammenhängende Waldgebiete gab, in denen man stundenlang unterwegs sein konnte, ohne auch nur einer einzigen Menschenseele zu begegnen. Das war im Großraum Hamburg nahezu unmöglich. Ich liebte diese Stadt, dieses Quirlige und Lebendige. Zu unserer direkten Nachbarin Frau Moldehn, einer älteren, echt hanseatischen Dame, hatten wir ein gutes Verhältnis. Dann und wann bat sie uns, ihre Blumen zu gießen und ihren Briefkasten zu leeren, etwa wenn sie ihren Sohn in München besuchte. Manchmal brachte ich ihr frische Kleinigkeiten vom Markt mit. Ansonsten blieb man in unserem Vier-Parteien-Haus herrlich unbehelligt, auch weil die Eigentümer ihre beiden Wohnungen im Untergeschoss vermieteten. So gab es öfter wechselnde Bewohner, mit denen sich zum Glück nie eine engere Bindung hatte entwickeln können.

Ich sah also Nadelbäume, die sich inzwischen immerhin mit ein paar Laubbäumen mischten. Ich sah den blauen Himmel mit vereinzelten leuchtend weißen Wolken. Und ich sah den schier endlos gerade verlaufenden Weg vor mir. Sofort fragte ich mich, ob ich wirklich noch richtig war oder womöglich wieder eine Abzweigung übersehen hatte.

Stopp, Valerie! Ich ermahnte mich, mein Gedankenkarussell anzuhalten und mich wieder auf meine Sinne zu konzentrieren, zum Beispiel auf das, was ich roch. Also atmete ich bewusst tief ein und aus. Da war der Duft von Kiefern, ähnlich dem von Pinien. Er war süßlich und würzig und erinnerte mich an einen Strandurlaub in meinen ersten Semesterferien, den ich mit einer Kommilitonin auf Ibiza verbracht hatte. Die Erinnerungen und Bilder jener Reise waren plötzlich seltsam präsent. So frei wie damals hatte ich mich schon lange nicht mehr gefühlt. Leider hatte ich keinen Kontakt mehr zu Steffi, die immer so lebendig und witzig gewesen war. Aber ich konnte mich noch detailliert daran erinnern, wie gut es zwischen uns gepasst hatte auf diesem Trip, bei dem wir die halbe Nacht von unserem schmalen Balkon unseres drittklassigen Hotels aus in den sommerlichen Sternenhimmel gestarrt und über Gott und die Welt philosophiert hatten. Und tagsüber hatte jeder sein Ding gemacht – Lesen, Spazieren, Schwimmen ..., ohne dass sich eine von uns unterordnen musste.

Wieso bin ich bis jetzt eigentlich nie ganz allein unterwegs gewesen?, fragte ich mich, als sich am Horizont endlich eine Abbiegung in Richtung Westen zeigte. Wo ich doch offenbar ein Problem damit hatte, mich fremdbestimmt zu fühlen. Jedenfalls behauptete Frau Stein-Nolte das. Und es stimmte ja auch, alle redeten mir rein – nicht nur meine Therapeutin, sondern auch Tessa, meine Mutter und vor allem Simon. Er tat es allerdings nicht so direkt und schrieb mir auch nicht vor, ich solle 200 Kilometer wandern gehen oder mir einen Thermomix zulegen. Er tat es viel subtiler: Er erwartete, dass ich die Dinge des Alltags regelte, und spiegelte mir durch kleine Gesten, wenn ich diese Erwartung enttäuschte. Etwa indem er seine Mundwinkel verzog, wenn ich ankündigte, mal nichts kochen zu wollen, oder ich es nicht mehr geschafft hatte, einzukaufen. Wann hatte sich dieses Verhalten eigentlich eingeschlichen?

Es war schon seltsam. Zum einen wünschte Simon sich eine erfolgreiche Frau, die einen nicht unerheblichen Teil zum Haushaltsgeld und Abtrag der Wohnung beisteuerte. Andererseits sollte ich ihm den Rücken freihalten und natürlich eine gute Mutter für seine Tochter sein und maximal angepasst an seine Familie, allen voran den Eltern als aufopferungsvolle Schwiegertochter. Und natürlich sollte ich immer möglichst ausgeglichen und anschmiegsam sein.

Das Schlimmste daran aber war, dass Frau Stein-Nolte mir mehr oder weniger zu verstehen gab, dass ich selbst schuld war an meinem Unglück. Sie drückte es natürlich anders aus und nahm dafür wohlüberlegte Worte wie «Verantwortung» und «Konfliktbewältigung» in den Mund. Ich solle meine Bedürfnisse erspüren und lernen, sie als Wunsch zu formulieren und nicht als Vorwurf. Die Wahrheit aber war, ich machte Simon schon lange keine Vorhaltungen mehr, weil ich dafür viel zu müde war. Ich war es leid, zu streiten. Und ich war es leid, mich einsam zu fühlen.

Einsam. Ja, das war ich in unserer Ehe schon länger.

Ich seufzte tief und versuchte, mir meine Achtsamkeitsübung wieder ins Gedächtnis zu rufen. Was also spürte ich? Denn auch das hatte ich gelernt in gut einem halben Jahr Therapie: Dass es einen Unterschied gab zwischen Fühlen und Spüren. In den Sitzungen mit Frau Stein-Nolte sollte ich zunächst meine physischen Empfindungen benennen und sie dann am Körper verorten. Das schien mir auch einigermaßen logisch, dass man streng beim Wort genommen wirklich die Schnauze voll oder einen dicken Hals haben konnte oder dass einem etwas auf den Magen schlug.

«Sie wollen Ihren inneren Kritiker nicht mehr hören», hatte Frau Stein-Nolte gesagt und damit gemeint, ich sei an meinem Tinnitus letztlich selbst schuld, weil ich mir angeblich permanent einredete, wenig wert zu sein.

Ich ließ diese Behauptung nachwirken. Sie hatte damals, vor etwa zwei Monaten, plötzlich einfach so im Raum gestanden. Doch jetzt erst erinnerte ich mich wieder daran. Vielleicht stimmte das sogar. Vielleicht hatte ich nie gelernt, diesen inneren Kritiker zum Schweigen zu bringen oder ihn zu übertönen.

«Sie sollten sich Ihr Unterbewusstsein wie ein Orchester vorstellen», hatte Frau Stein-Nolte gesagt, «und immer wieder ganz bewusst in die Führungsposition des Dirigenten gehen, der den Ton angibt.»

Ich hatte mit dieser Bemerkung nicht wirklich etwas anfangen können und fand es im Gegenteil eher zynisch, einer Klientin mit Tinnitus zu sagen, sie solle einfach bloß ihre Aufmerksamkeit nach innen richten. Genau das war es ja, was mich in letzter Zeit zu viel Schlaf und Nerven gekostet hatte.

Umso erleichterter war ich, dass der Dauerton nun

schon mehr als eine Stunde deutlich abgeschwächt war. Noch immer konnte ich den zarten Wind hören, der leise durch die Baumkronen wehte und sie in dieselbe Richtung bog. Allmählich wurde der Wald auch lichter, und hier und da zeigten sich kleine Heideflächen, die aber nicht einmal im Ansatz nach den Bildern aussahen, die der Reiseführer versprach. Weder war die Blüte in vollem Gange, wie sie aufgrund des Rekordsommers in den Medien angekündigt worden war, noch erstreckte sich die Erika hier über eine weite Fläche.

Also versuchte ich mich auf den nächsten Sinn zu konzentrieren, den Geschmacksinn. Auch wenn der sich schon wieder nach einer prickelnden Cola sehnte ...

Ich schmeckte nichts außer einer seltsamen Trockenheit in meinem Mund. Aber die Beeren, die ab und an den Weg säumten, ließ ich lieber links liegen. Das Letzte, worauf ich Appetit hatte, waren Maden oder Fuchsbandwürmer, von denen man so oft las. Mein Geschmacksinn eignete sich also kaum für eine Achtsamkeitsübung.

Wie also sollte ich den Leserinnen meiner Reportage den Weg so lebendig wie möglich beschreiben?

Ich musste an Lisa, unsere Zielperson, denken, mit der Tessa eines Tages die Redaktionssitzung eröffnet hatte. Lisa war sozusagen der Avatar unserer Zielgruppe und sollte uns anhalten, noch fokussierter zu arbeiten. Schon bei der Auswahl unserer Themenvorschläge, aber auch bei der redaktionellen Aufbereitung sollten wir uns immer eben jene Lisa vor Augen halten und uns die Frage stellen, was sie davon halten würde.

Lisa war zweiunddreißig Jahre alt, hatte Abitur, eine

duale Ausbildung vorzuweisen und ein sicheres höheres Einkommen als Angestellte einer international operierenden Firma. Dorthin fuhr sie täglich mit einem Hollandrad, die Haare lässig hochgesteckt und auf der Nase eine Ray-Ban-Brille. Sie war durchaus zufrieden mit ihrem Job. Und sie war als noch kinderlose Frau mit Langzeitfreund stets auf der Jagd nach inspirierendem Input, um Körper, Geist und Seele noch besser in Einklang zu bringen. Als sogenannter Scanner-Typ beschäftigte sie sich am liebsten mit neuen oder angesagten Themen, ohne wirklich in die Tiefe gehen zu wollen. Trotzdem wählte sie Grün, hatte ein Patenkind in Südostasien, war Anhängerin des bedingungslosen Grundeinkommens und träumte vom Aussteigen und einer gerechteren und sauberen Welt. Sie mochte Mandalas und Mantras, ernährte sich vegetarisch und verbrachte einen Großteil ihrer Freizeit auf Instagram und Pinterest. In den Ferien wanderte sie auf La Gomera oder machte Stand-up-Paddling in St. Peter-Ording.

Caro und ich hassten Lisa, wohingegen Tessa sie geradezu anhimmelte. Persönlich kannte ich keine einzige Lisa, aber wenn ich in unserem Viertel nach ihr Ausschau hielt, brauchte ich nicht allzu lange zu suchen, sondern traf einige von ihnen in meiner Lieblingsbuchhandlung vor dem Regal Lebenshilfe oder Psychologie.

Ich selbst war in Lisas Alter bestimmt nicht irgendeiner Zielgruppe zuzuordnen gewesen, dachte ich, als der Weg endlich auf ein abwechslungsreicheres hügeliges Gelände Richtung Nordwesten abbog. Dafür war ich immer viel zu unsicher und wankelmütig gewesen.

Insgeheim bewunderte ich Menschen, die immer ganz genau wussten, was sie wollten und wie sie es bekamen. Ich hingegen hatte nie einen großen Traum oder sonst irgendeine Sehnsucht in mir getragen. Außer Schreiben. Ja, das war schon immer das, was ich machen wollte. Es war aber auch das Einzige, was ich konnte. Und mittlerweile brachte es mir nicht einmal mehr Spaß, weil ich mich dabei ebenjener Lisa anbiedern sollte, mit der ich kaum etwas gemein hatte.

Hier und da waren jetzt vereinzelt kleinere Heideflächen zu sehen, die von Kiefern, Wacholder oder Birken unterbrochen wurden. Die Sonne stand mittlerweile schon ziemlich senkrecht, sodass es spürbar wärmer wurde. Gerade als ich dachte, ich könnte noch mal eine Pause vertragen, sah ich von weitem eine Frau auf einer Bank, die einzige Sitzgelegenheit weit und breit. Mist. Ich hatte überhaupt keine Lust auf Smalltalk. Als ich näher kam, erhob sich die schlanke Dame, die ich auf etwa sechzig Jahre schätzte.

«Hallo!», grüßte sie mit einem warmen Lächeln. «Sie können meinen Platz übernehmen, ich wollte gerade weiter.» Sie setzte ihren kleinen Rucksack auf, der nach Tageswanderung aussah, und bot mir mit einer freundlichen Geste die freie Bank an.

Ich nickte dankbar. «Ich wollte Sie jetzt aber nicht vertreiben!» Beim Gedanken an ihre bevorstehende Wegstrecke fügte ich noch hinzu: «Wundern Sie sich nicht, wenn Sie das Gefühl haben, ab da vorne gibt es nur noch Wald!» Ich zeigte in die Richtung, aus der ich gekommen war.

Doch die nette Dame winkte ab und entgegnete: «Ich weiß, ich kenne die Strecke, bin sie schon mehrfach gelaufen.»

Ich starrte sie offenbar mit großen Augen an, denn sie setzte lachend nach: «Das nächste Stück tut mir immer besonders gut.»

«Ich kann nicht fassen, dass jemand den Weg mehrfach geht, und das auch noch freiwillig und begeistert.»

Ich grinste schief, woraufhin sie noch herzlicher lachte und erklärte: «Das ist für mich wie Meditation, stundenlang geradeaus laufen, ohne über etwas Bestimmtes nachdenken zu müssen.»

«Das bewundere ich», sagte ich wahrheitsgemäß. Sie hatte kurz geschnittenes graues Haar und war eine drahtige Erscheinung. Aber das, was sie vor allem ausmachte, waren ihre grünen Augen, die vor lauter Erfüllung und Freude zu strahlen schienen. Nein, sie strahlte sogar im Ganzen, weswegen ich mich sofort fragte, was ihr Geheimrezept war.

«Ach, das stellt sich ja ganz automatisch ein, wenn man immer im gleichen Tempo läuft und den Alltag einfach hinter sich lässt», sagte sie, als ob sie meine Gedanken gelesen hätte.

Wir wünschten uns noch gegenseitig einen schönen Tag, dann ließ ich mich mit einem tiefen Seufzer auf der Bank nieder. Noch eine ganze Zeitlang sah ich der Frau hinterher, mit einer Mischung aus Bewunderung und Ehrfurcht. Wie selbstverständlich sie offenbar zu innerer Ruhe kam, bloß weil sie stetig einen Fuß vor den anderen setzte. Wenn ich joggen ging, war ich ständig beschäftigt – mit meiner Pulsuhr, dem Atem-Rhythmus, dem Sitz meines Sport-BHs oder aber meinen akuten Problemen, die nie präsenter zu sein schienen, als wenn ich mit mir allein war.

Auch hier beim Wandern war ich weit entfernt davon, alles hinter mir lassen zu können. Wie erfüllend es doch wäre, am Ende einer langen Strecke jeglichen Ballast abgeworfen zu haben! Aber wie sollte das funktionieren? Bloß weil ich einen langen Spaziergang machte, wurde meine Tochter trotzdem flügge, blieb Simon trotzdem ein feiger Egoist, meine Chefin eine Tyrannin und meine Mutter eine Besserwisserin.

Stopp, ermahnte ich mich innerlich. Ich hatte es schon wieder getan. Eben noch war ich voller Bewunderung für meine Weggefährtin gewesen, die die beneidenswerte Gabe hatte, durch simples Gehen in einen meditativen Zustand zu kommen. Und nun tat ich genau das Gegenteil und drehte mich gedanklich immer und immer wieder im Kreis.

«Kein Problem der Welt wurde jemals gelöst, indem man sich Sorgen macht», hatte Frau Stein-Nolte mehrmals gesagt. Ein wirklich wahrer Satz. Es stimmte ja, es brachte überhaupt nichts, dass ich mir Sorgen um Friedas Zukunft machte und wie blöd klammerte. Weder ihr noch mir.

Allmählich ging ich mir damit selbst auf die Nerven. Aber ich konnte nicht aus meiner Haut, was meinen Unmut nur noch größer machte, als ich verbissen weiterstampfte. Meine Schultern fühlten sich hart an, und meine Schuhe drückten schonungslos. Es war nicht bloß eine Herausforderung, mit Achtsamkeit zu wandern, sondern unmöglich. Mit Meditation hatte das, was ich hier tat, jedenfalls herzlich wenig zu tun.

In der Meditation ging es darum, seine Gedanken ziehen zu lassen, sie im besten Fall loszuwerden oder aber wenigstens nicht zu bewerten, sondern sie einfach wahrzunehmen. Doch das klang so viel leichter, als es in Wirklichkeit war. Wie sollte man Distanz zu seinen Sorgen und Grübeleien entwickeln, wenn man emotional mit ihnen verstrickt war? Könnte man negative Gedanken auf Knopfdruck abstellen, wäre ich die Erste, die sich einen solchen zugelegt und ihrer Leserschaft als neue Sensation vorgestellt hätte.

Ein Blick auf meine Uhr zeigte mir, dass ich an diesem Tag bereits gute neun Kilometer hinter mich gebracht hatte. Dabei war es erst früher Nachmittag. Ich musste noch etwa zwei Stunden laufen, bis ich mich mit einem schönen Zimmer, einem gemütlichen Bett, einem leckeren Essen, vielleicht ja sogar einem entspannenden Bad und Fernsehprogramm belohnen konnte. Wenigstens blieb die Landschaft abwechslungsreicher als in der ersten Tageshälfte.

Ich setzte weiterhin einen Fuß vor den anderen und versuchte, gleich große Schritte im immer selben, gemäßigten Tempo zu machen. Doch schon nach wenigen Minuten, die ich verkrampft unverkrampft gegangen war, merkte ich, wie schwachsinnig das war.

Ich mache mich lächerlich, dachte ich. Es ist einfach nur erbärmlich, wie ich verzweifelt versuche, ein entspannter Mensch zu sein.

Ich blieb stehen und sah mich unsicher um. Aber weit und breit war niemand zu entdecken. Dann startete ich einen neuen Versuch und bemühte mich, einfach intuitiv zu laufen und zu atmen. Ich fragte mich nun ganz bewusst, welcher Gedanke eigentlich der lauteste war. Aber in meinem Kopf drehte sich alles.

Wahrscheinlich gab es keinen einzigen anderen Wanderer auf der Welt, der gerade derart unfreiwillig durch die Gegend streifte wie ich. Und das bloß, weil es der Chefin so gut gefiel, ihre Untergebenen herumzukommandieren und zu erniedrigen. Genau das war es! Ich fühlte mich erniedrigt!

Plötzlich wurde meine innere Stimme lauter. Tessa hatte mich in der Redaktionssitzung vor allen anderen vorgeführt. Noch immer nagte die Erinnerung an jenen ätzenden Montag an mir.

«Ich habe hier noch immer das Thema Selbstfindung vor der Haustür auf dem Zettel», hatte sie über den Rand ihrer pseudointellektuell wirkenden Nerdbrille hinweg gesagt und mich dabei eindringlich angesehen. «Und wer hätte diesen Trip nötiger als du, Valerie?!»

Alle rund zwanzig Kolleginnen hatten mich angestarrt und womöglich eine locker-flockige Antwort erwartet, die die Situation humorvoll auffing. Doch statt etwas Geistreiches zu erwidern, lief ich rot an und verfiel in eine Art Schockstarre. Am liebsten wäre ich sofort aufgesprungen, um mich auf die Toilette zu flüchten und meinen Tränen freien Lauf zu lassen. Zum Glück war Caro mir beigesprungen, indem sie lachend in die Runde eingeworfen hatte: «Wie unfair. Hier würde wohl jede von uns gerne mal alles stehen und liegen lassen und einfach loswandern.»

Dann war die Sitzung beendet gewesen und mein Schicksal besiegelt. Tessa hatte mich gebeten, die Einzelheiten mit ihr in ihrem Büro zu besprechen, und alle anderen waren wieder zur Tagesordnung übergegangen. Außer Caro, die mich getröstet hatte, nachdem ich an meinen Platz zurückgekehrt war, und die gesagt hatte, ich solle froh sein, dass Tessa mir diese Aufgabe zutrauen würde und dass es mir sicher guttäte, mal rauszukommen aus diesem Saftladen. Das stimmte zwar, es änderte aber trotzdem nichts daran, dass ich mich noch immer bloßgestellt fühlte.

Du bist eine Memme, stell dich nicht so an. Das waren die nächsten Sätze, die plötzlich in meinem Kopf laut wurden und mir doch schrecklich vertraut waren. Meine Mutter war Meisterin darin, mich kleinzumachen. Wenn ich als Kind in der Schule geärgert wurde, hatte sie nie Partei für mich ergriffen oder sich schützend vor mich gestellt, sondern immer gemeint, wir sollten Streitereien selbst regeln, und dass ich sicher auch nie ganz unschuldig an dem Ärger sei.

«Ein Problem wird so oft in Ihrem Leben auftauchen, bis Sie die Ursache dafür gefunden und die Mechanismen verstanden haben», hatte Frau Stein-Nolte gesagt, als ich ihr von meinem schwarzen Tag bei der Arbeit berichtet hatte.

Gibt es da wirklich einen Zusammenhang, fragte ich mich, als ein Hinweisschild die letzten 1,8 Kilometer bis zum nächsten Ort ankündigte. Sorgte mein Unterbewusstsein etwa dafür, dass ich immer wieder Situationen heraufbeschwor, in denen ich mich genauso erniedrigt fühlte wie damals als kleines Mädchen?

Unweigerlich musste ich nun an Simon denken und unseren ersten großen Streit, ein halbes Jahr, nachdem wir uns auf der Einweihungsparty einer meiner Kolleginnen kennengelernt hatten. Wir waren essen gegangen, bei *Carlos*, unserem späteren Stammlokal, in dem es mediterrane Speisen gab. Weil ich den ganzen Tag über fast nichts gegessen hatte, war mir der Rotwein schnell zu Kopf gestiegen. So schnell, dass ich versehentlich mein volles Glas umstieß und nicht nur das weiße Tischtuch und den Parkettboden, sondern auch Carlos' helle Hose ruinierte. Und noch ehe ich mich entschuldigen konnte, kam Simon mir zuvor und sagte zu Carlos: «Ich entschuldige mich für sie. Offenbar ist sie selbst nicht mehr in der Lage dazu.»

Dieser Satz war schlimmer als jede Ohrfeige gewesen und hatte sich tief in mein Herz gebrannt. Ich war einfach auf meinen Stuhl zurückgesunken und hatte stocksteif Simons weitere vermeintliche Scherze über mich ergehen lassen, als wäre ich nur Beobachterin.

Auch jetzt, zig Jahre später, verkrampfte sich alles in mir, wenn ich daran und an den darauffolgenden Streit mit Simon dachte. Ich konnte nur nicht einordnen, ob es noch immer die Verletzung war, die ich nicht überwinden konnte, oder aber mein Unvermögen, in solchen Momenten für mich einzustehen.

Frau Stein-Nolte hatte einmal sinngemäß gesagt: «Kein Mensch dadraußen ist für Ihr Glück oder Unglück verantwortlich. Das sind allein Sie selbst. Es gibt niemanden im Außen, der negative Emotionen wie Angst oder Wut in sie hineingibt. Diese Gefühle sind längst in Ihnen und werden nur durch Personen in Ihrem Umfeld getriggert.»

Ich wusste, dass ich Verantwortung für ebendiese Gefühle übernehmen musste, wenn ich an mir arbeiten wollte.

Und natürlich wollte ich das! Ich wusste nur nicht, wie ich es anstellen sollte. Sicher half es, sich die Gedanken darüber bewusst zu machen und sie wenigstens in die richtige Schublade einzusortieren. Denn wo kamen diese negativen Gefühle ursprünglich überhaupt her? Sosehr ich auch hoffte, eine Erklärung zu finden, so rieb ich mich doch immer wieder an den gleichen Themen. An den gleichen «Triggern», die mich vom positiven Denken abhielten. Sogar durchaus angenehme Themen wie zum Beispiel der Familienurlaub waren in meinem «System», wie meine Therapeutin es nannte, negativ behaftet.

Natürlich wusste ich um die Wichtigkeit des eigenen Glücks für ein erfülltes Familienleben und für das Gelingen einer Beziehung. Das Thema Selbstliebe verfolgte einen ja heutzutage überall. Auch hatte ich es selbst erlebt: Wenn es mir gutging, gab es zu Hause weniger Streit.

Nur leider habe ich nie gelernt, wie ich es hinbekomme, dass es mir gutgeht, dachte ich missmutig.

Ich seufzte so laut, dass sich neben mir eine Schar Spatzen in Sekundenschnelle synchron in die Luft erhob. Das war eine verlockende Vorstellung, fand ich. Einfach auf und davon und die Welt aus einer anderen

Perspektive sehen. Je länger ich mit mir allein war, desto beklemmender fühlte sich mein Leben an. Das ergab doch alles keinen Sinn! Am liebsten hätte ich die Festplatte in meinem Hirn ausgetauscht. Oder wenigstens mal auf Standby gestellt.

Wieso nur fällt es uns Menschen so schwer, Sorgen und Ängste beiseitezulassen, wo wir doch alle bloß das Leben genießen wollen? Kein einziger Vogel wird je auch nur eine Minute auf seinem Ast sitzen und darüber grübeln, warum er so unglücklich ist. Womöglich ist er es auch nicht, eben weil er nicht grübelt ...

Vor meinem geistigen Auge tauchte plötzlich ein großes, rotes Stopp-Schild auf, das mich sogleich zur nächsten Pinkelpause verleitete. Ich stellte den Rucksack ab und sah mich nach allen Seiten um, trotzdem hatte ich jedes Mal ein mulmiges Gefühl, wenn ich mich hinhockte. So dick konnte gar kein Baum sein, dass ich mich mit meinem nackten Hintern wirklich sicher dahinter fühlte.

Gerade als ich dachte, gleich könnte eine Zecke sich zum Mittagessen eingeladen fühlen und direkt in meinen Po beißen, hörte ich Stimmen. Abrupt brach ich meine Sitzung ab und riss mir im Rekordtempo die Hosen wieder hoch.

Peinlich berührt betrachtete ich die größere Gruppe Radfahrer, die auf ihren Elektrogefährten an mir vorbeisauste. Manche übersahen mich während ihrer fröhlichen Unterhaltung, wohingegen ein paar Damen freundlich grüßten und zwei Herren mir ebenso freundlich zuwinkten.

Ob die auch den Hof Landseelen ansteuerten? Die Aussicht auf ein sauberes Zimmer mit großem Bett und zart duftender Bettwäsche hob meine Stimmung so sehr, dass ich sogar ein kleines Liedchen summte.

Und falls mir der Ort gefiel, versuchte ich mich auf dem letzten Kilometer zu motivieren, könnte ich vielleicht sogar eine Nacht dranhängen, mal die Seele baumeln lassen und meinen schmerzenden Füßen eine Pause gönnen.

So träumte ich weiter vor mich hin, bis ich das Schild «Hof Landseelen 400 m» entdeckte. Von weitem konnte ich schon einen Blick auf das große Haupthaus mit Fachwerk und reetgedecktem Dach erhaschen. Auf dem Parkplatz davor standen zum Glück nur wenige Autos und ein paar Fahrräder. Überhaupt schien der Hof recht groß zu sein mit seinen fünf, sechs Nebengebäuden, die ich im Vorbeigehen zählte. Aber da rundherum nur Wald und Heide war, schien er das einzige Fleckchen menschlicher Zivilisation weit und breit zu sein.

Wie ein lichtbringender Leuchtturm nach tausend einsamen Seemeilen im dunklen, weiten Ozean schien der Hof seine Arme auszubreiten. Auch der Eingangsbereich sah sehr einladend aus. Rechts und links fanden sich große Kübel mit Buchsbäumen in Herzform. Und die mit Kreide beschriftete Speisetafel neben der Tür versüßte mir die Vorfreude auf ein leckeres Menü. Am meisten sprach mich das *Zarte Hähnchenbrustfilet mit Landseelen-Gemüse und Wildreis* an. Hoffentlich konnte ich von meinem Zimmer aus in den weitläufigen Garten mit den zahlreichen Eichen und bunt blühenden riesigen Rhododendren blicken. Ein Schaukasten neben der Eingangstür ließ mich aufatmen. Dort war ein Prospekt ausgehängt, das Fotos von liebevoll eingerichteten Gästezimmern zeigte. Genau so hatte ich es mir erträumt. Die Betten wirkten groß und ließen aufgrund der dicken Federbetten mit weißer Wäsche vermuten, dass sie auch gemütlich waren. Die Wände waren in Pastelltönen gestrichen, und der Holzfußboden wirkte heimelig.

Ich würde meine verspannten Waden und Schultern sanft mit Salbe einreiben. Vielleicht gab es ja auch eine Möglichkeit, eine professionelle Massage zu buchen. Nach einem leckeren Abendessen würde ich über Festnetz versuchen, Frieda und Simon zu erreichen, um dann beruhigt bei ein paar Folgen *Gilmore Girls* oder *This Is Us* einzuschlummern. Und morgen früh, nach einer erholsamen Nacht, würde ich ein liebevoll hergerichtetes Frühstück einnehmen und mich dann an die Reportage machen.

Mein Herz hüpfte, als ich die riesige Diele betrat. Denn hier drängte sich der Duft von frisch Gebackenem auf. Kurz überlegte ich, zuerst den Gastraum aufzusuchen, um mich direkt mit einem großen Cappuccino und einer kleinen süßen Stärkung zu belohnen. Doch die Sehnsucht nach einer sauberen Toilette und einem Bett, auf dem ich mich erst einmal lang ausbreiten konnte, war größer. Also ging ich direkt auf den verlassenen Empfangstresen zu und drückte ein Mal zart auf die kleine Glocke. Doch es tat sich nichts. Also klingelte ich etwas lauter. Als immer noch niemand erschien, ging ich nach hinten durch, wo Gelächter und Stimmen zu hören waren.

Ich betrat einen gemütlichen Speisesaal. Gleich links befand sich eine Theke, hinter der ein kahlköpfiger, ziemlich kugelrunder Mann im Seniorenalter Bier zapfte.

«Moin, moin, junge Dame!», begrüßte er mich und sah freundlich über den Rand seiner Brille. «Was kann ich für Sie tun?»

«Ich würde gerne einchecken», sagte ich und deutete in Richtung Eingang, «aber an der Rezeption ist niemand.»

«Nee, meine Frau ist in der Küche beschäftigt», erklärte er und trat etwas näher, um mit leicht gedämpfter Stimme weiterzusprechen. «Wir haben lauter hungrige Mäuler zu stopfen.» Mit einem Kopfnicken deutete er auf einen großen Tisch in der hinteren Ecke des Raumes, von der aus mich bekannte Gesichter anblickten: die Radfahrer, die mich in flagranti beim Pinkeln erwischt hatten! Kurz war ich versucht, ihnen zuzuwinken, besann mich dann aber schnell auf mein Anliegen und tat so, als wäre ich ihnen nie begegnet.

«Soll ich also auf Ihre Frau warten?», fragte ich und lächelte unsicher. Ich stellte mir die Dame des Hauses automatisch wie meine Oma vor: gutmütig und mütterlich.

Der nette Herr signalisierte mir, ihm zu folgen. Schmunzelnd beobachtete ich, wie er sich an mir vorbei und bis zum Empfang kugelte. Dort rückte er seine Brille gerade, um dann trotzdem mit nur wenigen Zentimetern Abstand auf den Bildschirm zu starren. Offenbar suchte er ein freies Zimmer im Computer.

«Name?», fragte er, ohne aufzusehen.

«Valerie Neumann», antwortete ich und streifte schon mal erleichtert meinen Rucksack ab.

«Mmh ... Aber ich sehe hier keine Frau Neumann.» Er sah mich mit großen Augen an. «Wann haben Sie denn gebucht?»

«Gar nicht», entgegnete ich zerknirscht.

«Wir haben leider nichts mehr frei. Es ist ja fast schon Hauptsaison, da kommt das schon vor.»

«Gibt es nicht noch eine andere Möglichkeit?», fragte ich flehend. «Ein Zimmer unterm Dach oder ein Doppelzimmer?»

Er nickte und lächelte verschmitzt, sodass mir ein riesiger Stein vom Herzen plumpste.

«Kommen Sie!», sagte er und verschwand durch einen Nebenausgang.

Erleichtert folgte ich ihm über den Hinterhof bis zu einer großen, etwas abgelegenen Scheune. Womöglich gab es dort hübsch eingerichtete Ferienwohnungen, dachte ich, von denen ich noch nichts gelesen hatte und die ich im Geiste sofort für eine ganze Woche buchte. Meine Vorfreude auf ein Wannenbad, das meinen versteinerten Waden und Schultern sicher guttun würde, wuchs und wuchs. Lächelnd betrat ich das mit Feldsteinen gepflasterte Eingangsportal der hübschen Scheune, deren Giebel die typisch niedersächsischen gekreuzten Pferdeköpfe aus Holz zierten.

Er schob die große, schwere Tür zur Seite und sagte nicht ohne Stolz in der Stimme: «Das ist unser Heuhotel im Schafstall! Hier können Sie es sich gemütlich machen und das sogar ganz exklusiv!»

Ich riss meine Augen und meinen Mund weit auf. Und doch war ich sprachlos, so wie immer, wenn ich emotional aufgewühlt war.

«Sie haben Glück», fügte er hinzu. «Die Gruppe Jugendlicher kommt erst morgen. Aber bis dahin können Sie sich hier gerne ausbreiten. Klo und Dusche sind im Haupthaus. Handtücher zur Not auch. Aber Sie sind ja bestens mit allem ausgestattet», sagte er mit zufriedenem Blick auf meine Isomatte.

Wenn ich auch nur noch ein klein bisschen Kraft gehabt hätte, hätte ich sofort auf dem klobigen Absatz kehrtgemacht und wäre weitergewandert oder hätte mir ein Taxi rufen lassen. Aber meine Füße und Muskeln brannten, und ich war nicht in der Lage, irgendetwas einzuwenden. Mein Blick wanderte über das Heu, das sich auf einer riesigen Fläche auf dem Boden verteilte und in Ballen hoch bis unters Dach gestapelt war, wo mir sofort fette Spinnweben zwischen den Balken ins Auge stachen.

«Und wie lange haben Sie Ihre Küche noch geöffnet?», hörte ich mich fragen und klang dabei erstaunlich aufgeschlossen.

Der gute Herr schaute auf seine Armbanduhr, die winzig wirkte an seinem fleischigen Handgelenk. «Wenn Sie sich beeilen, kann Lisbeth Ihnen schnell noch was machen.»

Ich nickte eifrig und verabschiedete mich schwermütig von meinem Wunsch, vor dem Essen noch ausgiebig zu duschen.

Ein kurzer Besuch in den Waschräumen musste reichen, um wenigstens meine Hände mit Wasser und Seife zu reinigen.

Das war nun also mein Wellness-Tempel, dachte ich wenig später und musste beinahe losprusten, weil mich die Waschräume irgendwie an eine Jugendherberge erinnerten mit den nur notdürftig abgetrennten Duschkabinen und den fünf Waschbecken nebeneinander. Wahrscheinlich sollte ich mich aber glücklich schätzen, weil ich nicht einen Tag später angekommen war und mir das Gemeinschaftsbad mit zwanzig Teenagern teilen musste. Doch die Aussicht, die Nacht ganz allein in dieser riesigen, dunklen, alten Scheune verbringen zu müssen, erschien mir auch nicht verlockender. Wobei *allein* natürlich relativ war, wenn ich an all die Kleintiere dachte, die sich dort wohl tummelten.

Ich schaute resigniert in den Spiegel und kam mir seltsam unbekannt vor. Die Haare zauselig, die Schminke verschmiert und die Haut gerötet. Obwohl ich erst zwei Tage unterwegs war, sah ich aus, als wären es zwei Monate.

Zum Glück wärmte Lisbeth sofort mein Herz, als ich ihr auf dem Rückweg in der Diele begegnete.

«Guten Abend!», begrüßte mich die ebenso kugelrunde Frau im Dirndl. «Mögen Sie vielleicht das Heidschnucken-Ragout?»

Ich zögerte. Eigentlich mochte ich kein Schaffleisch.

«Mit Rotkohl und Salzkartoffeln?» Ihr Blick durch die kleine Nickelbrille war so überzeugend, dass ich mich nicht traute, zu widersprechen. Also nickte ich, bestellte eine Cola dazu und ließ mir einen Platz zeigen, von dem aus ich den schönen Garten überblicken konnte.

Kurz darauf servierte mir der nette Mann die Cola, und ich betrachtete die Inneneinrichtung. Die weißen Sprossenfenster waren wie so oft in solchen alten Bauernhäusern bedauernswert klein, sodass kaum Licht von der Abendsonne in die Gaststube drang. Das dunkle Holz der Tische und Bänke, die in kleine Nischen eingefasst waren, machte alles noch uriger. Aber weder die holzgerahmten Stillleben noch die grün-rot geblümten Sitzpolster waren nach meinem Geschmack. Auch die dunkelroten Gardinen würde ich sofort austauschen, dachte ich.

Ich hatte eigentlich schon immer Freude an Inneneinrichtung gehabt. Jedenfalls verwendete ich gerne Zeit darauf, Tapeten, Wohnaccessoires und Möbel auszuwählen. Auch Caro hatte mich schon um Rat gefragt. Und so manches Mal war ich neidisch gewesen auf die Kollegen aus dem Ressort *Interieur & Living*, die sich den lieben langen Tag nur mit diesem Thema beschäftigen durften.

Lisbeth unterbrach meine Tagträume, als sie an meinen Tisch trat, um mir einen randvoll gefüllten Teller mit dampfendem, sehr lecker duftendem Essen zu bringen.

«Lassen Sie sich's schmecken!», sagte sie, legte mir das Besteck hin und nickte aufmunternd.

«Vielen lieben Dank», sagte ich und schaute auf das dunkle Fleisch. Plötzlich tauchten Bilder von kleinen niedlichen Lämmern vor meinem geistigen Auge auf.

«Wie alt durfte dieses Tier denn werden?», fragte ich mit einem schiefen Lächeln und verfluchte mich sofort für eine derart todesmutige Frage. Denn eigentlich sah Lisbeth mit ihrer kräftigen Figur und ihrem strengen

Dutt nach einer Frau aus, mit der man sich besser nicht anlegte.

«Ein gutes Jahr etwa», sagte sie und stemmte auch sogleich ihre Hände in die Hüften.

Da ich mich offenbar eh schon unbeliebt gemacht hatte, traute ich mich noch zu fragen, ob es sich denn um Biofleisch handelte. «Es sieht ja wirklich sehr gut aus», beeilte ich mich schnell noch hinzuzufügen.

Lisbeth fixierte mich mit ihren dunklen Augen und brach dann plötzlich in schallendes Gelächter aus. So schallend, dass sich alle zu uns umdrehten.

«Was ist denn los?», wollte ihr Mann wissen, der gerade ein ganzes Tablett Schnapsgläser füllte.

«Sie fragt, ob unser Ragout *bio* ist?!», freute sich Lisbeth über meinen vermeintlichen Scherz. «Also, wenn das nicht bio ist, dann weiß ich auch nicht. Sie können unsere Schnucken auf der Wiese neben der Scheune gern auch zählen, wenn's Einschlafprobleme gibt. Aber Massentierhaltung betreiben wir garantiert keine!»

«Na, außer mit uns natürlich!», grölte nun einer der Radfahrer und hob sein leeres Bierglas, um gleich ein neues zu ordern.

Ich spürte, wie ich errötete, und lächelte gequält. Dann begann ich zu essen. Es schmeckte genauso lecker, wie es roch, und trotzdem fühlte ich mich unwohl. Es war seltsam ungewohnt, allein an einem Tisch zu essen. Das hatte ich in Hamburg noch nie gemacht. Ich konnte mich gar nicht erinnern, überhaupt jemals ohne Begleitung essen gegangen zu sein. Und normalerweise hätte ich aus Unsicherheit bestimmt zwischendurch nach meinem Handy gegriffen, um ein bisschen zu surfen und meine Mails zu checken. Aber es lag noch immer saftlos in einer Tasche meines Rucksacks.

Als ich satt war und den Teller fast leer gegessen hatte, war ich kurz versucht, noch einen Espresso zu bestellen. Doch es galt, alles, was den Schlaf in einer gruseligen Scheune verzögern oder beeinträchtigen könnte, um jeden Preis zu vermeiden. Zum Glück war ich von der Wanderung schon recht kaputt und müde. Daher begnügte ich mich damit, den netten Inhaber zu fragen, ob es im Heuhotel wohl auch WLAN gebe.

«Nee. So einen neumodischen Kram haben wir hier nicht», sagte er lachend.

Mir entgleisten alle Gesichtszüge. «Aber ... in Ihrem Prospekt steht doch ...», stotterte ich noch mit einem letzten Funken Hoffnung.

Doch er winkte nur ab und entgegnete: «Nee, nee, das war mal. Seit Heiner mit dem Bagger die Leitung gekappt hat, hat sich da nix mehr getan.»

«Aber Festnetz? Das geht noch?», fragte ich seufzend.

Er nickte. «Sie können das Telefon an der Rezeption benutzen.»

Wenigstens ein Lichtblick, dachte ich. Vielleicht hatte ich ja Glück und erwischte Frieda zu Hause.

Nachdem ich immerhin angenehm warm und ausdauernd geduscht und mir die Zähne geputzt hatte, zog ich mir etwas Bequemes an, um bestens gewappnet zu sein für meine erste Nacht im Schlafsack. Ich wollte mein abenteuerliches Schlafquartier unbedingt beziehen, bevor es stockdunkel wurde und ich womöglich Kreuzottern, Riesenspinnen oder Schafsköttel übersah. Doch vorher warf ich mir noch schnell eine Jacke über und ging zurück ins Haupthaus.

Lisbeth reichte mir ein Telefon. Auch wenn es sie nichts anging, erwähnte ich, dass ich bloß hören wollte, ob zu Hause alles in Ordnung war. Sie nickte verständnisvoll.

Ich trat ein paar Schritte zur Seite und wählte unsere Festnetznummer. Es klingelte nur zwei Mal.

«Ja?!» Es war Simon, leider.

«Hi, ich bin's», sagte ich und versuchte, nicht allzu enttäuscht zu klingen. «Wie geht's euch?»

«Gut.»

«Schön!», entgegnete ich ebenso knapp, weil er weiter nichts sagte und ich mich direkt provoziert fühlte. Es entstand eine Pause, die ich irgendwann unterbrach. Ich hielt dieses Schweigen schlichtweg nicht aus. «Kannst du mich mal an Frieda weiterreichen?»

«Die ist unterwegs.»

«Aha?! Mit wem denn?» Musste ich Simon denn immer alles aus der Nase ziehen?

«Mit Lilly.»

Das war's. Keine weiteren Details.

Ich war kurz davor, zu explodieren. Denn er wusste genau, was ich wissen wollte. Nämlich, was sie taten, wo sie sich rumtrieben, einfach, ob es ihnen auch wirklich gutging. Aber ich biss mir auf die Lippen und wartete, ob noch etwas kam.

«Nein, sie ist nicht auf dem Kiez oder im Krankenhaus.» Simons Tonfall klang beinahe spöttisch. «Sie sitzen brav bei Lilly zu Hause und gucken bloß ein bisschen Netflix.»

«Schon gut. Ich wollte auch nur mal hallo sagen. Und vermelden, dass ich noch lebe.» Ich versuchte so entspannt wie möglich zu klingen. Der Höflichkeit halber fragte ich noch: «Und sonst irgendwas Neues?»

«Frieda hat die Bestätigung von der Au-pair-Agentur», antwortete er ruhig.

«Was?», entfuhr es mir entsetzt. Ich spürte, wie sich mein Magen verkrampfte.

«Ist doch toll, sie ist vollkommen aus dem Häuschen.»

«Aber ...» Das durfte nicht wahr sein! Um mich herum schien sich alles zu drehen.

«Jetzt mach kein Drama draus. Ich finde, wir sollten uns mit ihr freuen», hörte ich Simon sagen. «Sogar ihr Erstwunsch Wellington ist berücksichtigt worden.»

«Aber das geht nicht», entgegnete ich eine Spur zu laut, sodass Lisbeth kurz hinter ihrem Tresen aufschaute. Ich bemühte mich um ein Lächeln, drehte mich dann aber weg. Sie sollte nicht sehen, dass ich mit den Tränen kämpfte. Und Simon sollte es nicht hören. «Wir klären das, wenn ich zurück bin. Es ist eindeutig zu früh. Sie soll verdammt noch mal ihr Abi machen, dann kann sie immer noch ins Ausland!»

Simon stöhnte.

«Bitte, Simon! Fall mir nicht in den Rücken. Es geht hier nicht um uns und unsere Kämpfe. Es geht um das Wohl unseres Kindes!» Ich ahnte, wie verzweifelt ich klang.

«Es geht hier einzig und allein um dich, Valerie! Und

das weißt du auch. Ich finde wirklich, es ist an der Zeit, dass du deinen Egoismus diesbezüglich ablegst.»

Ich konnte nicht glauben, dass er das wirklich gesagt hatte. «So siehst du das also?», fauchte ich. «Wer ist denn hier egoistisch?! Ich weiß schon, warum es dir bestens in den Kram passt, wenn sie weg ist. Dann hast du endlich deine Ruhe und musst dich um gar nichts mehr kümmern!»

Wieder entstand eine Pause, in der ich mir umso kräftiger auf die Lippen biss, bis es schmerzte.

«Es hat keinen Sinn, Valerie. Lass uns wann anders weitersprechen.»

«Da hast du verdammt noch mal recht: Es hat einfach keinen Sinn!»

Ich legte auf und hatte das Gefühl, mich nicht nur lautstark von ihm verabschiedet zu haben, sondern auch aus meiner Ehe. Dann wankte ich zu Lisbeth, überreichte ihr dankbar nickend das Telefon und sagte mit letzter Kraft gute Nacht. Ich wollte nur noch raus hier. Raus aus diesem Schmerz.

TAG 3

Mein Wecker klingelte. Oder nein, es war kein Klingeln, sondern ... ein Blöken?! Ich blinzelte zaghaft.

Es war noch nicht einmal richtig hell, und ich fühlte mich, als hätte ich kaum geschlafen. Und dann war es wieder da. Dieses Stechen in der Brust, das mich gestern Abend lange vom Schlafen abgehalten hatte. Und das leider nicht über Nacht verschwunden war. Unter anderen Umständen wäre meine erste Übernachtung in einem Heuhotel vielleicht gar nicht so übel gewesen. Aber nach dem Telefonat mit Simon hatte ich mich in dieser Umgebung noch verlassener gefühlt als ohnehin schon.

Ein seltsames Gefühl sagte mir, dass ich von Frieda geträumt hatte. Jetzt fiel es mir wieder ein: Ich habe sie am Flughafen verabschiedet – und sie hat sich nicht noch einmal nach mir umgedreht. Simon war nicht dabei gewesen, soweit ich meine schwache Erinnerung richtig abrufen konnte. Aber da war eine Frau gewesen. Eine ältere Dame, nicht Lisbeth, und auch nicht meine verstorbene Oma. Seltsam.

«Sie arbeiten sich am frühen Verlust Ihres Vaters ab», hatte Frau Stein-Nolte einmal gesagt. Das war ja auch gut möglich. Nur fühlte es sich trotzdem, oder gerade deswegen, so schmerzhaft an, mein einziges Kind ziehen zu lassen. Es mochte ja sein, dass ich im Loslassen nicht besonders gut war und sich meine eigenen Interessen da hineinmischten. Aber ich war felsenfest davon überzeugt, Frieda würde es eines Tages bereuen, nicht gemeinsam mit ihren Freundinnen das Abitur durchgezogen zu haben und sich dadurch alle Möglichkeiten für ein Studium offenzuhalten. Wenn ich an meinen Start in die Freiheit dachte, kamen unzählige schöne Erinnerungen hoch. Nie wieder hatte ich mich so lebendig gefühlt als zu der Zeit, in der ich das erste Mal in einer WG gewohnt und mich in allem Möglichen ausprobiert hatte.

Ich seufzte tief. Wenn Simon doch wenigstens an einem Strang mit mir ziehen würde.

Ich versuchte, meine verquollenen Augen ganz zu öffnen, um auf die Uhr zu sehen. Es war tatsächlich erst kurz nach fünf! Ich stöhnte. Mit dem Gedankenkarussell im Kopf konnte ich garantiert nicht mehr einschlafen.

Wenn ich gewusst hätte, wohin mit mir, hätte ich eigentlich direkt aufstehen können. Aber Frühstück gab es erst ab sieben. Und ohne einen starken Kaffee würde ich heute keinen Kilometer weit kommen.

Ich merkte, wie verspannt ich war. Dabei lag es sich durchaus bequem auf einem Haufen wohlriechendem Heu. Ich kuschelte mich etwas tiefer in Friedas Schlafsack, was mir das Gefühl gab, ihr ein bisschen näher zu sein.

Dann irgendwann beschloss ich, mich ganz in Ruhe fertig zu machen und der Sonne beim Aufgehen zuzusehen. Eigentlich mochte ich den Zauber eines noch unverbrauchten Tages voller Optionen und neuer Erfahrungen. Wieso nur fühlte sich alles so schwer an? Wann war mir die Leichtigkeit, die ich einst hatte, abhandengekommen? Wieso fühlte ich mich so vom Leben betrogen? Auch ich war schließlich mal ein Mädchen voller Träume gewesen. Waren alle anderen um mich herum wirklich erfüllter? Oder einfach bloß genügsamer?

Die ersten Kilometer brachte ich im strammen Marsch hinter mich. Dann kam ich an eine Kreuzung und hielt nach der nächsten Markierung Ausschau. Mir wurde bewusst, dass ich bis hierhin ohne einen konkreten Gedanken gelaufen war. Jedenfalls konnte ich mich nicht erinnern, dass ich gegrübelt hätte. Das kannte ich bislang nur vom Autofahren: so sehr in etwas vertieft zu sein, dass man nicht wusste, wie man überhaupt an den nächsten Punkt gelangt war.

Der Blick auf meine Fitnessuhr verriet mir, dass ich bereits sieben Kilometer gegangen und Lisbeths üppiges Frühstück fast schon drei Stunden her war. Also rollte ich die Isomatte aus, holte das Käsebrötchen hervor, das ich am Morgen eingesteckt hatte, und betrachtete die nächsten Wegabschnitte auf der Karte. Ich blätterte auch noch etwas im Reiseführer und stieß schließlich auf die Etappe nach Bispingen. Die Gemeinde im und am Naturschutzgebiet Lüneburger Heide bestand aus mehreren Ortsteilen und hatte eine Fläche von 128 Quadratkilometern. Von zahlreichen Hügelgräbern war die Rede und dem hohen Erholungswert der weitläufigen Landschaft durch den Wechsel von Wasser, Grünland und Wald. Hunderte Kilometer Wanderwege, Fahrradwege und Reitwege erstreckten sich über das Naturschutzgebiet, das für den Autoverkehr gesperrt war.

Als ich die Namen der Dörfer überflog, stutzte ich plötzlich. Der Ort Volkwardingen verursachte bei mir ein unangenehmes Gefühl. Er hörte sich für mich seltsam vertraut an. Ob dort der ...

Ich schaute noch einmal auf die Karte und suchte die Gegend rund um Bispingen ab. Tatsächlich, ein paar Kilometer nördlich davon, an der Grenze zum Naturschutzgebiet, stand er – der Name, den ich so lange in die hinterletzte Ecke meiner Erinnerung geschoben hatte: *Friedwald Lüneburger Heide.*

Das konnte doch nicht wahr sein! Ich fühlte mich irgendwie vom Universum vorgeführt. Da schickte mich meine durchgeknallte Chefin auf einen Weg zur inneren Einkehr – und der führte mich schnurstracks zur schmerzhaftesten Episode meines Lebens! Wieso hatte meine Mutter nicht erwähnt, dass mein Wandertrip unweigerlich an Papas Grabstelle vorbeiführte? Im Gegensatz zu mir besuchte sie ihn regelmäßig in der Heide, sicher alle paar Wochen. Sie musste doch gewusst haben, dass ich hier von alldem eingeholt würde.

Ich war fassungslos. Auch darüber, wie naiv ich mich auf dieses zweifelhafte Abenteuer eingelassen hatte. Oder hatte mich eine diffuse Vorahnung womöglich davon abgehalten, den Streckenverlauf genauer abzuchecken?

Natürlich hatte ich schon öfter darüber gelesen, dass Pilgern vor allem deswegen so heilsam für die Seele ist, weil man dabei seinen eigenen Weg reflektiert, der nun mal in der Vergangenheit seinen Anfang hat. Aber dass mich die Wanderung nun sogar buchstäblich dorthin führte, darauf war ich nicht vorbereitet. Plötzlich vermischten sich die Zeitebenen und die Trauer um den Verlust von Frieda mit der von damals.

Aber vielleicht hatte ich ja eine Wahl, versuchte ich mich zu beruhigen, während ich ins Brötchen biss. Frau Stein-Nolte hätte mir sicher dazu geraten, zu erspüren, was ich will, und dies auch zu benennen. Da brauchte ich ausnahmsweise auch gar nicht lange zu grübeln: Niemand konnte mich zwingen, Papas Baum zu besuchen. Ich hatte ihn fest in meinem Herzen. Das war es, was zählte! Warum also sollte ich mich in einer ohnehin schon labilen Phase mit dem Verlust meines Vaters konfrontieren? Meine Bedürfnisse waren nie klarer: Ich wollte meine akuten Probleme lösen!

Entschlossen machte ich mich wieder auf den Weg.

Wenige Kilometer später wurde ich belohnt mit einer Heidelandschaft, wie man sie in kitschigen Heimatfilmen zeigen würde: Leichte Hügel, auf denen sich vereinzelte Birken, Kiefern und Wacholder abwechselten, dazwischen das endlos erscheinende Lila der Heide, das von Tag zu Tag trotz des trockenen Sommers kräftiger wurde. Ich ließ den Blick schweifen. Auch wenn ich jede Menge Ballast mit mir rumschleppte, wollte ich den Moment bewusst genießen. Nun hatte ich fast drei Tage Wandern hinter mich gebracht und war ein bisschen stolz. Auch darauf, dass ich mich über den Tag wieder etwas gefangen hatte.

Eine knappe Stunde später lag Hermannsburg vor mir, wo ich unterkommen wollte. Jetzt musste ich mich entscheiden, ob ich auch noch eine Extrarunde nach Unterlüß und Faßberg machen wollte. Natürlich brauchte ich da nicht lange zu überlegen. Mein Auftrag war nicht, über jeden Meter der Strecke mit all seinen optionalen Schleifen und Alternativrouten zu berichten. Guten Gewissens machte ich mich also auf den Hauptweg über Wietzendorf und Soltau nach Bispingen, wo es den Heidepark, eine Therme, eine Kartbahn und eine Skihalle gab.

Von weitem sah ich zwei Pärchen auf mich zukommen, zwei Mädels und zwei Jungs, etwa in Friedas Alter. Auch sie waren mit Wanderschuhen, großen Rucksäcken und Schlafutensilien ausgestattet und grüßten freundlich, als sie munter plaudernd an mir vorbeiliefen. Erstaunlich, dass der Weg offensichtlich auch für junge Leute interessant war.

Da kam mir eine Idee: Ich könnte Frieda doch in die Heide einladen, um etwas Zeit zusammen zu verbringen und in Ruhe über alles zu reden! Die Vorstellung fühlte sich gut an. Ein guter Plan!

Sobald ich eine Chance hatte, würde ich Kontakt zu ihr aufnehmen und sie bitten, zu kommen. Sicher gab es eine Möglichkeit, sich an einem Punkt zu verabreden, wo wir es nett haben würden. Sofort schoss mir das Haus Annegret durch den Kopf.

Meinen Besuch dort hatte ich zwar erst für die nächste Woche angekündigt. Aber vielleicht war es ja möglich, mich etwas schneller durchzumogeln und schon jetzt zum Wochenende ein Zimmer für Frieda und mich zu buchen. Es war doch nicht zu viel verlangt, etwas Zeit mit meiner Tochter verbringen zu wollen, wenn sie in ein paar Wochen womöglich für eine sehr lange Zeit sehr weit weg ging.

Ich seufzte erleichtert und schloss die Augen, um die Strahlen der Julisonne auf meinem Gesicht noch intensiver wahrzunehmen. Allmählich gewöhnte ich mich an die stickig brennende Hitze, doch wenn es stimmte, was die *Cellesche Zeitung* schrieb, in die ich beim Frühstück einen Blick geworfen hatte, würde das Wetter bald umschwenken.

Für die kommende Nacht malte ich mir besser keine Traumunterkunft aus, um nicht wieder enttäuscht zu werden. In kurzer Zeit war ich tatsächlich genügsamer geworden, auch was meinen Proviant betraf. Meine Riegel hatte ich längst gegessen und alle anderen Snacks entsorgt, weil sie im wahrsten Sinne des Wortes ziemlich mitgenommen aussahen. Überhaupt hatte ich bisher erstaunlich wenig Appetit auf all den ungesunden Kram, und ich war froh, nun in den saftigen Apfel beißen zu können, den Lisbeth mir noch zugesteckt hatte. Auch meine Sehnsucht nach meiner heißgeliebten Cola ließ erstaunlicherweise nach. Das kannte ich vom Joggen. Nach dem Sport war mir eher nach Wasser oder etwas Frischem zumute statt nach Zuckerzeug.

Es musste doch eine Möglichkeit geben, irgendwie ganz von dieser Droge loszukommen, überlegte ich in der Nachmittagssonne weiter. Meine körperliche Verfassung war nie präsenter gewesen als hier.

Im Gegenzug zu einem Großteil unserer Leserschaft glaubte ich nicht so wirklich an Schicksal. Und ich bezeichnete mich auch nicht als spirituell. Aber wenn sich Dinge scheinbar wie von selbst fügten, fühlte es sich ein bisschen so an, als gäbe es da tatsächlich eine unsichtbare Kraft. Ich beneidete Menschen wie Caro, die wirklich an etwas glaubten, wenn auch nicht unbedingt an den Gott aus der Bibel oder den einer anderen Religion. Aber sie war überzeugt, dass alles mit allem verbunden war. Sie sprach immer von *Energien.* Ich musste zugeben, hier in der Natur konnte ich ihre Ansichten besser nachvollziehen. In der Stille und Schönheit der Natur war es leicht, sich als ein kleiner Teil eines großen Ganzen zu empfinden.

Ich zog mein Notizbuch hervor, um diese Erkenntnis für meine Reportage festzuhalten. Dass es tatsächlich einen sehr großen Unterschied machte, ob man nur in der Theorie, etwa durch das Lesen von Lebenshilfe-Büchern und oder das Konsumieren von Podcasts, eine vage Ahnung vom Sinn des Lebens bekam. Oder ob man dem Leben selbst einen gab und es, wie das Verb es so treffend ausdrückt, *erlebte.* Allmählich bekam ich richtig Lust, meine Eindrücke aufzuschreiben. Es kribbelte mir in den Fingern, wie ich es schon lange nicht mehr empfunden hatte. Meist überkam mich diese Freude am Schreiben immer dann, wenn ich wirklich etwas mitzuteilen hatte. Wenn ich die berechtigte Hoffnung hatte, die Lektüre würde meine Leser zu etwas inspirieren, das sie begeisterte.

Zuletzt hatte ich dieses Gefühl nach einem Interview

mit einer Buchautorin gehabt, die das Entrümpeln des eigenen Lebens als Glücks- und Heilsbringer propagierte. Ihrer These nach brauchte man lediglich fünfzig Gegenstände, von der Zahnbürste über das Bett bis zum Wintermantel, um frei und trotzdem – oder erst recht – erfüllt zu sein. Es hatte etliche Zuschriften gegeben, in denen sich die Leserinnen bedankten für die wertvollen Anregungen, was das Weniger-ist-mehr-Prinzip zum Beispiel für den eigenen Kleiderschrank bedeutete. Ich hatte unter anderem einige simple Fragen der Autorin aufgelistet, anhand derer die Leserinnen überprüfen sollten, ob ihre Besitztümer sie glücklich machten oder nicht. Es war eine große Freude gewesen, das Thema in der Redaktionssitzung aufgeworfen und etwas wirklich Wirksames weitergegeben zu haben.

Ich ließ meinen Blick entlang des Horizonts schweifen und machte ein paar dunkle Wolken in der Ferne aus. Aus einem Impuls heraus blätterte ich ganz nach hinten in meinem Notizbuch. Dort wollte ich Dinge festhalten, die ich schon immer mal tun wollte oder die mich inspirieren sollten. Ich notierte mir unter der Überschrift *Bucket List* folgende Punkte:

- *nach Island reisen und dort auf Ponys reiten*
- *in einem Dunkelrestaurant essen*

Außerdem nahm ich mir fest vor, die Liste auf mindestens zwölf Punkte zu erweitern und je einen davon pro Monat in die Tat umzusetzen, sobald ich wieder zu Hause war.

Frau Stein-Nolte wäre stolz auf mich, dachte ich schmunzelnd. Ich musste unweigerlich an einen ihrer unzähligen Ratschläge denken, den sie gleich zu Beginn der Gesprächstherapie von sich gegeben hatte. Sie sagte sinngemäß: «Wann immer Sie vor einer Entscheidung für oder gegen etwas stehen, entscheiden Sie sich dafür – für das Tun, das Risiko, die Chance ... Anstatt dagegen, also die Angst, den Stillstand oder die reine Vernunft. Denn das Ja steht für das Leben, an dessen Ende nichts schwerer wiegt als die Reue, etwas nicht getan oder versucht zu haben.»

Ich erinnerte mich, dass der Ausspruch damals gleich mein mir typisches Misstrauen geweckt hatte. Ich vermutete, er war bloß so eine Art Masche, damit ich am Ball bliebe und weiterhin brav die 95 Euro pro Sitzung bezahlte.

Erst jetzt konnte ich mit diesem weisen Rat etwas anfangen. Es musste ja auch einen guten Grund geben, warum Caro so überzeugt war von der nachhaltigen Betreuung von Frau Stein-Nolte. Mir war durchaus bewusst, dass ich eine schwierige Klientin war, der man alles Wesentliche aus der Nase ziehen musste. Ich war es einfach nicht gewohnt, jemandem mein Herz auszuschütten. Aber ich nahm mir hier und jetzt fest vor, besser zu kooperieren.

Wie zum Beweis schritt ich entschlossen und frisch los. Noch etwa zwei Kilometer, dann erreichte ich Hermannsburg und würde mich für diesen Wiedereintritt in die Zivilisation mit einer Kleinigkeit belohnen.

TAG 4

Am nächsten Morgen brach ich früh in Richtung Müden auf. Ich hatte in einem richtigen Bett in einer bekannten Hotelkette übernachtet. Gut geschlafen hatte ich trotzdem nicht. Mal war es zu warm gewesen unter der raschelnden, dicken Federdecke, mal zu laut auf dem Flur, weil es schon sehr früh Gewusel gegeben hatte von einer Reisegruppe im Rentenalter.

Die unruhige Nacht hatte aber sicher auch damit zu tun, dass ich abends vergeblich versucht hatte, Frieda zu erreichen. Weder auf dem Festnetz noch auf dem Handy hatte ich sie von meinem Zimmertelefon aus erwischt. Wenigstens hatte ich mein Handy über Nacht geladen. Der junge Typ an der Rezeption hatte mir zwar auch nicht aushelfen können, dafür aber sein Kumpel aus der Küche, der mir sein iPhone-Ladekabel für ein angemessenes Trinkgeld über Nacht auslieh. Ich hätte alles dafür gegeben. Doch wofür? Nur um frustriert festzustellen, dass Frieda meine WhatsApp-Nachricht bislang nicht einmal gelesen hatte. Vermutlich wollte sie an ihrem ersten Ferientag erst einmal ausschlafen.

Immerhin war mein Telefon nun aufgeladen, sodass

ich jederzeit nachsehen konnte, dachte ich beruhigt, als ich die Hauptstraße überquerte.

Auf der anderen Seite führte der Weg mich eine Treppe hinab auf eine Strecke entlang der Örtze. Ein kleiner Fluss mit niedrigem Wasserstand, sicher wegen der seit Wochen anhaltenden Trockenheit. Meine Wetter-App bestätigte allerdings die Aussicht auf kühlere und nassere Tage. Für heute war zwar nur ein bewölkter Himmel angesagt, aber die Temperatur war deutlich gesunken. Gut, dann würde die schwülwarme Luft mich nicht mehr so anstrengen.

Nach kurzer Strecke wartete der sandige Weg mit Sinnsprüchen berühmter Persönlichkeiten auf, wie ich überrascht feststellte. Sie reihten sich auf etwa zwanzig Holzschildern mit jeweils ein paar Metern Abstand aneinander. Eine schöne Idee. Martin Luther hatte offenbar geschrieben, dass man Gott auf frischer Tat ertappe, wenn man ein Kind sehe. Der Gedanke zauberte mir ein Lächeln aufs Gesicht. Das erste des Tages.

Wie oft hatte ich unsere kleine Frieda dabei beobachtet, wie sie selbstvergessen Bilder malte oder einfach summend durch die Wohnung tanzte. Es hatte in der Vergangenheit so viele glückliche Momente gegeben, auch mit Simon, weil uns die Freude über dieses aufgeweckte und fröhliche Kind immer wieder zu einem stolzen Elternpaar vereint hatte. Doch irgendwann hatten wir aufgehört, uns gemeinsam unser kleines großes Glück bewusst zu machen.

Nach etwa zwei Kilometern überquerte ich wieder eine große Straße und kam an eine Stelle, wo die Örtze so breit war, dass dort ein kleiner Bootsanleger zu finden war. Ein Junge, etwa sechs Jahre alt, ließ gerade mit seinem Vater ein Kanu zu Wasser. Das hatte ich als Kind auch öfter mit meinen Eltern getan. Der Mann nickte mir freundlich zu.

Weil es an der Stelle auch einen Essplatz mit einem Tisch und zwei Bänken gab, beschloss ich, mich hier eine Weile niederzulassen und an meiner Reportage zu arbeiten.

Während der Vater Schwimmwesten und Paddel aus dem Dachgepäckträger seines Kombis holte, schien sich sein Sohn zu langweilen. Er trat näher.

«Was machst du da?» Er zeigte auf die Tastatur, die ich gerade an mein Tablet klemmte.

«Ich will etwas aufschreiben», sagte ich lächelnd.

«Was denn?» Der Junge hatte putzige braune Kulleraugen. Den dunklen Lockenkopf hatte er ganz offensichtlich von seinem Vater geerbt.

Ich versuchte ihm zu erklären, dass ich einen Reisebericht über eine Wanderung in der Heide und hier am Fluss entlang schreiben wollte. Bei diesem Stichwort berichtete er stolz von seinen Abenteuern auf dem Wasser und davon, dass sie im Sommer fast jede Woche mit dem Boot paddelten.

«Komm jetzt, Paul!», rief sein Vater. Und schon lief das Kind freudig los.

«Viel Spaß!», sagte ich noch schnell und sah ihnen versonnen zu, wie sie die Schwimmwesten anlegten, ins Kanu stiegen und flussabwärts ins nächste Abenteuer starteten.

Ich blieb zurück mit einer Mischung aus Rührung und Wehmut. Wie wäre wohl unsere Ehe, unser Glück, ja unser ganzes Leben verlaufen, wenn Simon und ich nach Frieda noch einen Sohn bekommen hätten? Ich spürte einen vertrauten Stich in meiner Brust. Eigentlich hatte ich, seit ich denken konnte, mindestens zwei Kinder haben wollen. Ich hatte es auch schon immer schade gefunden, selbst keine Geschwister zu haben. Vielleicht hätte ich den frühen Tod meines Vaters besser überwunden, wenn ich eine Schwester oder einen Bruder zum Reden gehabt hätte. Darüber, wie sehr Papa fehlte, was ich alles so sehr vermisste und wie wenig hilfreich Mama gewesen war mit ihrer dominanten und vermeintlich starken Art.

Als Simon mich relativ am Anfang unserer Beziehung auf den Kopf zu gefragt hatte, wie ich denn zur Ehe und zu Kindern stünde, hatte ich lachend die Wahrheit gesagt: «Ich will nur ein einziges Mal heiraten und dafür aber zwei Kinder bekommen, mindestens!»

Er hatte charmant lächelnd gescherzt, dass man sich da ja in der Mitte treffen könne. Spätestens da war es um mich geschehen. Da ahnte ich allerdings auch noch nicht, dass dieses Thema später lange an unserer Liebe nagen, um nicht zu sagen, sie zersetzen würde. Denn der leise Wunsch wurde in den Jahren nach Friedas Geburt immer lauter, bis auch Simon ihn nicht mehr überhören konnte.

Aber natürlich kann man seinen Partner nicht zwingen, sich für ein Kind zu entscheiden. Frau Stein-Nolte hatte mir dazu irgendwann gesagt, dass ich ja die Wahl gehabt hätte, aus der Ehe auszusteigen, wenn mein Kinderwunsch größer gewesen wäre als die Liebe zu Simon. Aber das war zu kurz gedacht. Denn das war allein schon wegen Frieda nie eine Option gewesen.

Seufzend schob ich die schmerzhaften Erinnerungen an durchweinte Nächte beiseite. Ich war wirklich müde geworden, über Vergangenes und Verpasstes nachzugrübeln.

Also atmete ich tief durch und schaute auf mein Tablet. Also, wenn ich bereits eine Kernaussage über das Pilgern vor der eigenen Haustür treffen konnte, dann, wie dicht einem die Vergangenheit beim Wandern auf den Fersen war und dass sie einen auf dem Weg garantiert irgendwann einholte. Selbst wenn man wie ich schon extrem genervt davon war, gab es so viele Gedankenschleifen zu sortieren, dass man eigentlich mindestens ein Mal pro Woche zu einer Art Geh-Meditation aufbrechen sollte.

Irgendwann musste doch jedes Thema einmal zu Ende gedacht sein. Oder anders ausgedrückt: Waren es immer bloß alte, verdrängte Gefühle, die sich hartnäckig an die Oberfläche drängten, bis sie endlich wahrgenommen wurden?

Ich machte mir eine Notiz, Frau Stein-Nolte vielleicht für meine Reportage zu interviewen. Ich wollte zu gern verstehen, warum das Hirn während einer Wanderung so auf Hochtouren lief. Und ob das was mit jenem meditativen Zustand zu tun hatte, der beim Pilgern so oft beschworen wurde. Und der eine Brücke zwischen Bewusstsein und Unterbewusstsein schlug.

Ich starrte aufs Wasser und dachte über die Überschrift nach: *Pilgern vor der eigenen Haustür – Sinnfindung pur?*

Jetzt brauchte ich noch eine Unterzeile. Immer wieder verwarf ich meine Einfälle, weil sie allesamt so abgedroschen klangen. Ich schloss meine Augen und versuchte, mir den Bericht, der sich mit Fotos und Servicekasten sicher auf vier bis sechs Seiten erstrecken würde, visuell vorzustellen. Mit einem Mal flossen die Gedanken, und ich tippte drauflos.

Nach dieser durchaus produktiven Pause verstaute ich den Computer wieder im Rucksack und setzte meine Tagesetappe fort. Zunächst führte der sandige Weg mit den typischen schwarzen Kanten über eine lange gerade Strecke am Waldrand entlang. Dann ging es in den Wald hinein. Jetzt schlängelte der Pfad sich kreuz und quer über Baumwurzeln und zwischen Gräsern hindurch.

Auf einem kleinen Hügel stand eine einsame Holzbank, von der aus man einen Blick auf die Örtze und die dahinter liegenden Felder und Wiesen hatte. Das Plätzchen war so idyllisch, dass ich nicht widerstehen konnte. Mit einem lauten Stoßseufzer ließ ich mich dort nieder und merkte erst jetzt, wie hart meine Waden- und Oberschenkelmuskeln wieder geworden waren. Obwohl es heute nicht mal 25 Grad warm war, war ich trotzdem schon total geschafft. Ich überlegte, ob ich am nächsten Tag nicht doch eine Wanderpause machen sollte. Mein Körper sehnte sich nach einer Auszeit. Ich war in diesen vier Tagen sicher mehr gewandert, als ich sonst in einem ganzen Jahr zu Fuß ging!

Ich schaute in die Karte, um die nächsten Stationen noch einmal durchzugehen. Am Abend würde ich in Müden ankommen. Soweit ich es richtig deutete, war der Ort noch kleiner als der gestrige. Vielleicht war es dennoch möglich, von dort einen Bus nach Wietzendorf zu nehmen? Aber sollte ich wirklich einen Teil des Weges abkürzen? In einem Anflug von schlechtem Gewissen blätterte ich im Reiseführer, ob ich etwas Wesentliches auf der nächsten Etappe verpassen würde. Offenbar gab es einen massiven Findling zu Ehren des Heidedichters Hermann Löns am höchsten Punkt des Wietzer Berges.

Mist, dachte ich. Den sollte ich besser nicht links liegen lassen. Aber ich sah, dass es von Müden aus nicht weit war. Von Berg aus konnte ich immer noch ein Taxi rufen oder einen Bus in den nächsten Ort nehmen. Dann wären es noch ein, zwei weitere Wandertage bis nach Uhlendorf zum Haus Annegret.

Am besten sollte ich dort noch einmal anrufen. Gestern war nur der Anrufbeantworter dran gewesen mit einer recht dunklen, aber nicht unsympathischen Frauenstimme. Ich wählte noch einmal die Vorwahl und die Rufnummer. Diese bestand aus lediglich vier Ziffern. Wirklich groß konnte Uhlendorf also nicht sein, dachte ich und wartete gespannt, ob ich dieses Mal mehr Glück hatte.

«Ja, bitte?», hörte ich dieselbe tiefe Frauenstimme etwas gehetzt fragen.

«Oh, hallo», sagte ich, erleichtert, dass ich jemanden

erwischt hatte, «hier ist Valerie Neumann, ich hab mich vor ein paar Tagen per Mail bei Ihnen angemeldet und –»

«Ach ja, das Päckchen ist angekommen», unterbrach sie mich, «falls Sie mich deswegen aus dem Garten geholt haben?!»

Offenbar sprach ich mit der Besitzerin Annegret persönlich. Weil ich ihrem Tonfall nicht entnehmen konnte, ob sie einen Scherz gemacht hatte, schluckte ich und versuchte, mein Anliegen so höflich wie möglich vorzutragen. Nämlich, dass ich nicht wie ursprünglich angegeben ein Einzelzimmer, sondern ein Doppelzimmer bräuchte, und das am liebsten gleich für drei Nächte.

«Aber nur bis Sonntag», entgegnete sie. «Danach ist wahrscheinlich nichts mehr zu machen.»

Lediglich zwei Nächte ab Freitag waren also möglich. Ob ich Frieda so kurzfristig würde überreden können, in die Heide rauszukommen, wo ihre Ferien doch gerade erst angefangen hatten? Doch die Aussicht, sie schon am nächsten Tag in die Arme schließen zu können nach all den emotionalen Wogen, die der Brief von der Au-pair-Agentur ausgelöst hatte, beflügelte mich: «Prima, dann nehme ich das Doppelzimmer bis Sonntag. Ich denke, ich werde morgen aber erst am späten Nachmittag bei Ihnen auftauchen. Ist das ein Problem?»

«Solange Sie überhaupt kommen, ist das ganz egal. Es ist nämlich manchmal schwierig, so knapp vor der Hauptsaison Zimmer bereitzuhalten, die dann doch nicht bezahlt werden», sagte sie direkt und doch munter im Ton.

Ich versprach, auf jeden Fall zu kommen, und beendete erleichtert das Gespräch. Nun hatte ich ein klares Ziel vor Augen. Jetzt musste ich nur noch Frieda von dieser hoffentlich gelungenen Überraschung berichten.

Kurzerhand wählte ich ihre Handynummer, doch wieder ging nur die Mailbox ran. Kurz überlegte ich, es über Festnetz zu versuchen, beschloss dann aber, besser eine Sprachnachricht auf dem Handy zu hinterlassen. Ich wollte Simon lieber keine Möglichkeit geben, sich einzumischen. Ich bemühte mich, so entspannt wie möglich zu klingen:

> Hi Liebes, sag mal, hast du nicht Lust, mich übers Wochenende in der Heide zu besuchen? Es soll da eine nette Pension geben, und wir könnten zusammen was unternehmen zum Ferienstart. Was meinst du? Vielleicht kann Papa dich ja bringen. Ach, das wäre schön, zwei Tage nur für uns. Ich küsse dich, bis später!

Endlich gab es einen Lichtblick. Zum ersten Mal seit langem konnte ich mal so richtig frei durchatmen. Ich hatte über 50 Kilometer hinter mich gebracht und freute mich auf die Aussicht einer schönen Auszeit mit meiner Tochter. Die nächsten Etappen bis zu meinem Teilziel würde ich nun umso motivierter angehen.

Ich trank noch ein paar Schlucke Wasser und machte mich dann wieder auf den Weg, der sich weiter idyllisch durch die dicht stehenden Laubbäume schlängelte.

Plötzlich hörte ich ein seltsames Rauschen. So ein Geräusch hatte ich noch nie gehört. Es war weder ein Auto noch ein Zug oder Flugzeug. Dafür war es zu gleichmäßig. Wie in großen, schnellen Wellen schnitt es durch die Luft und wurde immer lauter, je weiter ich ging. Dann entdeckte ich ein kleines, gelbes Warnschild mit der Aufschrift *Eiswurf*, was mich nur noch mehr verunsicherte.

Zum Glück führte der Weg mich jetzt wieder Richtung Westen aus dem Wald raus und an einen Feldrand. Und dann sah ich es – das riesige Monster! Es war ein Windrad, das sich in schnellen Schwüngen unermüdlich drehte. Ich musste laut auflachen, so erleichtert war ich über diese glückliche Wende in meinem Kopfkinofilm.

Und es war wieder mal typisch! Ich malte mir das Schlimmste aus, um dann auf das Harmloseste zu stoßen. Allerdings machte dieses Riesending so aus der Nähe trotzdem mächtig Eindruck auf mich.

Die Etappe dieses Tages gefiel mir bislang am besten, weil sie abwechslungsreich, nicht zu einsam, nicht zu überlaufen und streckenweise wunderschön war. Oder hatte sich die Umgebung einfach meiner inneren Befindlichkeit angepasst? Alles schien plötzlich so einfach! Auch das sollte ich in meiner Reportage vielleicht erwähnen: Wir sehen im Außen bewusst oder unbewusst meist das bestätigt, was wir im Inneren erwarten. Das erschien mir auch sehr logisch: Wenn ich schlecht gelaunt in den Tag startete oder voller negativer Gedanken eine Hürde überwinden musste, endete der Tag wahrscheinlich auch mies, ohne ein Erfolgserlebnis. Wenn ich also schon davon ausging, dass ich eine Prüfung, ein Date oder Vorstellungsgespräch vermasselte, strahlte ich das vermutlich nicht nur aus, sondern diese Prophezeiung erfüllte sich quasi selbst. Ich war wahrlich keine Meisterin des positiven Denkens – wenn es so einfach wäre, würde es ja jeder machen. Aber immerhin wurde mir die Geisteshaltung nun etwas bewusster. Ich wusste aus unserem Heft, dass es ein Riesenthema in der Selbstoptimierungsszene war. Caro hatte es in etwa so formuliert: «Wer Erfolg, Glück und Erfüllung will, muss seine tief verborgenen negativen Glaubenssätze entlarven und diese durch Arbeit mit dem Unterbewusstsein umkehren.»

Bislang war mir nie ganz klar gewesen, was sie und ihre Artikel über positive Psychologie mir damit sagen wollten. Aber hier in der Heide, so weitab von allem Alltäglichen, bekam ich allmählich eine Ahnung, dass an dem *Gesetz der Anziehung* vielleicht doch etwas dran war, das ja immerhin ganze Bücher in den Bestsellerlisten füllte. Jedenfalls konnte ich plötzlich nachempfinden, wie mächtig meine Gedanken waren, weil sie am Ende des Tages darüber entschieden, ob er gut oder schlecht gewesen war. Vielleicht war tatsächlich alles im Leben bloß eine Einstellungssache und die der bewussten Entscheidungen?

Ich erreichte eine Holzbrücke, die den Fluss überquerte und in den Ortskern von Müden führte. Dort passierte ich eine schmale Allee junger Bäume, die mit Schildern beschriftet waren. Bei genauerem Hinsehen entdeckte ich, dass es sich um sogenannte Hochzeitsbäume handelte. Was für eine schöne Idee, dachte ich und lächelte, als ich mir all die Namen und Daten anschaute.

Die meisten stammten aus der jüngeren Vergangenheit. Vor einer jungen Eiche aber stand ein Holzschild, dem man entnehmen konnte, dass eine Diamant-Hochzeit der Anlass zum Pflanzen gewesen war. Puh! Sechzig Jahre würden Simon und ich garantiert nicht schaffen. Momentan sah es nicht einmal danach aus, dass wir jemals Silberhochzeit feiern würden.

Ich holte mein Handy hervor, ausnahmsweise mal nicht, um nachzusehen, ob Frieda meine Nachricht bereits abgehört hatte, sondern um ein paar Fotos zu machen. Dann starrte ich noch mal auf das Schild. Ich wurde neidisch. Es musste großartig sein, die Liebe seines Lebens zu finden. Immerhin hatte ich eine ganze Zeitlang auch an dieses Glück geglaubt. Es war ja nicht bloß Zufall gewesen, dass ich Simon getroffen und geheiratet hatte. Mit seiner in sich ruhenden Art und dem kompromisslosen Ausleben seiner Bedürfnisse hatte er mich quasi magisch angezogen, weil genau dies die Eigenschaften waren, die mir fehlten. Dabei war die Verliebtheit durchaus echt gewesen. Auch die Höhen und Tiefen waren normal, in jeder Beziehung mussten Hindernisse aus dem Weg geräumt werden. Mal ging der eine voran und mal der andere. Und doch hatten wir irgendwann zwei unterschiedliche Wege eingeschlagen, weil wir beide ein anderes Ziel verfolgten.

Das Ziel meines heutigen Tages hatte ich immerhin erreicht. Alte, mit Reet gedeckte Häuser und Fachwerk bildeten den alten Ortskern, der nur über Kopfsteinpflaster zu erreichen war. Fehlte nur noch, dass ein Kutschengespann aus dem vorletzten Jahrhundert an mir vorbeifuhr und mir Damen in langen Reifröcken begegneten. Ein einladendes Schild zu einem Hofcafé weckte meine

Neugier. Ich bog in die Auffahrt ab und sah vor meinem geistigen Auge bereits einen großen Milchkaffee und ein saftiges Stück Pflaumenkuchen. Doch als ich das Schild mit den Öffnungszeiten entdeckte, kam die Ernüchterung. Das Café hatte nur an den Wochenenden und an Feiertagen geöffnet. Enttäuscht blickte ich durch die großen Fenster in die geräumige Diele mit dunklen, dicken Holzbalken, die sofort wieder meine Phantasie anregten und das Café in meinem Kopf zu einem noch viel einladenderen Ort machten, als er es ohnehin schon war. Mein Blick schweifte über den Hof bis zum Wasserlauf der Örtze, die sich wie eine Grenze entlang des Anwesens schlängelte und riesige Weiden tränkte. Idylle pur.

Zum Glück fand ich ein anderes Café, das zwar den zweifelhaften Charme einer Bäckerei aus den Achtzigern hatte, aber einen Pflaumenkuchen mit reichlich Streusel obendrauf und ein Kännchen Kaffee servierte.

Zwischen zwei Bissen träumte ich davon, im nächsten Leben ein eigenes Café zu betreiben. Auf einem malerisch gelegenen Hof mit geschmackvoller Einrichtung und absoluter Wohlfühlatmosphäre. Zwar hatte ich mit Backen leider nichts am Hut. Aber ich erinnerte mich an den warmen und nach Zimt duftenden Apfelkuchen mit Rosinen und Vanillesoße, den meine Oma aus Ostfriesland immer gebacken hatte. Dazu gab es schwarzen Tee mit Kandis und einem Schuss Kaffeesahne.

Obwohl die Bedienung ein paar nette Worte darüber verlor, wie beliebt der kleine Heideort an der Örtze bei den Touristen war, beschloss ich, keine Zeit zu verlieren und mich frisch gestärkt wieder auf den Weg zu machen.

Ich bezahlte, zu einem Preis, für den ich in Eppendorf gerade mal ein Glas Wasser bekommen hätte, und packte meine Sachen zusammen.

Mittlerweile war es mir egal, wie müde sich meine Beine anfühlten. Im Kopf war ich hellwach, und ich wollte mich wenigstens noch bis zum Wietzer Berg durchschlagen. Von dort war es dann nicht mehr weit bis nach Wietzendorf, wo ich mir über Handy schnell noch ein Einzelzimmer im einzigen Hotel sicherte.

Nach einem Gang zur Toilette schnallte ich meinen Rucksack wieder auf. Ohne ihn fühlte sich mein Rücken mittlerweile an, als hätte er Flügel. Dann bog ich wieder auf den Heidschnuckenweg ein und entnahm einem Schild, dass ich bloß noch drei Kilometer vor mir hatte. Obwohl das etwa der Hälfte meiner Laufstrecke um die Außenalster entsprach, wirkte die Distanz plötzlich lächerlich kurz auf mich. Eine Wanderreise schien Entfernungen in ein neues Verhältnis zu setzen. Gleichzeitig war es, als würde man für einen Apfel-Möhren-Salat nicht die Küchenmaschine anschmeißen, sondern Obst und Gemüse mit einem Messer in kleine Teile sezieren. Wie in Zeitlupe. Allmählich verstand ich die Behauptung, die Seele komme beim schnellen Reisen nicht hinterher.

War ich in meinem bisherigen Leben womöglich nur geflogen? Oder gar geflüchtet? Und war die erzwungene Entschleunigung vielleicht ein wirksames Mittel gegen meine chronische Überforderung mit dem Alltag und gegen meine Traurigkeit dem Leben gegenüber?

Ich war unsicher, ob sich diese an sich banale Erkenntnis nur für mich bahnbrechend anfühlte oder ob sie wohl universell genug und damit für das Magazin geeignet war. Ohnehin konnte ich meine Reportage nicht wie ein seelenloses Schriftstück schreiben. Aber es war eben ein himmelweiter Unterschied, über neue Wohlfühl-Accessoires zu berichten oder über tiefgehende Erfahrungen, die man nur transportieren konnte, wenn man authentisch blieb. Und genau das erwartete Tessa ja von mir.

Als ich die Hauptstraße querte, um aus dem Ortskern zurück in die Natur zu gelangen, musste ich an Frau Stein-Noltes sogenannte «Wunderfrage» aus dem ersten Kennenlerngespräch im Winter denken. Darin hatte sie nach den drei drängendsten Themen gefragt. Damals hatte ich, ohne lange zu überlegen, geantwortet: Dass mein Tinnitus aufhörte, ich eine Auszeit bekam und wieder mehr Spaß am Leben hatte.

Der zweite Wunsch war tatsächlich wahr geworden. Und auch der erste und dritte schienen greifbarer denn je. So langsam bekam ich wieder ein Gefühl dafür, was mir guttat. Und das lag offenbar am Abstand zu den Menschen, die Einfluss auf meine Entscheidungen hatten, ob absichtlich oder unbewusst.

Nach gut einem Kilometer stieg ich die Anhöhe zum Wietzer Berg empor und fühlte mich von Meter zu Meter immer besser. Oben am höchsten Punkt triumphierte ich innerlich und versuchte, die große Gruppe Jugendlicher mit ihren Betreuern zu ignorieren, die sich um den Lönsstein versammelt hatte. Der Wietzer Berg war zwar nicht gerade die Zugspitze, aber ich liebte den Weitblick in alle Himmelsrichtungen und das erhabene

Gefühl, das mich hier packte. Ich setzte mich etwas abseits auf eine Bank und las im Reiseführer, dass der Berg knapp über 100 Meter hoch war und die Sicht auf das Örtzetal sowie die angeblich schönsten Heideflächen des Naturparks Südheide freigab. Hier soll auch der berühmte Heidedichter Hermann Löns Inspiration und die dafür nötige Ruhe gefunden haben.

Ich betrachtete das große Denkmal aus Feldsteinen mit seinem Porträt im Profil aus Bronze und darunter die Jahreszahlen 1886–1914. Der Dichter, der im Ersten Weltkrieg gefallen war, hatte seine Laufbahn als Journalist gestartet. Das sei allerdings bloß sein Broterwerb gewesen, erfuhr ich aus dem Reiseführer, wohingegen die Schriftstellerei eine Herzenssache war.

Noch einmal ließ ich meinen Blick über den beeindruckenden Horizont schweifen, an dem sich bereits ein paar graue Schleier zusammenzogen. Und mir wurde bewusst, wie glücklich ich mich eigentlich schätzen konnte, dass ich mein Hobby zum Beruf gemacht hatte. Ich konnte durchaus nachvollziehen, warum der Dichter dieser Landschaft so viel abgewinnen konnte. Und ich fragte mich, ob es überhaupt möglich war, wirklich kreativ zu sein, ohne sich mit der Natur verbunden zu fühlen. Vermutlich musste ich mich mehr darauf besinnen, was mir aus der Seele sprach. Die Vorstellung, mein erstes Buchprojekt könnte womöglich vom Wandern auf dem Heidschnuckenweg handeln, löste augenblicklich ein beglückendes Kribbeln in mir aus.

TAG 5

Ich fluchte lautstark vor mich hin. Ausgerechnet für heute war Regen angesagt. Das war besonders ärgerlich, weil ich meinen Aufenthalt in Wietzendorf nicht hatte verlängern können. Das Hotel lud allerdings ohnehin nicht gerade zum Verweilen ein.

Als es zu nieseln anfing, überlegte ich, ob ich einfach in einen Bus nach Soltau steigen sollte, um von dort die vorerst letzte Etappe nach Bispingen hinter mich zu bringen.

Meine schlechte Laune hatte wohl auch mit der Tatsache zu tun, dass Frieda heute gar nicht in die Heide rausfahren konnte. Sie hatte gestern Abend geschrieben, dass heute ihre Saison-Abschlussfeier vom Hockey anstand. Und auf meinen Vorschlag, sie könne ja auch einen Tag später kommen, war sie bislang noch nicht eingegangen.

Ich sah mich nach einer Bushaltestelle oder einem Taxistand um. Doch das Nest schien wie ausgestorben. Erst als ich um eine Kurve herumging, traf ich auf einen Postboten, der mir den Weg zur Haltestelle in Nähe des Rathauses wies.

Als ich schon etwas durchnässt dort ankam, stellte ich

enttäuscht fest, dass der nächste Bus nach Soltau erst am Mittag fuhr. Sollte ich nach einem Taxiunternehmen googeln? Mein Akku zeigte allerdings schon wieder bedrohlich wenig Kapazität, weswegen ich mich missmutig dafür entschied, erst einmal loszulaufen. Vielleicht würde sich wenigstens das Wetter bessern.

Ich stellte mich unter, kramte meine Regenjacke hervor und tauschte sie gegen meinen Lieblingshoodie, der schon etwas durchgeweicht war. Aus diesem Grund warf ich ihn auch über den Rucksack, um wenigstens meine Sachen darin trocken zu halten. Ich zog mir die Jackenkapuze tief ins Gesicht und lief los.

Ich war kaum einen Kilometer aus dem Ort heraus, da wurde der Regen stärker. Vereinzelt überholten mich Autos, und ich hatte das Gefühl, mich trafen mitleidige Blicke. Ob ich mich trauen sollte, meinen Daumen hochzuhalten, um nach zig Jahren das erste Mal wieder zu trampen?

Als ich plötzlich einen Trecker hinter mir heranrauschen hörte, winkte ich dem Fahrer ohne zu zögern hilfesuchend zu. Der Mann im Fahrerhäuschen trat auf die Bremse und gab mir mit einem Handzeichen zu verstehen, dass ich einsteigen solle.

Ich war mächtig erleichtert, aber dann musste ich feststellen, wie schwierig es war, mich mit einem Zwölf-Kilo-Rucksack und Beinen wie Blei die Stufen ins Führerhaus hochzuhieven. Ich spürte, wie ich rot anlief, weil ich mehrere Anläufe brauchte und weil ich mir vorkam wie eine Drillingsmutter kurz vor der Niederkunft. Der nette ältere Bauer beugte sich schließlich herüber, um mich hochzuziehen. Aber leider blieb ich stecken und musste mein Gepäck erst umständlich in den Fußraum quetschen, bevor ich mich mit einem tiefen Seufzer neben ihn fallen lassen konnte.

«Wo soll's denn hingehen, min Deern?» Der Mann trug Elbsegler, Karohemd und Cordweste. Seinen Mund umspielte ein spöttisches Lächeln.

Ich konnte mir gut vorstellen, wie albern er all die Städter fand, die seine Heimat in Funktionskleidung und High-Tech-Ausrüstung erkundeten und beim ersten Regenschauer Fluchtgedanken hegten.

Egal, dachte ich und setzte mein herzlichstes Lächeln auf. «Richtung Soltau, falls das auf dem Weg liegt.»

Er nickte. «Ik mutt na Harber, van da is dann nich mehr wied.» Sein Plattdeutsch hatte einen so bestimmenden Tonfall, dass ich nicht zu fragen wagte, wie genau ich von da aus weiterkam. Und ob es überhaupt notwendig war, den Umweg über Soltau zu nehmen, obwohl ich doch eigentlich nach Uhlendorf wollte. Aber für den Moment war ich einfach nur froh, im Trockenen zu sitzen. Später würde ich mir auf der Karte alles ansehen.

Als sich das Riesengefährt wieder in Bewegung setzte, war eine Unterhaltung kaum möglich, denn der Motor übertönte alles, und der Regen prasselte lautstark gegen die Fensterscheibe.

Mit Blick auf den dunklen Himmel fragte ich meinen Chauffeur nur noch, ob es dort in der Nähe ein Lokal gab, in dem ich unterschlüpfen konnte. Ich musste schreien. Er bestätigte meine Frage mit einem Nicken und schwieg. Denn nun war ja alles geklärt.

Damit war mir die Entscheidung über den weiteren Weg abgenommen: Ich würde Mut zur Lücke beweisen und Soltau einfach links liegen lassen. Dorthin konnte ich auch mit Frieda fahren.

Ich starrte auf die Wiesen und Felder, die langsam an uns vorbeizogen. Mein Gesicht spiegelte sich in der Scheibe, ich sah ziemlich mitgenommen aus. Mir schoss durch den Kopf, dass ich so viel wie möglich in Bildern festhalten sollte. Also holte ich mein Handy aus dem Rucksack. Auch wenn ich mir mächtig blöd vorkam, machte ich eilig ein Selfie, das mich mit nassem Pony und gequältem Gesichtsausdruck zeigte. Das brachte meinen wortkargen Fahrer zum Schmunzeln. Und sofort hatte ich das Bedürfnis, mich zu rechtfertigen und zu erklären, dass ich die Fotos für ein Frauenmagazin bräuchte. Ich wollte gerade noch ausholen, dass es sich um eine Reportage handelte. Aber er hatte seinen Blick schon wieder starr geradeaus gerichtet und antwortete schlicht: «Sach bloß!» Irgendwie beneidete ich ihn um seine innere Ruhe.

Nach einer gefühlten Ewigkeit kamen wir nach Harber. Der Ort schien nur aus einem einzigen Haus an der Hauptstraße zu bestehen, einem Gasthof mit dem heidetypischen Fachwerk und Reetdach, der auf den ersten Blick erschreckend geschlossen aussah. Mein redseliger Gesprächspartner brachte sein Riesengefährt auf dem großen Parkplatz vor dem Eingang zum Stehen und nickte mir auffordernd zu.

Ich bedankte mich überschwänglich für diese denkwürdige Gratisfahrt und erntete ein knappes «Na, denn man tau!». Zum Abschied hob er noch kurz seinen Elbsegler.

Umständlich kletterte ich aus dem Fahrerhäuschen und rettete mich im Laufschritt zum Eingang des Gasthauses. Ich lehnte mich gegen die große Tür und war erleichtert, dass sie sich öffnen ließ. Das Innere versprühte den Charme einer Vereinskneipe, aber immerhin war es hier trocken und warm. Ich legte meine feuchten Sachen ab und suchte mir ein Plätzchen im düsteren Gastraum. Ein weiterer Besucher saß an einem der Tische und las Zeitung. Er schaute nicht einmal auf, als ich grüßte. Ich setzte mich mit dem Rücken zu ihm und wartete ... auf die Bedienung ... auf besseres Wetter ... auf ein Lebenszeichen von Frieda.

Eine junge Frau trat an den Tisch, begrüßte mich schüchtern und fragte, ob ich etwas bestellen wolle. Ein zierliches Mädchen mit dünnen blonden Strähnen, die ihr bis knapp zu den Schultern gingen. Eigentlich hatte ich gar keinen Appetit, bestellte aber aus reiner Höflichkeit das kleine Frühstück und dazu einen schwarzen Tee, in der Hoffnung, er würde mich ein bisschen aufwärmen.

Mein Blick ging durch den Raum: braun-orange gemusterte Sitzpolster, goldfarbene Vorhänge und gelb gestrichene Wände mit einem Sammelsurium an Kunstdrucken mit kitschigen Motiven und auf den dunklen Eichenfurnier-Tischen die obligatorische Kunstnelke in einer Vase mit Goldrand. Puh!

Ob ich mittlerweile einen so exklusiven Geschmack entwickelt hatte, der mich überheblich werden ließ?

Doch sich an diesem Ort wohl und zufrieden zu fühlen, schien mir nahezu unmöglich.

«Entschuldigung!» Die zarte Stimme der jungen Bedienung riss mich aus meinen Gedanken. Vorsichtig stellte sie ein Tablett auf dem Tisch ab und servierte ungelenk meinen dampfenden Tee.

Ich wurde neugierig. «Darf ich fragen, ob Sie Auszubildende sind?»

Sofort errötete ihr blasses Gesicht.

«Oh, Verzeihung! Ich wollte Sie keinesfalls verunsichern», erklärte ich schnell. «Aber meine Tochter müsste ungefähr in Ihrem Alter sein», schob ich lächelnd hinterher, um das Eis zu brechen.

Jetzt lächelte sie zurück und erklärte etwas verlegen: «Ja, ich bin im ersten Lehrjahr und gerade erst achtzehn geworden.»

Ich nickte verständig und fragte, ob sie zufrieden sei mit ihrem Job.

Sie zuckte mit den Schultern. «Ja, schon eigentlich», antwortete sie knapp und verschwand schnell wieder in Richtung Küche, wo sie bestimmt auch mein Frühstück zubereiten musste. Jedenfalls war kein weiteres Personal zu sehen oder zu hören.

Ich nahm den Teebeutel aus der Tasse und dachte an Frieda, wie sie einsam auf einem Bett fernab von zu Hause saß und genauso unglücklich aussah wie die Auszubildende.

Kurzerhand griff ich nach meinem Handy. Am liebsten hätte ich meine Tochter sofort angerufen, aber ich ermahnte mich, sie nicht zu bedrängen. Lieber nutzte ich die Gelegenheit, um auf Caros letzte WhatsApp zu antworten. Sie hatte wissen wollen, wie es mir so erging. Ich dachte länger über die Frage nach und schrieb schließlich:

> Hi, hab gerade Regenpause. Rücken und Wadenmuskeln nerven, aber sonst geht es eigentlich, hoffe, bei dir auch?! Liebe Grüße aus der Steinzeit! (Frühstück in einem Landgasthof, der auch so aussieht, wie er heißt) ;-) Valerie

Ich schickte die Nachricht ab und schaute noch mal schnell auf eine App, die leider schlechtes Wetter ankündigte. Dann kramte ich meine Karte hervor, um nachzusehen, wie ich am schnellsten wieder auf den Heidschnuckenweg Richtung Uhlendorf gelangte.

Inzwischen war ich beim Heidepark in Soltau angekommen und fühlte mich in meine Vergangenheit katapultiert. Es waren schöne Erinnerungen, die ich an den Besuch als Kind mit meinen Eltern hatte. Und sehr konkrete. Ich musste an die Looping-Bahn denken und daran, dass Mama Angst um uns hatte, als Papa und ich gleich mehrmals hintereinander gefahren waren. Und ich erinnerte mich sogar noch an die Tüte Süßigkeiten, die ich mir hatte aussuchen dürfen.

Seltsam, die Zeit vor dem Tod meines Vaters fühlte sich leicht an und schillernd. Alles danach war schwer und trist. Ging es am Ende etwa allein darum, im Leben gute Erinnerungen zu schaffen? Wie würde Frieda später auf ihre Kindheit zurückblicken?

Ich ließ den Park mit seinen tönenden Lautsprechern und kreischenden Fahrgeschäftsbesuchern hinter mir und bog jenseits des riesigen Parkplatzes in einen schmalen, unscheinbaren Waldpfad ein, der ab hier wieder mit einem «H» gekennzeichnet war. Nach meiner Pause in dem Gasthof war es eine Zeitlang trocken gewesen. Doch jetzt begann es wieder zu nieseln.

Ich beschloss, nun endlich Nägel mit Köpfen zu machen und Frieda anzurufen. Also suchte ich mir ein halbwegs regengeschütztes Plätzchen unter einer ausladenden Kiefer, lud mein Gepäck ab und wählte Friedas Handynummer. Und tatsächlich dauerte es nur wenige Sekunden, bis sie sich mit einem freudigen «Hallo Mama!» meldete.

Offenbar hatte ich den richtigen Zeitpunkt abgepasst.

«Hallo, mein Schatz! Ich hab dich nicht geweckt, so wach, wie du klingst, oder?»

«Nein, Quatsch. Im Gegenteil, du hast Glück, dass du mich überhaupt noch erwischst!»

Ich sah auf meine Uhr, um mich noch mal zu vergewissern, dass es tatsächlich gerade erst kurz nach halb elf war. Für gewöhnlich genau die Zeit, zu der Frieda an freien Tagen aufstand.

«Aber die Abschlussfeier ist doch erst heute Abend», sagte ich erstaunt.

«Schon, aber Lilly, Maja und ich haben beschlossen, dass wir gleich bis Montag früh da bleiben, also am See.

Direkt nebenan gibt es einen Campingplatz, und das Wetter soll ja wieder gut werden am Wochenende. Wir wollen gleich los und noch ein paar Sachen besorgen.»

Mir wurde heiß und kalt. Krampfhaft dachte ich darüber nach, wie ich mein Anliegen vorbringen konnte, ohne Streit heraufzubeschwören. «Liebes, ich weiß, dass du gerne weggehen möchtest. Und ich freue mich auch, dass du deinen Wunschplatz bekommen hast. Aber ich kann dem nicht einfach so zustimmen, bevor wir nicht ausführlich darüber gesprochen haben. Und deshalb möchte ich dich gern sehen.» Ich hielt die Luft an.

«Och, Mama! Wir haben doch das ganze letzte Jahr von nichts anderem geredet», beschwerte sich Frieda trotzig. «Ich will nicht mehr zur Schule! Ich will Hebamme werden und vorher einfach noch was von der Welt sehen.»

In mir sträubte sich alles. Am liebsten hätte ich ins Telefon geschrien, dass sie verdammt noch mal auf mich hören solle.

Etwas versöhnlicher im Ton schob sie hinterher: «Bist du nie gereist, als du jung warst? Wieso verstehst du das nicht?»

Ich atmete tief durch und erklärte betont ruhig: «Ich finde es ja gut, dass du dir das zutraust. Und das Einzige, worum ich dich bitte, ist, dass wir vorher noch etwas Zeit zusammen verbringen. Nur du und ich. Komm doch einfach morgen raus zu mir, und wir unternehmen etwas Schönes. Ich hab mir überlegt, wir könnten in den Heidepark gehen oder hier in den Outlet-Center. Mal wieder so richtig schön shoppen!»

«Aber Maja ist bald weg. Ich sehe sie dann gar nicht mehr.»

«Wieso?», fragte ich eine Spur zu hysterisch. «Wann genau ginge es denn los für dich?»

«Weiß nicht, aber ich muss natürlich ein paar Tage eher fliegen, um alles zu regeln und ohne Jetlag zu starten.»

Tränen schossen mir in die Augen. Mein Brustkorb wurde so eng, dass ich kaum sprechen konnte.

«Heulst du etwa, Mama?», fragte Frieda, und ich war mir nicht sicher, ob sie genervt oder besorgt klang.

«Nein.» Ich biss mir auf die Lippe. Auf keinen Fall wollte ich meiner Tochter Schuldgefühle machen. Sie sollte ihren Weg gehen.

Aber ich konnte nicht aus meiner Haut. «Bitte, mein Schatz», flehte ich, «komm wenigstens Sonntag, ja? Dann hast du zwei Tage mit deinen Mädels und danach Zeit für uns.»

«Aber, Mama, wir haben doch immer noch Zeit.» Im Hintergrund hörte ich es klingeln. «Ich muss jetzt los. Aber sag eben noch, ob alles okay ist bei dir?»

«Ja, es ist alles okay», log ich und unterdrückte ein Schluchzen.

«Okay, wir chatten, ja? Tschüss, Mama, hab dich lieb!»

«Ich dich auch und viel Spaß euch!»

Ich drückte den roten Knopf im Display und sank kraftlos ins feuchte Gras.

Nach etwa einer Stunde, die ich wie in Trance im Nieselregen durch den Wald gestapft war, kam ich an einem Hochsitz vorbei und beschloss, dort Unterschlupf zu suchen. Ich konnte kaum noch zwischen meinem inneren und meinem äußeren Schmerz unterscheiden. Meine Schultern fühlten sich an, als ob zwischen ihnen eine Steinplatte implantiert sei. Und auch meine Füße brannten so sehr, dass mich jeder Schritt Überwindung kostete.

Als ich den Hochsitz erreicht hatte, hievte ich mich samt Rucksack fünf Sprossen der Holzleiter hoch und staunte nicht schlecht, als ich oben einen Klappstuhl entdeckte sowie ein breites Brett, das man in zwei vorgefertigte Halterungen legen konnte. Eine Art improvisierter Tisch. Das Wichtigste aber war, dass ich ein Dach über dem Kopf hatte, auch wenn ich mir hier in drei Metern Höhe reichlich bescheuert vorkam.

Ich versuchte, mein Gepäck auf der winzigen Grundfläche abzustellen. Ein etwas schwieriges Unterfangen. Aber es gelang mir, sogar noch Platz für den aufgeklappten Stuhl zu finden. Sitzend widmete ich mich dann als Erstes meinen inzwischen komplett durchnässten Schuhen.

Wozu hatte ich eigentlich an die 150 Euro für ein angeblich wasserabweisendes Paar ausgegeben?, fragte ich mich, während ich mit klammen Fingern die Schleifen löste und die Schuhe abstreifte. Sowohl die Socken waren feucht geworden als auch die Haut darunter. Sie wirkte regelrecht aufgeweicht. Ich begutachtete die Druckstellen und wühlte dann in den Untiefen des Rucksacks nach trockenen Socken und einem Pflaster.

Die Begegnung mit dem fürsorglichen Ehepaar kam mir vor, als hätte sie vor vier Wochen und nicht vor vier Tagen stattgefunden.

Ich versorgte meine geschundenen Füße und versuchte dann, auf der Karte abzuschätzen, wie viele Kilometer ich wohl noch bis Uhlendorf vor mir hatte. Mittlerweile hatte ich einen geübten Blick für den Streckenverlauf, und ich stöhnte auf, als mir klarwurde, dass es noch mindestens zehn Kilometer waren.

Das Wolkengrau waberte scheinbar grenzenlos um mich herum und ließ die Natur äußerst trist erscheinen. Ich wollte gerade erneut einen Blick auf die Wetter-App werfen, als sich der Handy-Akku verabschiedete.

Das schwarze Display blickte mich höhnisch an. Selten hatte ich mich in meinem Leben so verloren gefühlt. Und angewidert von meinem Selbstmitleid.

In Ermangelung einer originelleren Idee holte ich den Reiseführer hervor, der mit seinen Eselsohren und Kratzern schon reichlich mitgenommen aussah. Missmutig blätterte ich durch die Seiten.

Wieso sah auf diesen Bildern alles nach heiler Welt aus? Ich hatte fast die Hälfte der Strecke hinter mir und konnte als einzige Zwischenbilanz feststellen: Ich war jetzt unglücklicher als zu Beginn der Wanderung. Natürlich konnte ich die äußeren Umstände wieder dafür verantwortlich machen. Aber sollte man sich nicht genau davon frei machen und eher an den inneren Dingen wachsen? Oder mehr noch: die Gegebenheiten durch die innere Haltung positiv beeinflussen oder wenigstens wohlwollender betrachten?

Doch die vielgepriesene Erleuchtung beim Pilgern schien mir jedenfalls weiter weg denn je. Und ich konnte mir beim besten Willen nicht vorstellen, dass mich die zweite Hälfte des Weges irgendein Stück weiterbringen würde. Im Gegenteil. Nun hatte ich nicht mal mehr einen Grund, mich auf zu Hause zu freuen.

Vielleicht war ich einfach zu früh gestartet. Selbst das Beste der Tour, nämlich die Heide in voller Blüte, würde ich nicht erleben. Vielleicht war alles immer nur eine Frage des Timings. Und doch wusste ich tief im Inneren, es hatte keinen Sinn auszuharren und auf ein Wunder zu hoffen.

Ich verstaute mein Handy und den Wanderführer im Rucksack und zog die feuchten Schuhe wieder an. Da der Regen anscheinend nicht aufhören wollte, überwand ich mich, einfach weiterzugehen.

Vor mir lagen Timmerloh und die Quelle des Flüsschens Luhe, beides angeblich sehenswerte Orte.

Ich rappelte mich hoch. Bereuten die Menschen auf dem Sterbebett nicht am meisten das, was sie nicht getan hatten? Und machten sie sich rückblickend nicht weniger Sorgen um die oft nur vermeintlich schwerwiegenden Probleme?

Der Regen wurde immer stärker. Ich hatte keine Ahnung, wie lange ich schon gelaufen war, wo ich mich genau befand oder wie lange es noch dauern würde, bis ich wieder in der Zivilisation ankam. Zwar hörte ich das

Rauschen der Autos auf der A7, aber auf dem immer schmaler werdenden Weg durch den Wald war weit und breit niemand zu sehen. Dann weckte ein kleines Schild meine Neugier. Ich las die Worte, die darauf standen, gleich mehrmals, um sie zu begreifen: *ACHTUNG! Wolfsregion. Betreten auf eigene Gefahr!*

Ängstlich sah ich mich um. Dann blickte ich wieder auf das Schild. Bislang war ich versucht gewesen, zu glauben, dass es doch gar keine Wölfe in der Heide gab. Dass alles nur ein PR-Gag war oder bloß gefakte Bilder im Umlauf waren. Doch hier in der Einsamkeit waren die vermeintlichen Halbwahrheiten der Medien plötzlich erschreckend real! Langsam ging ich weiter, setzte einen schmerzenden Fuß vor den anderen und verfluchte jeden einzelnen Gegenstand in meinem Gepäck, das plötzlich so schwer zu sein schien wie nie zuvor.

Irgendwann kam ich an ein kleines Gewässer, das sich als Teil der Luhequellen erwies. Auf einem Hinweisschild stand, dass sich an dieser Stelle Wasser aus verschiedenen Erdschichten sammelte und weitgehend unterirdisch weiterfloss, bis es kurz vor Bispingen als kleiner Fluss an der Oberfläche erschien. Schade, denn aus irgendeinem Grund hatte ich angenommen, dass mein weiterer Weg am Wasser entlangführen würde.

Auch wenn es eher an einen Tümpel oder Teich erinnerte als an sprudelndes Leben, fand ich die Bank oberhalb davon einladend genug, um eine Pause einzulegen und ein paar Minuten durchzuatmen. Meine Hose war ja ohnehin schon durchnässt, also setzte ich mich. Ich erfuhr gerade am eigenen Leib, was es hieß, bis auf die

Knochen nass zu sein. Das einzig Gute am Regen war, dass der Wald unglaublich intensiv roch. Aber durch die wiegenden Baumkronen hindurch sah ich, dass das Grau am Himmel immer dunkler wurde.

Aus irgendeinem Impuls heraus kramte ich nach meinem Portemonnaie und holte eine Euro-Münze hervor. Auch wenn ich mir vorkam wie ein alberner Tourist in Rom am Trevi-Brunnen, war mir danach, das Geldstück ins Wasser zu schmeißen. Als eine Art Zeichen. Ich wünschte mir aus tiefstem Herzen, die zweite Hälfte meines Lebens in Dankbarkeit und Achtsamkeit zu leben und eines Tages wieder an diesen Ort zurückzukehren, ohne ein Fiepen im Ohr oder einen Riss in der Seele.

Bis dahin war es vielleicht noch ein langer und ungemütlicher Weg. Aber das Entscheidende war, ich hatte ihn eingeschlagen und hatte ein Ziel. Jedenfalls ein ganz konkretes für die heutige Etappe: die Pension Annegret, die meinetwegen das letzte Dreckloch sein konnte, solange es nur eine heiße Dusche und guten Kaffee gab.

Der einsame Weg schien kein Ende zu nehmen. Je schneller ich ging, desto stärker wurde der Regen. Oder war es umgekehrt? Plötzlich blitzte es, dann übertönte gewaltiger Donner jegliche Geräusche. Ich erschrak. Die düsteren Wolken schienen mich zu verfolgen. Auf dem Pfad vor mir entdeckte ich auf Anhieb keine geeignete Stelle, die sicher vor Blitzeinschlag war. Mit allem hatte ich gerechnet – wilden Tieren, skrupellosen Verbrechern, Kälteeinbruch, Hitzschlag ... Aber nicht mit einem Gewittersturm, der lose Blätter, Zweige und Äste durch die Luft wirbelte. Ich kam ins Stolpern, fing mich ab, dann riss mich das Gewicht meines Rucksacks rückwärts von den Füßen. Ich landete im Matsch.

Ausgerechnet in dem Moment sah ich in etwa 150 Metern Entfernung einen Geländewagen auf mich zukommen. Umständlich versuchte ich mich aufzurichten, fühlte mich aber wie ein hilfloser Käfer auf dem Rücken. Das olivgrüne Auto kam näher, bremste auf meiner Höhe, dann ließ der Fahrer die Scheibe am Beifahrersitz runter.

«Kleiner Spaziergang bei dem schönen Wetter?», fragte er mit einem süffisanten Grinsen. Rotes Karohemd, dunkle Haare, St.-Pauli-Käppi.

Ich verzog nur die Mundwinkel und strich mir die matschigen Spritzer aus dem Gesicht.

«Soll ich Sie ein Stück mitnehmen?», fragte er und musterte mich eingehend. Jetzt wurde mir doch etwas mulmig. «Keine Angst, ich beiße nicht!», fügte er noch hinzu und grinste wieder. Unter seinem Drei-Tage-Bart erschienen ein paar Grübchen.

«Dürfen Sie hier überhaupt fahren?», entgegnete ich streng und versuchte damit etwas Zeit zu gewinnen. Argwöhnisch schaute ich in den Himmel, dann auf den schmalen Pfad und schließlich in diese durchaus sympathischen grünen Augen mit jeder Menge Lachfalten drum herum. Dann knallte ein weiterer Donnerschlag, und ich schrie panisch auf.

«Nun springen Sie schon rein!»

Ich schnallte mein schweres Päckchen schnell ab, öffnete die Tür des alten Mercedes und stieg ein. Den Rucksack quetschte ich zwischen meinen Beinen in den Fußraum. Sicherheitshalber überlegte ich, wo ich wohl das Reizgas verstaut hatte.

«Wo soll's denn hingehen?», fragte er, während der Wagen über den Weg holperte und uns kräftig durchschüttelte. Obwohl der Scheibenwischer Schwerstarbeit leistete, konnte man kaum etwas sehen.

Irgendwohin, wo ich glücklicher und zufriedener werde, dachte ich, sagte jedoch: «Nach Uhlendorf. Kennen Sie das?»

Mein Retter lachte und meinte: «Flüchtig. Bin da geboren.»

Ich schaute ihn an, als sei er Weihnachtsmann und Osterhase in einer Person.

«Heidschnuckenweg-Touri, was?», fragte er.

«Heidschnuckenweg ja, Touri eher nein. Ich bin beruflich unterwegs», entgegnete ich und plapperte unwillkürlich los. Womöglich war ich zu lange allein unterwegs gewesen. Ich berichtete vom Auftrag meiner Chefin und davon, wie widerwillig ich ihn erfüllte. Am Ende sagte ich seufzend: «So richtig warm geworden sind wir jedenfalls nicht miteinander, die Heide und ich.»

«Kein Wunder. Die schönsten Stellen hast du noch nicht gesehen.»

«Du?!», entgegnete ich und runzelte die Stirn.

«In der Heide gibt's keinen Schnickschnack mit Siezen und so. Ich bin Hagen.»

«Aha», sagte ich und musste grinsen. «Ich bin Valerie.»

Der Weg wurde jetzt etwas breiter. Wir überquerten einen Parkplatz und kamen schließlich an einem Abenteuer-Spielplatz vorbei, der so groß war, dass sich ganz Hamburg darauf hätte tummeln können. Wäre er nicht so weit weg und das Wetter nicht so mies gewesen.

«Ist es noch weit?», fragte ich. «Ich muss ins Haus Annegret und kann natürlich auch ein Taxi nehmen, wenn Ihnen der Umweg ...»

Ich erntete einen strafenden Blick von der Seite und korrigierte mich: «Sorry, wenn *dir* der Umweg zu weit ist.»

Wieder nur ein Grinsen. Der Typ verunsicherte mich. Ich konnte nicht mal sagen, ob ich ihn sympathisch fand. Ich schätzte ihn auf um die fünfzig. Er hatte einen kräftig gebauten Körper, soweit ich das beurteilen konnte. Und weil sich Menschen gut anhand ihres Schuhwerks einordnen lassen, warf ich einen unauffälligen Blick in den Fußraum: Gummistiefel! Wieder ein Bauer also, dachte ich amüsiert. Und zwar ein verheirateter, wie mir der Ring an seiner linken Hand verriet.

«Schon gut. Jeden Tag eine gute Tat, oder wie sagt man, Frau Schriftstellerin?», witzelte Hagen.

«Sag jetzt nicht, du bist Pfadfinder!», konterte ich. Mein Lächeln erstarb allerdings, als er zustimmte: «So was in der Art. So, jetzt sind wir schon in Bispingen.»

Wir durchquerten das Dorf über die Hauptstraße, an der ein paar Geschäfte und Restaurants sowie gleich zwei Eisdielen angesiedelt waren. Etwa bei jedem zweiten Wagen, der uns entgegenkam, und auch bei einigen Fußgängern hob Hagen grüßend die Hand.

«Ist der Ort so klein, dass hier jeder jeden kennt?», fragte ich und dachte an meine Reportage.

«Jeden. Alle anderen sind bloß blöde Touris», erklärte er mit einem verschmitzten Blick.

Ich ignorierte seinen Seitenhieb. «Dann kennst du diese Annegret also auch? Die soll ja sehr nett sein.» Ich stellte mir eine betagte, korpulente Oma mit Schürze vor, die den lieben langen Tag Apfelkuchen backte und Deckchen häkelte.

«Anne ist eine Hexe», sagte Hagen zu meiner Überraschung. «Haare auf den Zähnen hat sie. Schon etliche Männer vergrault. Und sie spricht mit ihren Blumen!»

Sprachlos rutschte ich auf meinem Sitz hin und her. Automatisch kam mir das Märchen von Hänsel und Gretel in den Sinn. Ich sah mich schon abgemagert in einem Käfig verhungern. Vielleicht schlich diese Anne aber auch nachts flüsternd im weißen Nachthemd durch eine riesige alte Villa. Wie zum Beweis schnellte plötzlich ein Blitz direkt vor uns durch die Wolken auf den Horizont, den man beim Überqueren der Autobahn gut überblicken konnte. Ich hatte zunehmend Sorge, dass Hagen meinetwegen doch einen großen Umweg fuhr.

«Und die Pension? Ist die denn ganz schön?», fragte ich vorsichtig.

«Ein alter Hof, ziemlich in die Jahre gekommen. Aber viele junge Leute kommen dorthin, seit der Heidschnuckenweg eröffnet wurde. Anne hat Glück, dass der direkt bei ihr lang führt», erklärte Hagen und fuhr in den nächsten Ort ein. Immer noch nicht Uhlendorf. Wir fuhren immer weiter und weiter entlang der Hauptstraße. Sie schien die riesige Wald- und Heidefläche in zwei Hälften zu teilen. Endlich ließ der Regen nach, und es wurde etwas heller. Die Scheibenwischer beruhigten sich, so wie ich auch. Hagen schien mir nicht der Typ zu sein, der alleinreisenden Frauen nachstellte. Sicher hatte er auf seinem Hof eine Reihe Kinder, engagierte sich in der Kirchengemeinde und wählte eine konservative Partei, wie es sich für alteingesessene Landwirte gehörte.

«Wie lange bleibst du?», fragte er.

Ich zuckte mit den Schultern. «Erst mal müssen sich meine Füße erholen. Und ich muss sehen, wie es mir bei *der Hexe* so gefällt.» Ich lächelte ihn an, und dann erreichten wir endlich Uhlendorf.

Die Grundstücke mit den reetgedeckten Fachwerkhäusern waren von Feldsteinmauern begrenzt. Etliche dicke Eichen standen Spalier, als wir links auf einen Hof mit mehreren alten Gebäuden einbogen. Ein Weg aus hellen Kieselsteinen führte zum Haupthaus mit rotem Klinker und weißen Sprossenfenstern. Rechts und links des Eingangsportals standen je zwei große, blaulasierte Blumentöpfe mit bunten Petunien.

«Tausend Dank!», sagte ich erleichtert und wühlte nach meinem Portemonnaie. Ich holte einen Zehn-Euro-Schein hervor und reichte ihn Hagen. Doch der wehrte ab.

Ich bestand darauf. «Für ein Taxi hätte ich sicher das Dreifache gezahlt. Ist ja nicht selbstverständlich, für eine Fremde, also einen Touri, so einen großen Umweg zu machen.»

«Na meinetwegen, gern geschehen.» Er nahm das Geld kopfschüttelnd entgegen. Dann sprang ich aus dem Wagen, schnappte mir meinen Rucksack und winkte ihm zum Abschied hinterher. Bevor ich aufs Haus zuging, ließ ich das Gesamtbild auf mich wirken. Der Hof mit all den Rosenstöcken und Rhododendren wirkte tatsächlich einladend. Wenn hier wirklich eine esoterisch angehauchte Hexe wohnte, hatte sie zumindest Geschmack, dachte ich, als ich immer mehr liebevolle Details wie bunte Tongefäße und hölzerne Sitzgruppen entdeckte. Neben dem Haupthaus stand eine riesige Scheune, dahinter ein kleines Nebengebäude mit einer Außentreppe zum Obergeschoss. Außerdem gab es noch zwei weitere kleine, ebenfalls geklinkerte Gebäude, die eine längliche Form hatten und vermutlich als Ställe genutzt wurden.

Auf einer Gartenbank neben der weißen Eingangstür hatte sich eine schwarze Katze zusammengerollt, die fest zu schlafen schien.

Als sich die Tür plötzlich öffnete, hob sie aber doch ihren Kopf und streckte sich. Im Türrahmen stand eine drahtige, freundlich aussehende Frau um die siebzig.

«Schnell rein mit euch!», sagte sie mit weichem Klang in der Stimme. Die Katze schlüpfte hinein, und ich eilte auf die Frau zu und streckte ihr die Hand entgegen. Doch sie winkte mich einfach schnell durch. Wir standen in einer riesigen Diele, von der etliche weiße Holztüren abgingen.

«Sie sind also Annegret?», fragte ich und lächelte.

«Die meisten nennen mich Anne. Das klingt auch nicht so alt», entgegnete sie. Die gräulichen Haare trug sie als lockere Hochsteckfrisur, und auch die Garderobe war alles andere als altbacken oder hexenverdächtig. Sie trug eine helle Hose und eine Kaschmir-Jacke über einer weißen Bluse. Mit dem perlmuttfarbenen Stein an der schlichten, langen Goldkette hätte sie fast elegant gewirkt, wären da nicht die quietschgrünen Crocs mit Froschmotiv an ihren Füßen gewesen.

«Ich bin Valerie», sagte ich, «wir haben telefoniert.»

«Ich weiß», kam es lapidar zurück. Ungefragt nahm sie mir meine durchnässte Regenjacke ab und verschwand in einem der zahlreichen Räume. Dann kam sie wieder zurück, winkte mich hinter sich her und erklärte: «Und hier ist die Seele des Hauses: die Küche.» Sie trat durch eine offen stehende Tür.

Die Frau ging so schwungvoll, dass ich meinen Rucksack erst einmal zurückließ, um ihr zu folgen.

In der Küche empfing mich ein süßlicher Duft. Annegret rückte mir einen Korbstuhl an dem riesigen Eichentisch zurecht. Rundherum befand sich ein buntes Potpourri aus antiken Küchenschränken und jeder Menge Steingut-Geschirr. Meine Gastgeberin gab mir unerklärlicherweise das Gefühl, auf mich gewartet zu haben. Und als könnte sie meine Gedanken lesen, sagte sie: «Ich zeige dir gleich dein Zimmer. Aber erst wird ein heißer Kräuter-Tee getrunken.»

Ich nickte dankbar und beobachtete Annegret, wie sie einen Wasserkessel auf den großen, uralten Herd stellte, der tatsächlich mit Holz befeuert wurde. Ich war kurz versucht, zu fragen, ob es überhaupt warmes Wasser aus der Leitung gab, ließ es aber lieber bleiben. Das Haus war sicher weit über hundert Jahre alt. Mein Blick blieb an den Froschschuhen hängen.

Annegret musste meinen amüsierten Blick bemerkt haben, denn sie sagte: «Die hat mir mein Nachbar geschenkt. Hagen hat zwar keinen Geschmack, aber Humor.»

«Hagen?», fragte ich irritiert. «Der Hagen, der mich mitgenommen hat?»

Annegret nickte, ohne aufzusehen.

«Er wohnt hier in der Nachbarschaft?»

«Direkt nebenan, schon immer. So, und jetzt trinkst du erst mal und erzählst mir, wo dein Schuh drückt.»

Ich wusste nicht, was mich mehr verwirrte. Die Tatsache, dass Hagen mich hinters Licht geführt hatte oder dass ich so unvermittelt etwas über mich erzählen sollte.

«Das ist mein Willkommensritual», erklärte Annegret. «Schließlich gibt es immer einen Grund für so eine Reise. Und deiner ist sicher gravierend. Sonst hättest du nicht schon vor Tagen nach Hilfe gerufen.» Sie stellte mir den dampfenden Becher hin und tätschelte kurz meine Hand, als ob ich eine alte Freundin oder ihre Tochter wäre. Dann schob sie ihren Stuhl näher ran und setzte sich, um mich mit offenem Blick anzusehen.

«Tja, wo soll ich anfangen?», wagte ich mich vor. Es war so ein seltsames Gefühl, einfach loszulegen und einer vollkommen Fremden etwas Persönliches preiszugeben. Übers Wetter wollte diese Annegret sicher nicht mit mir plaudern. Verlegen griff ich nach dem Becher und pustete den Dampf beiseite, um einen Schluck zu nehmen.

«Autsch!», zischte ich, weil der Tee noch viel zu heiß war. Annegret schwieg weiterhin beharrlich und sah mich einfach nur an.

«Also, eigentlich bin ich bloß beruflich unterwegs», begann ich zaghaft. Annegret hob skeptisch die Brauen.

Ich atmete tief ein und aus und fasste mir ein Herz. Was hatte ich schon zu verlieren?

«Um ehrlich zu sein, plagen mich seit Monaten depressive Verstimmungen. Ich stehe angeblich kurz vor einem Burnout, und ich habe einen Tinnitus.»

Annegret nahm einen Schluck aus ihrem Becher und sah mich weiterhin aufmerksam an. Also redete ich einfach weiter: «Dazu haben mein Mann und ich eine schwere Ehekrise, meine Chefin ist ein Tyrann, aber das Schlimmste ist, dass meine Tochter ...» Ich schluckte und fand keine Worte. Vielleicht wollte ich einfach nicht laut aussprechen, was mich so bedrückte.

«Was ist mit deiner Tochter?», fragte Annegret nach einer langen, quälenden Pause.

Ich zuckte mit den Schultern.

«Eigentlich nichts. Sie wird erwachsen. Das ist alles», sagte ich tapfer und biss mir auf die Lippen. Und dann erklärte ich, warum ich eigentlich ein Zimmer für zwei gebucht hatte.

«Du kannst bleiben, so lange du willst!», erklärte meine Gastgeberin schließlich. Ich musste einen ziemlich angeschlagenen Eindruck machen.

«Zumindest würde ich gern so lange bleiben, bis ich wieder einen Schritt ohne Schmerzen gehen kann», sagte ich mit einer großen Portion Selbstironie und deutete auf meine geschundenen Füße. «Es war wirklich ein glücklicher Zufall, dass ich dieser Jana begegnet bin und sie mich zu dir geschickt hat. Ich soll dich von ihr grüßen.»

«Es gibt keine Zufälle!», stellte Annegret fest. Ihre Stimme klang warm und streng zugleich. Ich wandte den Blick ab und schaute in das kleine Feuer hinter der offenen Herdklappe. Allmählich ließ meine Anspannung nach.

Keine zwei Stunden später kuschelte ich mich in das weiche, warme Federbett und sah mich beglückt in meinem kleinen gemütlichen Zimmer um. Das Fenster bot einen weiten Blick in die sanft hügelige Landschaft der Lüneburger Heide.

Das Zimmer lag in der Abenddämmerung, und ich bewunderte jedes liebevolle Detail: den antiken, weiß gebeizten Kleiderschrank, den dazu passenden Schreibtisch, den alten Küchenstuhl davor, ebenfalls aus Holz, die geschwungene Leselampe mit dem altrosafarbenen Schirm, die abgeschliffenen Dielen, die dezenten cremefarbenen Streifentapeten und das Bücherregal. Alles schien aus einer Zeit zu kommen, als die Welt noch in Ordnung war. Auch was den Stand der Technik betraf: Es gab weder Fernsehen noch WLAN. Aber für den Moment fehlte mir nichts. Ich hatte noch nicht einmal das Bedürfnis, das Ersatzladekabel für mein Handy auszupacken, das Annegret für mich in Empfang genommen hatte.

Ich fühlte mich wunderbar aufgefangen. Lag es am warmen Schaumbad, das ich in Annegrets privatem Badezimmer genießen durfte, der leckeren Kartoffelsuppe oder dem seltsam vertrauensvollen Gespräch? Eigentlich hatte Annegret mir bloß Fragen gestellt. Etwa, warum ich noch für meine Chefin arbeitete, wenn ich doch so wenig mit ihr einverstanden war. Und warum mir das Loslassen offenbar so schwerfiel. Sie hatte sich meine Lebensgeschichte einfach nur angehört, ohne zu bewerten. Fast wie Frau Stein-Nolte und doch ganz anders. Als hätte sie mit dem Herzen zugehört.

Von Annegret hatte ich eigentlich nur erfahren, dass sie früher Biologie- und Deutschlehrerin gewesen war und den Hof von ihrem verstorbenen Mann geerbt hatte. Seit sie in Rente war, betrieb sie den eigentlich viel zu großen Hof als Pension. Auch wenn ich nicht viel von Energien verstand, spürte ich doch eindeutig, dass dieses Haus ein Wohlfühl- oder Kraftort war. Ich fragte mich, ob Annegret deswegen hiergeblieben war oder ob es umgekehrt ihr zu verdanken war, dass dieser Ort einen besonderen Zauber besaß.

Auch die anderen drei Gäste, die gerade hier wohnten, hatten mit leuchtenden Augen an ihrem Tisch gesessen und die selbstgemachte Suppe genossen. Nico, der Anfang zwanzig war und allein reiste, berichtete von einer denkwürdigen Begegnung mit einem nackten Mann auf einem Fahrrad. Offenbar gab es unweit vom Heideörtchen Undeloh einen Nudistenweg. Zum Glück war ich jetzt vorgewarnt, sodass mir dieser Schreck erspart bleiben würde, wenn ich weiterging.

Den Gedanken an den weiteren Weg schob ich lieber beiseite. In ein, zwei Tagen würde ich weitersehen, ob das Wetter, meine Laune und auch mein angeschlagener

Körper mitspielten, um in die nächste Etappe zu starten. Annegret hatte mir versprochen, sich morgen um meine wundgescheuerten Stellen an den Füßen zu kümmern. Das würde mich zwar etwas Überwindung kosten, aber sie kannte offensichtlich ein Kraut, das dagegen gewachsen war. Wenn das stimmte, konnte ich es gut in meinem Text verwerten und so hoffentlich ein bisschen Schleichwerbung für das Haus Annegret machen. Jeden Abend gab es gegen eine kleine Spende in ein selbstgetöpfertes Sparschwein eine warme Mahlzeit, die Annegret als «einfach, frisch und gesund» bezeichnete. Es gab Tee und selbstgemachten Saft aus den Erträgen der zahllosen Obstbäume, die überall auf dem Hof zu finden waren. Einzig die Bäder mussten etagenweise geteilt werden, waren aber immerhin sehr sauber. Wenn mich meine Reise bisher eins gelehrt hatte, dann, dass man genügsamer wurde, solange es nur heißes Wasser und ein trockenes Bett gab.

Selten hatte ich mich so geborgen gefühlt wie in diesem Doppelzimmer, auch wenn mich die leere Betthälfte natürlich an Friedas Abwesenheit erinnerte.

Zur Ablenkung schnappte ich mir meinen Roman, wurde aber auch diesmal bereits nach ein paar Seiten so müde, dass ich das Piepen in meinem Ohr kaum noch wahrnahm und angenehm schläfrig wurde.

TAG 6

Als ich aufwachte, war es schon weit nach neun Uhr. So lange und so fest hatte ich ewig nicht mehr geschlafen. Das wohlige Gefühl von gestern breitete sich sofort wieder in mir aus. Draußen strahlte die Sonne. Ich trat ans Fenster und öffnete es ganz weit, atmete die feucht-warme Luft tief ein und genoss den Ausblick Richtung Westen. Weit und breit war niemand zu sehen, kein Auto, nicht einmal eine Straße oder Laterne, kein Windrad, kein Strommast, keine Werbetafel ... Es gab nur die Heide und die Gräser, unterbrochen von Kiefern, Birken und Wacholdersträuchern und einigen schmalen Wegen.

Ich freute mich darauf, mich später in den Garten zu setzen und zu schreiben. Es fühlte sich großartig an, heute mal nicht den Druck zu haben, von A nach B kommen zu müssen.

Plötzlich bekam ich riesigen Hunger. Ich bewaffnete mich mit meinen Waschsachen, zog mir eine dünne Jacke über mein Schlafshirt und huschte schnell durch den Flur in das schräg gegenüberliegende Bad. Als ich mein Necessaire auf der Fensterbank abstellte, entdeckte ich auf dem Hof nebenan Hagen. Er werkelte mit einem Jungen im Schulkind-Alter im Garten. Sein mit Reet gedecktes Fachwerkhaus war fast genauso groß wie die Pension, besaß aber ein verhältnismäßig kleines Grundstück, das anders als das Haus Annegret so gar nicht nach Bauernhof aussah. Annegret hielt nicht nur Hühner, sondern auf einer kleinen Koppel auch einen Zwergesel namens Kleiner Onkel.

Neugierig hielt ich Ausschau nach Hagens Frau. Irgendwann gab ich auf und machte eine schnelle Katzenwäsche, um dann eilig eine kurze Jeans und einen dünnen Pulli überzustreifen. Dann ging ich nach unten. Aus der Küche drang Geschirrklappern. Ich klopfte kurz an und traf auf eine rundliche, mittelalte Frau in einem weißen Kittel.

«Guten Morgen!», sagte sie freundlich, wischte sich die rechte Hand an ihrem Kittel ab und reichte sie mir. «Ich bin Marlies.»

«Valerie», entgegnete ich erfreut und blickte in ein rundes Gesicht mit warmen braunen Augen.

«Setz dich, Kindchen!», befahl sie. «Tee oder Kaffee?»

Ich bat um einen Kaffee mit Milch und fragte, ob ich etwas helfen könne. Alles hier war so privat, dass man glaubte, Teil einer großen Familie zu sein, mit allen Vorzügen und Pflichten.

Marlies schüttelte nur den Kopf und verschwand in Richtung Speisekammer. Nur wenige Augenblicke später servierte sie je zwei große Platten Käse und Aufschnitt, reichlich verziert mit Tomaten, Gurken, Radieschen und Schnittlauch aus dem Garten, wie sie sagte. Auf dem Tisch standen ein Butterfass sowie drei verschiedene Sorten Marmelade mit handbeschrifteten Aufklebern: Aprikose mit Zimt, Erdbeere mit Basilikum und Stachelbeere mit Sauerampfer. In einem Korb fand sich eine Auswahl verschiedener Brötchen. Als mir dann auch noch ein kleiner Kaffee mit Milchschaumkrönchen und Kakaopulver serviert wurde, hätte ich fast gejauchzt vor Freude.

Marlies räumte die Küche auf und bereitete ganz nebenbei noch einen Kuchenteig vor.

«Bist du von Annegret fest angestellt?», fragte ich zwischen zwei Bissen köstlicher Erdbeermarmelade.

«Ich gebe dir einen Rat: Sag lieber Anne zu ihr!», flüsterte Marlies mit einem verschmitzten Lächeln.

Marlies war nur als Aushilfe an den Wochenenden beschäftigt. Wir plauderten eine Weile über den kleinen Ort mit den nur etwa zehn Häusern und die nähere Umgebung. Nach dem Frühstück schnappte ich mir einfach ein Küchentuch und trocknete all die vielen kleinen und großen Töpfe, Messer und Brettchen ab, die Marlies inzwischen gespült hatte. Ich erfuhr, dass Annegret – oder Anne – tatsächlich eine Hexe war. Eine Kräuterhexe nämlich, die sich mit Wildgewächsen sehr gut auskannte und diese regelmäßig in ihrer Küche und für die Hausapotheke nutzte.

«Ohne ihre Kräuter könnte ich gar nicht mehr arbeiten», sagte Marlies und klopfte sich vielsagend auf ihr linkes Knie. «Seit Anne mich behandelt, habe ich viel seltener Schmerzen wegen meiner Arthrose.»

«Wo ist sie überhaupt?», fragte ich interessiert und stapelte die Küchenutensilien auf dem großen Tisch.

«Beim Nachbarn, Honig schleudern», antwortete Marlies und begann, einen halb gefüllten Eimer mit Himbeeren zu verlesen.

Ich wurde hellhörig. «Meinst du Hagen? Ist er Honigbauer oder so was?»

Marlies lachte so schallend, dass ich automatisch mitlachen musste. «So was gibt es hier nicht. Hagen ist Leiter des VNP und hat privat ein paar Bienenstöcke.»

Ich runzelte die Stirn. Marlies erklärte mir, dass VNP der Verein Naturschutzpark sei, eine Stiftung, die sich schon seit mehr als hundert Jahren für den Erhalt und die Entwicklung der Heide einsetzte.

«Also ist Hagen so eine Art Heide-Ranger, der überall mit dem Auto hinkann?»

Marlies nickte. Gerade als sie mir weiterhin geduldig erklärte, dass man nur mit Ausnahmegenehmigung durchs Naturschutzgebiet fahren durfte, bekamen wir Besuch von Nico, der noch ziemlich verschlafen aussah. Er beschwerte sich im Scherz, dass ihn niemand geweckt habe, wo er doch um diese Uhrzeit längst wieder auf dem Weg sein wollte. Ich schlug ihm vor, es wie ich zu machen und einfach eine längere Pause an diesem schönen Ort einzulegen. Doch er wehrte ab. Er sei nun schon drei Tage hier gewesen, also zwei mehr, als er ursprünglich geplant hatte. Er musste weiter, weil er den Heidschnuckenweg unbedingt zu Ende bis nach Celle gehen wolle und vor seinem Ausbildungsbeginn zum Tischler im August noch viel zu viel zu regeln habe. Da würde er lieber irgendwann noch mal hierherkommen. Er machte sich ebenfalls über die Brötchen her und bestrich sie mit reichlich Honig, der mir zuvor gar nicht aufgefallen war, weil er in einem Tongefäß auf der anderen Tischhälfte gestanden hatte.

Meine Gedanken sprangen hin und her. Ich hatte noch so viele Fragen, wollte Marlies aber nicht zur Last fallen.

Also holte ich meine Sachen aus dem Zimmer und suchte mir ein schattiges Plätzchen im Garten zwischen zwei Apfelbäumen. Seufzend ließ ich die Flipflops von den schmerzenden Füßen fallen und schaute mich um. An jeder Ecke blühte etwas, von weißen Kletter- und rosa Pfingstrosen über Hortensien in blau und lila bis hin zu einem kleinen Feld Sonnenblumen, die alle in dieselbe Richtung um die Wette strahlten. Gleich daneben fanden sich ein kleines Gewächshaus und mehrere Hochbeete sowie mehrere Reihen mit Grünzeug, das ich aus der Ferne nicht genauer erkennen konnte. Aber ich konnte ohnehin Kartoffel- kaum von Kohlrabipflanzen unterscheiden. Ganz offensichtlich war Anne eine leidenschaftliche Gärtnerin und Tierliebhaberin. Und eine begeisterte Töpferin, wie die vielen Gefäße und Figuren drinnen und hier draußen bewiesen.

Mein Job hatte den Vorzug, dass ich Dinge ausprobieren oder meine Nase überall reinstecken konnte, denn um authentisch über etwas schreiben zu können, musste ich recherchieren. Deshalb hatte ich zum Glück nicht einmal ein schlechtes Gewissen, als ich mich im Internet verlor anstatt direkt in den Schreibflow für meine Reportage zu kommen.

Ich landete schließlich auf den Seiten des VNP und erfuhr, dass es offenbar eine lebensfüllende Aufgabe war, sich um die Pflege der Heide zu kümmern. Bislang hatte ich angenommen, dass die unberührte Natur sich von allein regulierte.

Ein Blick auf die Kontaktseite verriet mir, dass der Verein seinen Sitz direkt hier im Ort hatte. Es dauerte zwar eine Ewigkeit, bis Google Maps mir die genaue Lage auf meinem Smartphone anzeigte. Aber ich war vollkommen fasziniert, die Ausmaße der Heideflächen auf den Satellitenbildern zu sehen. Dagegen wirkten die Höfe in diesem kleinen Nest winzig. Weit und breit gab es tatsächlich nur die eine Hauptstraße, die durch das Naturschutzgebiet führte. Der Wilseder Berg lag östlich davon, Uhlendorf westlich. Ich glich die Seite mit meiner Wanderkarte ab und verstand, warum Annes Hof zu einer Art Treffpunkt für Wanderer geworden war. Denn er lag nicht nur direkt an der Hauptstrecke des Heidschnuckenweges, sondern bot auch eine Route nach Schneverdingen, das für sein berühmtes Heideblütenfest bekannt war. Das würde ich leider verpassen.

«Was schaust du so ernst?», fragte eine freundliche Stimme neben mir. Ich drehte mich zur Seite. Es war Anne, die ihre giftgrünen Gartenschuhe trug und sich zu mir setzte.

«Was machen deine Blasen?», fragte sie mit einem besorgten Blick auf meine nackten Füße. «Wenn du jetzt Zeit hast, machen wir ein Fußbad, und dann versorge ich dich mit meiner Spezialsalbe.»

Obwohl sie milde lächelte und sich Lachfältchen wie Sonnenstrahlen um ihre klaren, hellblauen Augen bildeten, spürte ich, dass es eher eine Aufforderung als ein

Angebot war. Also folgte ich ihr in Richtung Terrasse. Anne wies mich an einen Platz auf einer Bank und verschwand im Haus.

Nur kurze Zeit später kam sie mit einer großen Schüssel Wasser wieder. Vorsichtig tauchte ich meine geschundenen und nicht wirklich schön anzusehenden Füße in das lauwarme Wasser. Sie griff in die Jackentasche ihres Cardigans und holte ein kleines braunes Gläschen hervor mit einer Flüssigkeit darin. Sie gab zwei Tropfen davon ins Wasser. Ein angenehmer Duft stieg auf. Anne erklärte, meine Haut müsse nun zehn Minuten darin einweichen. Dann verschwand sie wieder.

Ich saß keine Minute alleine da, da kam Lieschen, die schwarze Hofkatze, vorbei. Mit ihrem weichen Fell umspielte sie meine nackten Beine und schnurrte lautstark, als ich sie ausgiebig kraulte und streichelte. Dann musterte sie mich kurz, aber eingehend und machte es sich auf dem freien Platz neben mir gemütlich.

Als Anne mit einem Korb zurückkam, schmunzelte sie. «Das war ja klar», sagte sie, «und ein gutes Zeichen. Lieschen taucht immer dann auf, wenn sie spürt, dass Heilung gebraucht wird.»

Ich musste geschaut haben wie ein Auto. Jedenfalls lachte Anne laut los. Dann zog sie einen Stuhl heran und setzte sich mir gegenüber. Sie holte ein Handtuch aus ihrem Korb und breitete es auf ihren Schoß, legte meine Füße behutsam darauf und tupfte sie nacheinander ab. Schließlich holte sie ihre Wundersalbe hervor und gab sie auf einen Wundverband, den sie wiederum mit einer grünen Paste bedeckte.

«Was ist das?», fragte ich etwas argwöhnisch.

«Wurmfarn und natürlich Honig mit ein paar Gänseblümchen.» Sie verband beide Füße. «Und jetzt lehnst du dich zurück und entspannst dich.» Nach einer Pause fragte sie: «Hast du etwas gegen eine Energiebehandlung?»

Eine was? Tja, was sollte ich dazu sagen? Zu verlieren hatte ich ja nichts, na ja, außer meinen Verstand vielleicht. Ich willigte ein.

Anne schloss ihre Augen und schien sich zu sammeln. Dann hielt sie ihre Hände über meine Füße. Sie sagte nichts. Und ich traute mich nicht zu fragen, was sie da machte. Und dann plötzlich spürte ich, wie meine Füße heiß wurden und zu kribbeln begannen. Ich schloss ebenfalls meine Augen und fühlte mich irgendwie ... ja, abwesend. Aber im positiven Sinn. Nichts um mich herum war in diesem Moment wichtig. Nicht einmal der Tinnitus drängte sich auf.

Nach einer ganzen Weile, von der ich gar nicht hätte sagen können, wie lange sie gedauert hatte, begann Anne sich wieder zu bewegen. Ich öffnete die Augen. Sie machte drei Mal schwungvolle Armbewegungen neben meinen Beinen, als schiebe sie die Luft nach unten. Dann sah sie mich an, ohne jede Regung.

Ich lächelte tapfer, obwohl mir urplötzlich Tränen in den Augen standen.

«Also, Liebes, was quält dich am meisten, also außer deinen Füßen?», fragte sie mich unvermittelt.

Ich schüttelte langsam den Kopf und wollte so etwas sagen wie «die normalen Familienprobleme halt». Aber ich konnte es nicht. Selten war ich jemandem begegnet, der so authentisch war. Und was hatte es für einen Sinn, Anne etwas vorzumachen?

«Ich liebe meinen Mann nicht mehr», hörte ich mich zu meinem Entsetzen sagen. Der Satz hallte in mir nach und schüttelte mich innerlich so durch, dass ich kaum noch Luft bekam. All die Verletzungen der letzten Jahre schienen wie eine gigantische Welle hochzukommen.

«Entschuldigung», presste ich schließlich hervor und wühlte in meiner Jeansshorts nach einem Taschentuch.

Anne schob Lieschen von der Bank, setzte sich dichter zu mir und legte mir einen Arm um die Schultern.

Als ich mich etwas beruhigt hatte, hob sie mein Kinn an und sah mir nochmals fest in die Augen. «Sprich es aus, sprich alles aus, wenn du möchtest. Jedes Wort, das du dir von der Seele redest, wird dich ab jetzt nicht mehr schmerzen.»

Tatsächlich nahm ich jetzt all meinen Mut zusammen und erzählte ihr die ganze Geschichte, diesmal mit allen Einzelheiten. Wie Simon und ich uns kennengelernt hatten, wie glücklich wir gewesen waren, als Frieda kam, wie Simon mir unterm Weihnachtsbaum den Antrag gemacht hatte und dann, wie mich der Alltag und all die Verantwortung kaputt gemacht hatten. Und ich erwähnte auch meinen unerfüllten Wunsch nach einem zweiten Kind, der vielleicht nicht die Ursache für unsere Probleme war, aber wohl ein Symptom, das sich über die Jahre immer mehr verstärkt hatte.

«Und wenn du eine zweite Chance bekämst, was würdest du anders machen?», fragte Anne im ruhigen Ton.

Sofort wollte ich sagen, dass ich ja wohl nichts falsch

gemacht hatte und dass vielmehr Simon mich ins Unglück getrieben hatte, weil er meine Bedürfnisse und Wünsche über all die Jahre ignoriert und seine Interessen allzu oft über meine gestellt hatte. Doch Anne brauchte mich nur weiterhin so milde lächelnd und wissend anzusehen, dass die Antwort fast wie von selbst kam: «Ich würde wohl mehr für mich einstehen, Verantwortung für mich und mein Glück übernehmen. Ohne länger die Schuld bei jemand anderem zu suchen.»

«Sehr gut, mein Mädchen», entgegnete sie leise und griff nach meiner Hand.

Ich lächelte dankbar und kam mir vor wie ein Kind, das monatelang versucht hatte, Schwimmen zu lernen und nun endlich ohne Hilfe ans rettende Ufer gelangt war. Na ja, fast ohne Hilfe.

«Wie machst du das?», fragte ich und schüttelte ungläubig den Kopf.

«Was meinst du?», fragte Anne, lächelte aber wissend wie ein Buddha. Sie wusste genau, worauf ich hinauswollte. «Ich verbinde mich mit der geistigen Welt. Und weil du mir die Erlaubnis erteilt hast, durfte ich wahrnehmen, was ist.»

Ich verstand nur Bahnhof. Klar hatte ich von der geistigen Welt schon mal gehört. Aber bislang hatte ich all dieses seltsame Zeug in die Esoterik-Schublade gesteckt, weil so viele selbsternannte Heiler oder Wahrsager nur eines wollten, nämlich bedürftige Menschen übers Ohr hauen.

«Und was genau *ist?*», fragte ich und hatte irgendwie Angst vor der Antwort.

«Schmerz! Wir alle tragen ihn mit uns herum. Die Frage ist nur, wie wir damit umgehen», erklärte Anne lapidar, so, als ob wir übers Wetter geplaudert hätten. Sie erhob sich mit einem Seufzer, sammelte ihre Siebensachen zusammen und ging ins Haus.

Sprachlos schaute ich ihr hinterher. Ich hatte eigentlich noch so viele Fragen, aber mich beschlich das Gefühl, sie wollte nicht mehr preisgeben. Also schloss ich einfach meine Augen und ließ für einen Moment die wärmende Sonne auf mein Gesicht strahlen.

Gute zwei Stunden saß ich auf der Bank und versuchte, ein paar Zeilen zu formulieren. Ich tat mich ungewöhnlich schwer mit diesem Text. Als müsste ich einen Krimi schreiben, wüsste aber selbst noch nicht, wer der Mörder war und wie das Ganze ausging. Langsam fragte ich mich, ob es zu diesem Zeitpunkt überhaupt Sinn hatte, den Fokus festzulegen. Bisher konnte ich lediglich sagen, dass man nicht den Mount Everest erklimmen musste, um an seine Grenzen zu geraten. Hundert Kilometer durch die einsame Heide zu stapfen, reichte schon aus, um sein Innerstes nach außen zu kehren und sich von einer ganz neuen, bisweilen schmerzhaft authentischen Seite kennenzulernen. Ich war mir nicht sicher, ob ich diese neue Seite an mir mochte. Klar war jedenfalls: Ich konnte nicht mehr so weitermachen wie bisher.

Plötzlich schreckte ich aus meinen Gedanken hoch,

weil ein großer Trecker hupend auf den Hof gerauscht kam. Es war Hagen, natürlich! Er hielt an, sprang aus dem Führerhaus und schob das große Scheunentor weit auf, während der laute Motor weiter dröhnte. Dann rollte er mit dem Riesengefährt hinein und stellte es ab. Anschließend kam er aus der Scheune heraus und ging schnurstracks auf mich zu.

«Moin!», sagte er.

Ich nickte und entgegnete: «Schon wieder hier? Trotz der weiten Anreise?»

Hagen grinste nur und trat etwas näher. Er deutete auf meine verbundenen Füße und fragte: «Und? Wie ist die Lage?»

«Hoffnungslos», erwiderte ich, halb ernst, halb im Spaß.

Er pflanzte sich einfach neben mich und schwieg. Ich hatte schon mal gehört, dass die Menschen in der Heide echte Sturköppe waren und nie lange schnackten. Aber mich verunsicherte die Stille irgendwie.

«Und du bist also so etwas wie ein Heide-Ranger?» Ich betrachtete Hagens Profil, das markante Kinn und die dunkelbraunen Bartstoppeln, die über Nacht etwas kräftiger geworden waren.

«Nein, ich bin ein Schwerenöter, der wildfremde Frauen in sein Auto lockt und sie finanziell ausnimmt.»

Ich verzog spöttisch meine Mundwinkel. Doch er sah mich nicht einmal an, sondern musterte mit sorgenvoller Miene die Eichen, die die Scheune wie mächtige Riesen zu behüten schienen.

«Kann es sein, dass der Herbst dieses Jahr ein bisschen

früh kommt?», fragte ich irritiert mit Blick auf das Laub, das auf dem Boden bereits kleinere Haufen bildete.

«Dieser Sommer ist so trocken, da bleibt den Bäumen nichts anderes übrig, um sich zu schützen.» Er zeigte auf eine spezielle Eiche. «Aber diese da, die macht mir Sorgen. Ich muss sie wegnehmen oder die morschen Äste beschneiden, bevor der nächste Gewitter- oder Herbststurm kommt.»

«Du fühlst dich ja für ganz Uhlendorf zuständig. Gehört das auch zu den Aufgaben des VNP?»

Er schien sich nicht zu wundern, dass ich von seinem Job wusste. «Ich helfe, wo ich kann.»

«Aber ich dachte, Anne sei eine Hexe?», warf ich schmunzelnd ein.

«Aber eine gute, hab ich das nicht erwähnt?!», entgegnete er und sah mich mit einem Blick an, den ich nicht deuten konnte.

Ich spürte, wie ich rot wurde. Aus Verlegenheit fragte ich weiter drauflos – und erfuhr, dass man als Dörfler ohne gegenseitige Hilfe gar nicht klarkam. Der eine bot seinen Eisenschneider, dafür half der andere beim Carportbau. Eine Hand wusch die andere. Und so unterstützte Hagen seine Nachbarin beim Bewirtschaften und Instandhalten ihres Hofes. Dafür durfte er seine großen Maschinen in ihrer Scheune unterstellen und wurde ab und an mit Leckereien verwöhnt.

«Gibt es denn irgendwas, was ich für Anne tun kann?», fragte ich. «Sie hat mir sehr geholfen, und ich fühle mich total wohl hier!»

Er überlegte kurz. «Obsternte! Das schafft sie nicht

mehr allein.» Dann warf er einen Blick auf meine Verbände. «Aber das wird wohl nix.»

Ich hatte das Bedürfnis, mich zu rechtfertigen. Dass ich eigentlich nicht dem Klischee einer Städterin entsprach, die sofort schwächelt, bloß weil sie sich ein Mal im Leben in die Natur begibt.

Doch Hagen sah mich nur mit hochgezogenen Augenbrauen an und grinste süffisant, was mich sofort provozierte.

«Ich lass mir was anderes einfallen. In spätestens zwei Tagen muss ich ohnehin wieder aufbrechen.»

Sein Lächeln erstarb. «Schade eigentlich», sagte er leise.

Das brachte mich erneut in Verlegenheit. Aber wenn ich eines nicht leiden konnte, dann Männer, die offensiv mit anderen Frauen flirteten, obwohl zu Hause die eigene wartete und sich womöglich um das Mittagessen für die ganze Familie kümmerte.

Also raffte ich meine Sachen zusammen. «Tja, ich muss dann mal», erklärte ich, wobei mir der Reiseführer aus der Hand rutschte. Ich hob ihn auf, angelte nach meinen Flipflops und humpelte vollbeladen und umständlich in die Küche, damit sich meine dicken Verbände nicht lösten.

Ich spürte, wie Hagen mich beobachtete. Bestimmt amüsierte er sich über mich. Soll er doch, dachte ich, und drehte mich nicht mehr um.

Am Abend zog ich mich in mein Zimmer zurück und blätterte in meinem Notizbuch. Ich versuchte das Chaos in meinem Kopf durch Listen und Stichpunkte in den Griff zu kriegen. Doch sosehr ich mich auch bemühte, es funktionierte nicht. So ähnlich mussten sich wohl Menschen mit Demenz fühlen. Ich war innerlich seltsam leer.

Dafür schossen mir etliche Gedanken und Bilder durch den Kopf – etwa, wie ich mich in Hamburg in die endlose Menge derer einreihte, die eine bezahlbare, aber schöne Wohnung suchten. Dann wieder sah ich Tessa und ihr blödes Gesicht, wenn ich ihr die Kündigung auf den Tisch knallte. Aber auch diese hoffnungsvolle Vision endete damit, dass ich unter einer Brücke schlief, oder schlimmer: bei meiner Mutter unterkam. Die nächste Horrorvorstellung war, bei einem Anwalt zu sitzen und die Scheidung einzureichen und dann einsam und allein alt zu werden. Oder wie ich am Flughafen stand und bittere Tränen beim Abschied von Frieda vergoss. Und dann der Super-GAU: Am anderen Ende der Welt gefiel ihr ein Junge so gut, dass sie gleich dort blieb.

All diese Phantasien mischten sich mit den Eindrücken des Tages. Langsam glitt ich in einen unruhigen Schlaf.

TAG 7

Am nächsten Morgen ging es meinen Füßen schon deutlich besser. Und mir auch. Den zweiten Kaffee servierte Marlies mir nach dem Frühstück im Lesezimmer, wie Anne ihre stattliche Bibliothek nannte. Hier standen zahlreiche Fachbücher über Kräuter, Naturheilkunde und Homöopathie sowie diverse literarische Klassiker. Weil sie gleich eine kleine Wandergruppe erwartete, hatte ich mich hierhin zurückgezogen. Mir war nicht nach Smalltalk, und da der Himmel über der Heide bedeckt war, machte ich es mir hier mit gutem Gewissen und Erlaubnis von Anne gemütlich.

Ich saß bequem auf einer bordeauxfarbenen Chaiselongue inmitten der vielen Wunderwerke aus allen Genres und Epochen. Das einzige elektronische Gerät in diesem Zimmer war mein Tablet, das an der Tastatur senkrecht fixiert auf meinem Schoß stand.

Und die einzigen Geräusche in diesem Kosmos waren mein aktuell erträglicher Tinnitus und das stetige Ticken der Wanduhr, obwohl alles hier so zeitlos erschien – der riesige dunkelgrün gekachelte Ofen, die antike Anrichte, die alte Nähmaschine und die etwa fünf Meter lange

Bücherwand, die lediglich von der Tür zur Diele unterbrochen wurde.

Was mussten das früher, abgesehen von jeder Menge anderer Unannehmlichkeiten, für phantastische Zeiten gewesen sein, als keine Kriegsbilder oder schrille Werbung über die Mattscheiben ins Haus kamen, keine ständigen Sprachnachrichten oder Pushmitteilungen den Tag zerstückelten und keine Social-Media-Welt einem das Gefühl gab, unzulänglich oder einsam zu sein.

Mein Blick blieb an einem Regal hängen, in dem eine Reihe Autobiographien und Sachbücher standen, die in einer Buchhandlung wohl mit dem Begriff Esoterik betitelt worden wären. Von den meisten Autoren hatte ich nie etwas gehört, und ich wäre nie auf die Idee gekommen, mir eines dieser Bücher zuzulegen. Es mochte ja sein, dass es zwischen Himmel und Erde so viel mehr gab, als ich sehen konnte. Aber Menschen, die so etwas angeblich wahrnehmen konnten, machten mir Angst.

Mit Ausnahme von Anne. Sie hatte offenbar gewisse Gaben, ohne sich damit in den Vordergrund zu drängen. Wie ich von Marlies gehört hatte, besprach sie Warzen, vertrieb böse Geister oder pflanzte Setzlinge nach dem Mondkalender. Und gleichzeitig trat sie bescheiden und ruhig auf, wählte ihre Worte stets mit Bedacht und nahm sich dabei ganz und gar zurück.

Nicht wenige in unserer Redaktion hielten sich hingegen für echte Herzensmenschen, propagierten öffentlich mit Zitaten und Posts Liebe und Weltfrieden als ihre Werte, nur um morgens gleich in der Teeküche über die verhassten Kolleginnen zu lästern.

Ich fühlte mich so oft zwischen den Welten, ohne zu wissen, wohin ich gehörte oder gehören wollte.

Es klopfte leise. Anne steckte den Kopf zur Tür rein. «Ich wollte nur eben wissen, ob alles in Ordnung ist?»

Ich hätte sie knutschen können. Wir kannten uns nicht einmal achtundvierzig Stunden, und trotzdem fühlte ich mich in ihrer Gegenwart wie als Kind bei meiner Oma: willkommen und geborgen.

«Alles bestens, danke!», sagte ich.

«Darf ich deine Reportage lesen, wenn sie fertig ist?», fragte sie und trat näher.

Ich freute mich über ihr Interesse an meiner Arbeit. Gleichzeitig hatte ich Bedenken, ob ich ihren Ansprüchen gewachsen war.

«Natürlich darfst du. Aber ich fürchte, ich kann dir keine neuen Erkenntnisse bescheren, so wie all die beeindruckenden Kollegen in den Regalen hier», sagte ich mit einem betretenen Lächeln.

«Nimm dir gerne was mit aufs Zimmer, wenn du möchtest, oder mit auf die Reise!», sagte sie und trat dann genau an jenes Regal, das ich zuvor so eingehend betrachtet hatte. Sie griff dort nach einem blauen Buch und reichte es mir. «Das zum Beispiel würde dir bestimmt gefallen.»

Es war *Gespräche mit Gott* von Neale Donald Walsch.

«Danke, werde ich mal reinschauen», versprach ich. Doch natürlich witterte Anne mit ihren feinen Antennen sofort, dass ich nicht überzeugt war.

«Lass dich nicht vom Titel abschrecken: Selbst wenn du nicht an Gott glaubst, kann dieses Buch ein ganzes Leben oder besser gesagt das Weltbild verändern.»

Sie sah mich mit offenen Augen ohne jegliche Forderung im Blick an.

«Glaubst *du* denn an Gott?», fragte ich.

Anne lächelte und deutete auf die Chaiselongue. «Darf ich?»

Ich nickte und rückte ein Stück zur Seite, um ihr Platz zu machen.

«Wenn wir von einem Gott reden, von dem in der Kirche oder der Bibel die Rede ist, dann: nein!», erklärte Anne. An ihrem konzentrierten Blick konnte ich erkennen, dass sie weiter nach Worten suchte. Sie knetete ihre Hände, die gepflegt und doch so voller Tatendrang aussahen und die nun ihren Schoß glatt strichen. Dann berichtete sie, dass sie über viele Krisen zum Glauben gefunden hatte: «Weißt du, in meiner Definition ist Gott kein heiliges Wesen, sondern eher ein Synonym für die Liebe, die uns alle zu eins macht. Wir alle haben denselben Ursprung. Wir alle sind Teile der Natur und damit die Natur, die Schöpfung, selbst. Und je bewusster wir uns dieser Göttlichkeit sind, desto leichter fällt es uns, in unsere Schöpferkraft zu kommen.»

Ich war mir nicht sicher, ob ich Anne folgen konnte. Ich selbst wünschte mir sehr, an etwas zu glauben und darin Halt und Orientierung zu finden. Doch klang das alles viel zu abstrakt für mich. «Das klingt irgendwie zu schön, um wahr zu sein. Warum etwa gibt es so viel Leid, so viel Böses in der Welt?», versuchte ich Anne meine Zweifel behutsam entgegenzusetzen.

«Ich finde, es lohnt sich, an das Gute in allem, also auch uns Menschen zu glauben. Ich gebe dir ein Beispiel:

Angenommen, du trägst dich mit dem Gedanken, deinen Mann zu betrügen, entscheidest dich aber dagegen. Dafür kann es verschiedene Gründe geben. Entweder verbietet es dir dein Verstand, weil er Nutzen und Schaden abwägt. Der kurzfristige Nutzen, dass du ein schönes Abenteuer erlebst, steht dem langfristigen Schaden gegenüber, einen Vertrauensmissbrauch begangen zu haben. Du könntest aber auch im Sinne von Kant argumentieren, also im Sinne der Vernunft nach dem kategorischen Imperativ, wonach du nichts tun solltest, was nicht zur allgemeingültigen Regel für alle werden könnte.»

Ich nickte. Bis hierher konnte ich meiner weisen Gesprächspartnerin folgen.

«Die Maxime, nach der ich strebe oder von der ich glaube, dass sie den Menschen endlich Frieden auf dieser wunderschönen Erde bringen könnte, ist keine des Kopfes, sondern eine des Herzens. Aus meiner Sicht reicht es nicht, dass ich meinem Nachbarn keinen Hammer auf den Kopf haue, weil ich sonst mit einer Strafe oder Schuldgefühlen leben müsste. Ich würde meinem Nachbarn einfach deswegen nicht schaden wollen, weil er ein Teil von mir und ein Teil von Gott ist. Wir alle sind in Liebe verbunden, ich handele also stets im höchsten Sinne aller Lebewesen», sagte Anne. Dann musste sie schmunzeln. «Im Falle von Hagen versuche ich es zumindest.»

«Na, das kann ich verstehen, dass Nächstenliebe bei Hagen eine Herausforderung ist», ergänzte ich lachend und berichtete Anne von meiner Irritation, weil ich meinte, dass er mich angeflirtet hatte.

«Aber wieso nicht? Du bist eine hübsche, interessante

Frau. Woher soll er wissen, dass du verheiratet bist?», konterte Anne und schaute mich verschmitzt an.

Unwillkürlich fasste ich mir an den Ringfinger. Erst jetzt fiel mir wieder ein, dass ich den Ring in ein Seitenfach meines Rucksacks gesteckt und seitdem keinen Gedanken mehr daran verschwendet hatte.

«Trotzdem finde ich es ziemlich unsympathisch, wenn Männer Frauen anbaggern, obwohl die eigene quasi direkt nebenan sitzt», beharrte ich.

Anne sah mich fragend an, dann fügte sie mit ernstem Gesichtsausdruck an: «Aber eine Frau gibt es gar nicht mehr, die er betrügen könnte. Melanie ist vor vier Jahren gestorben. Viel zu früh, an Leukämie.»

Mein Mund stand offen. Auf so eine Nachricht war ich nicht vorbereitet gewesen.

«Er muss sie sehr geliebt haben. Er trägt noch den Ring», sagte ich nachdenklich. «Hatten sie noch mehr Kinder, die ihre Mutter verloren haben?»

Anne schüttelte den Kopf. «Hagen und Henry stehen sich sehr nahe. Das taten sie schon immer, auch bevor Melanie so krank geworden ist. Ich weiß nicht, wie glücklich die Ehe wirklich war. Ich weiß nur, dass sie viel gestritten haben. Es kann aber gut sein, dass er den Ring wegen Henry trägt. Er ist ein guter, hochsensibler Junge.»

«Im Gegensatz zu Hagen ...», versuchte ich mich mit einem blöden Scherz nun aus der Beklemmung zu befreien, die diese traurige Geschichte in mir auslöste.

«Hagen ist ein Kindskopf. Das stimmt! Aber er ist wie ein Sohn für mich.»

Auch das machte mich betroffen. Anne war so eine Seele von Mensch. Sicher war sie als Lehrerin bei ihren Schülern sehr beliebt gewesen. Es war schwer zu verstehen, warum ausgerechnet sie keine Kinder hatte.

«Dein Mann ...», versuchte ich mich zaghaft vorzutasten. «... War sein Verlust eine der Krisen, die dich zum Glauben geführt haben?»

Anne nickte und lächelte, sah aber auf die schmale goldene Uhr an ihrem zarten Handgelenk. «Ich erzähle dir gerne davon. Vielleicht heute Abend, bei einem Glas Met?» Sie erhob sich mit einem tiefen Seufzer. «Jetzt muss ich mich nämlich erst mal um die Vorbereitung für meine Gruppe kümmern. Und die Tiere wollen auch noch versorgt werden.»

«Wie kann ich dir helfen?», fragte ich sofort.

Doch Anne schüttelte den Kopf und hob gespielt drohend ihren Zeigefinger. «Du schonst dich, verstanden?!»

Wir lächelten einander an, bevor sie durch die Tür verschwand. Sofort breitete sich wieder die angenehme Stille im Raum aus und legte sich wie eine schützende Decke um mich.

Zu Mittag gab es frischgebackenes Brot aus dem Ofenhäuschen und selbstgemachtes Waldfruchtpesto. Als ich danach kurz auf mein Zimmer ging, hatte Frieda eine Nachricht geschickt:

hi, mum! alles gut bei dir? wie wäre es, wenn wir morgen mal vorbeikommen?! paps fährt mich. wo müssen wir hin?

Soviel ich wusste, legte das Universum im Allgemeinen nicht so ein Tempo vor bei der Erfüllung von Wünschen. Nun hatte ich mir zwar sehnlichst gewünscht, noch mal in Ruhe mit Frieda zu reden. Doch dass Simon sie mir tatsächlich sozusagen auf dem Silbertablett servierte, kam mir seltsam vor. Genauso wie die Vorstellung, sie beide hier zu haben.

Plötzlich klopfte es ganz zart an der Scheibe meines Fensters. Ich sah auf, konnte aber nichts erkennen. Wieder dieses Klopfen. Also trat ich näher. Auf dem Fenstersims tanzte ein winziges Vögelchen hin und her!

Ich kannte mich kaum mit Tieren aus, meinte aber, einen Zaunkönig zu erkennen. Mit seinen feinen braunen Federchen, dem rundlichen Bauch und dem niedlichen Kopf sah er einfach vollkommen aus. Als er mich auch noch mit seinen dunklen Knopfaugen zu mustern schien, war ich tief berührt. Ich fühlte eine Art Verbundenheit, und plötzlich stieg ein Satz in mir auf. Wieder und wieder hallten die Worte in mir nach:

Lass uns fliegen, lass uns fliegen, lass uns fliegen …

«Hagen fragt an, ob er dich ins Pietzmoor mitnehmen soll», sagte Anne, als ich in die Küche humpelte, auf dem Weg hinaus, um mir ein schönes Plätzchen zum

Schreiben zu suchen. Marlies garnierte gerade eine Torte und diktierte Anne gleichzeitig eine Einkaufsliste.

«Ich kann doch kaum laufen», entgegnete ich und deutete auf meine Füße, die beide noch in dicken Verbänden steckten.

«Deswegen ja. Er kann dir ein paar Ecken zeigen, wo du sonst nicht hinkommst», sagte Anne. Sie schaute erst auf, als sie bemerkte, dass ich nichts sagte.

«Alles für deine Recherche natürlich», ergänzte sie mit einem Schmunzeln.

«Ich kann übrigens auch Hochzeitstorten», witzelte Marlies und lachte, ohne von ihrem Traum aus Stachelbeere und Baiser aufzusehen.

«Ha, ha», entgegnete ich kopfschüttelnd. Und dann erklärte ich, warum ich am nächsten Tag gar keine Zeit hatte. Weil ich nämlich Besuch von meiner Familie bekommen würde und deswegen auch gerne noch eine Nacht dranhängen und erst am Dienstag wieder aufbrechen würde.

«Du kannst so lange bleiben, wie du möchtest. Aber Hagen muss heute ins Moor. Er will in zehn Minuten hier sein», entgegnete Anne in einem Ton, der keinen Widerspruch duldete.

Mir fiel nichts Passendes ein, und ich fragte nur verwundert: «An einem Sonntag?»

«Dem Schäfer wurden zwei Schnucken gerissen», erklärte Anne.

«Tja, die Wölfe nehmen keine Rücksicht darauf, ob Wochenende ist oder nicht», ergänzte Marlies und murmelte noch etwas von weißen Schokostreuseln, ehe sie in Richtung Speisekammer verschwand.

Anne sah mich prüfend an. «Was ist schon dabei? Niemand kennt sich hier in der Gegend besser aus als Hagen. Du wirst einfach einen netten und interessanten Nachmittag haben.»

Amüsiert verzog ich meine Mundwinkel und gab mich geschlagen. Ich hatte gerade noch Zeit, meine Sachen nach oben zu bringen und meine Flipflops zu holen, da rief Anne mich auch schon wieder runter.

Als ich auf den Hof trat, sah ich zu meinem Entsetzen, dass Hagen nicht etwa in seinem Wagen auf mich wartete, sondern seinen Trecker aus der Scheune geholt hatte. Das konnte unmöglich sein Ernst sein!

Ich hob kurz meine Hand zum Gruß, als Hagen von seinem hohen Ross mit den monströsen Rädern runterstieg. Dann half er mir beim Einsteigen.

Er setzte den Trecker in Bewegung und bog rechts auf die Hauptstraße.

Die Strecke bis nach Schneverdingen erschien mir endlos. Ich vermochte nicht gegen das laute Dröhnen des Motors anzubrüllen und schwieg lieber. Hin und wieder machte Hagen mich auf etwas aufmerksam, zum Beispiel auf die viel zu trockenen Maisfelder, die gewöhnlich doppelt so hoch standen.

Endlich kamen wir an einem Parkplatz zum Stehen. Wir stiegen aus, und ich humpelte auf eine Informationstafel zu und las:

Das Pietzmoor liegt am Südrand des Naturschutzgebietes Lüneburger Heide bei Schneverdingen und umfasst heute noch eine Fläche von ca. 2,5 km².
Die Entstehung des Hochmoores wurde begünstigt durch die Muldenlage und durch wasserundurchlässige Tonschichten im Untergrund.
Profiluntersuchungen, die 1975 durchgeführt wurden, ergaben, dass die maximale Torfmächtigkeit 7,50 Meter beträgt.
Geht man von einem jährlichen Wachstum der torfbildenden Spagnen (Torfmoose) von etwa 1 Millimeter aus, dann beträgt das Alter des Pietzmoores knapp 8000 Jahre.
Dank erfolgreicher Renaturierung kann das Pietzmoor nun wieder wachsen und bleibt als «Geschichtsbuch der Natur» erhalten.

Weiter las ich über die einzigartige Wollgrasblüte im Frühjahr und dass man im Sommer Kreuzottern bewundern konnte, wenn man sich auf den Rundwanderweg aus Bohlenstegen traute.

«Hier gibt es Schlangen?», fragte ich besorgt.

«Die sind sogar giftig!», freute sich Hagen und grinste breit.

Ich wandte mich wieder der Tafel zu und murmelte: «Wie gut, dass ich gehandicapt bin und nicht vorhatte, hier zu wandern.»

«Blödsinn», entgegnete er und zeigte auf den letzten Satz des Infotextes: *Die Wege sind auch für ungeübte Wanderer ideal.*

«Sehr witzig», sagte ich und wollte schon einwenden, dass ich sehr wohl fit genug sei für die Heide.

«Was machen wir jetzt?», fragte ich.

«Ich zeige dir die schönsten Plätze, und dafür hilfst du mir, die Schnuckenkadaver zu verladen.»

Hagen grinste wieder breit. Trotzdem hatte ich das ungute Gefühl, er meinte seinen Plan ernst.

«Ich soll mich Giftschlangen und reißenden Wölfen ausliefern und tote Tiere durch die Gegend schleppen?», fragte ich spöttisch. «Ich bin schwer verletzt, schon vergessen?»

Hagen deutete auf seine breiten Schultern. Wollte er mich ernsthaft huckepack nehmen?

«Komm, spring auf.»

Obwohl ich mir selten dämlich vorkam, nahm ich sein Angebot an und ließ mich von meinem Guide tragen.

Nach gut zwanzig Minuten auf einem endlos scheinenden Holzbohlenweg erhörte Hagen endlich mein Flehen, mich wieder runterzulassen. Mir taten schon die Arme und Beine weh. Außerdem war ich besorgt um seinen Rücken, für den es sicher nicht das Gesündeste war, mich durch Wald und Heide zu schleppen. Und es war mir peinlich, von den Passanten angestarrt zu werden, denen wir ab und an auf den schmalen Stegen Platz machen musste.

Wir ließen uns auf einer Bank nieder und genossen eine Zeitlang schweigend den zauberhaften Ausblick.

Stumme Gewässer wechselten sich ab mit Gräsern, Bäumen und immer wieder auch Heidesträuchern. Überall summte und surrte es.

«Hier kann man etliche Kraniche, Libellen und Frösche bewundern», sagte er schließlich.

«Woher kommt eigentlich deine Liebe zur Natur?», fragte ich. «Anne hat erwähnt, dass du dich so engagiert um die Bienenstöcke kümmerst, zum Beispiel», fügte ich hinzu.

«Ich schätze die Natur. Das ist alles. Und wenn das Bienensterben so weitergeht, gibt es irgendwann auch keine Natur mehr. So einfach ist das.»

Das klang unerwartet schroff. Ich schwieg betroffen. Auch weil irgendwie mitschwang, dass Städterinnen wie ich kein Bewusstsein für solche ökologischen Probleme hatten.

«Und daran ist vor allem die Landwirtschaft mit ihren Pestiziden schuld, also am Insektensterben, meine ich.»

«Und ich hab dich für einen Bauern gehalten», versuchte ich nun lachend meine Betroffenheit zu überspielen.

«Das bin ich auch», hielt er dagegen, «aber für den privaten Bedarf. Ich habe viel von Anne gelernt. Sie ist eine tolle Gärtnerin.»

«Und sie sicher auch von dir», gab ich zurück, weil mir imponierte, wie sie beide die Kunst des gegenseitigen Gebens und Nehmens beherrschten, so wie es auch in der Natur nicht nur üblich, sondern auch nötig war.

«Ich sag ihr immer, sie soll einen Hofladen aufmachen und da unseren Honig und ihr Kräuterzeugs und so anbieten», ergänzte Hagen. «Aber sie ist sturer als alle Heidjer zusammen.» Er schüttelte den Kopf. «Sie hat Geldsorgen, weil der Unterhalt des Hofs kostspielig ist. Aber sie ist zu stolz, sich helfen zu lassen. Oder den Hof zu verkaufen und einfach ihre Rente zu genießen. Sie denkt immer nur an andere. Aber heute will ich mich da mal nicht beschweren.» Hagen sah mir tief in die Augen. «Sonst hätte ich wohl kaum so nette Gesellschaft.»

Fragend sah ich ihn an.

«Na ja, ihretwegen sitzen wir doch jetzt hier und genießen dieses entspannte Plätzchen.»

«Moment mal!», widersprach ich. «Anne hat behauptet, du hast gefragt, ob ich nicht mitkommen will.»

Hagen winkte ab. «Und mir hat sie erzählt, du wolltest, dass ich dich mitnehme und dir die Gegend zeige.»

Wir lachten, und weil mir Hagens Blicke irgendwann unangenehm wurden, nestelte ich an meinen Verbänden rum. Auf keinen Fall wollte ich, dass er mich auch nur einen Meter weiter über den Holzbohlenweg schleppte, zumal ich auch befürchtete, er könnte das Gleichgewicht verlieren und wir würden gemeinsam ins Moor stürzen. Also wickelte ich beherzt meine Füße aus und stopfte die Mullbinden in meine Hosentasche. Erstaunt sah ich, dass die wunden Stellen fast verheilt waren.

Hagen beugte sich rüber. Natürlich war es mir unangenehm, dass meine Füße so eindringlich inspiziert wurden. Doch er strich so beiläufig und sanft über meine Knöchel, dass es angenehm kribbelte. Aber ich wollte keinen falschen Eindruck erwecken und ihm nicht zeigen, dass ich seine Aufmerksamkeit genoss. Also stand ich auf.

«Anne ist wirklich eine Wunderheilerin!», sagte ich dankbar und zog die Flipflops wieder an.

«Die reinste Form des Wahnsinns ist es, alles beim Alten zu lassen und gleichzeitig zu hoffen, dass sich was ändert», sagte Anne, als wir am späteren Abend abwechselnd ins Feuer und in den Sternenhimmel starrten und am Honigwein nippten. Ein schöner Abschluss für diesen besonderen Tag.

«Das ist aber nicht von dir?», fragte ich beeindruckt und gleichzeitig beschämt. Es stimmte ja, da lamentierte ich hier redselig über meinen stressigen Redaktionsalltag und meine blöde Chefin und erklärte im selben Atemzug, trotzdem nicht aus diesem Saftladen rauszukommen.

«Angeblich von Albert Einstein», erklärte Anne, «aber ich denke, man braucht kein Genie zu sein, um das zu kapieren.»

Alles, was Anne sagte, schien so logisch und so einfach. Und vor allem lebte sie das, was sie sagte.

«Du hast recht. Aber heute geht es mir viel zu gut, als dass ich akut etwas ändern wollte», entgegnete ich satt und zufrieden. Es war herrlich hier draußen, so still und lauschig.

Ich sah in die Dunkelheit. Grundsätzlich war ich fest entschlossen, etwas zu ändern. Entweder machte ich so weiter wie bisher und hielt irgendwie durch, mit all den Sorgen und Symptomen. Oder ich nahm mein Leben in die Hand. Und das im wahrsten Sinne des Wortes. Denn ich hatte zunehmend den Eindruck, etwas Produktives mit seinen eigenen Händen zu tun, wie etwa Gartenarbeit, produzierte weitaus mehr Glückshormone, als zehn Stunden täglich in einem stickigen Büro vor einem Bildschirm zu sitzen. Anne zum Beispiel schien stets im Hier und Jetzt zu sein, während ich in meiner spärlichen Freizeit entweder mit Verletzungen aus der Vergangenheit oder Ängsten in der Zukunft kämpfte.

Sogar tote Heidschnucken zu bergen und sie im Frontlader zu transportieren war eine überraschend positive Erfahrung gewesen. Hagen hatte mir ausführlich erklärt, wie wertvoll die Rückkehr des Wolfes für das Ökosystem war, auch wenn pro Jahr etwa fünfhundert Schafe gerissen wurden. Seine Augen hatten regelrecht geleuchtet, als er von seiner ersten Wolfssichtung berichtet hatte, und er hatte mir gleich angeboten, ihn beim nächsten Vollmond zu begleiten.

«Sag mal, warst du schon mal mit Hagen los, um Wölfe bei Vollmond zu sichten?», fragte ich und merkte, wie mir die Vorstellung eine Heidenangst einjagte. Und ich war mir nicht mal sicher, ob dies an den wilden Tieren lag oder eher an dem interessanten Nachbarn, der mit beiden Beinen auf dem Boden stand und mich damit ungemein anzog.

«Nein, war ich nicht. Aber an deiner Stelle würde ich mitgehen», entgegnete Anne mit süffisantem Lächeln und zog die Decke über ihren Schultern etwas straffer.

Ich schüttelte stumm den Kopf. «Erst mal muss ich alleine klarkommen. Und ich wünschte, ich wäre so autark und stark wie du», sagte ich schließlich.

«Ich bin nicht freiwillig allein», wiegelte Anne ab.

Ich blickte sie aufmerksam an. «Gab es da denn mal jemanden?», traute ich mich schließlich zu fragen, weil ich spürte, dass sie etwas preisgeben wollte.

«Richard, meine große Liebe. Er ist viel zu früh gestorben, vor vielen Jahren schon, an einer Lungenembolie», sagte Anne. «Das war ein verdammt harter Schlag. Aber gerade das hat mir wiederum auch Kraft gegeben.»

Auch das klang seltsam einfach.

«Wie meinst du das?», fragte ich also.

«Ich glaube, wir alle kommen früher oder später im Leben an einen Punkt, an dem es nicht weiterzugehen scheint», antwortete sie und sah mich herausfordernd an.

Ich nickte und lächelte schief.

«Und an diesem Punkt», fuhr Anne fort, «haben wir die Wahl: Wir können weiter in unserer Opferrolle verharren, uns einbilden, das Leben sei schlecht und die Welt habe sich gegen uns verschworen ... Oder wir beginnen zu akzeptieren, was war und wer wir dadurch geworden sind, um unsere Geschichte umzuschreiben und all dem Leid einen Sinn zu geben.»

Ich wollte es gerne verstehen. Also hakte ich nach, woraufhin Anne mir die ganze Geschichte erzählte. Wie sie und ihr Mann sich kennengelernt hatten, wie glücklich sie gewesen waren und dass diese Liebe sogar Richards Tod überdauert hatte. Ein Ereignis hatte Annes

Sicht auf die Welt komplett geändert: Wenige Tage nach Richards Tod hatte sie an dessen Grab gestanden und intensiv das Band der Liebe gespürt. In diesem Moment war ein Sonnenstrahl durch eine dicke Wolkendecke gebrochen. Und für einen Moment, in dem die Zeit stillgestanden hatte, hatte sie plötzlich pure Glückseligkeit gespürt und seine Stimme gehört. Seit jenem Nachmittag vor über dreißig Jahren fühlte sie sich verbunden mit der geistigen Welt, wie sie es nannte.

Ich wusste nicht, worum ich sie mehr beneidete: Die wahre große Liebe erfahren zu haben oder über Gaben zu verfügen, die nicht mit dem menschlichen Verstand zu fassen waren. Sie behauptete jedenfalls, sie erhalte von ihren Begleitern manchmal Eingebungen, die ihr halfen, positiv und stark zu sein – auch für die Menschen, die ihren Weg kreuzten und Hilfe suchten.

«Heißt das etwa, du hast auch für mich eine Botschaft?», fragte ich und merkte, wie sich mein Puls beschleunigte. Das Ganze war mir doch etwas unheimlich.

Doch Anne lächelte einfach und antwortete: «Ich glaube, du weißt sehr genau selbst, was du tun musst.»

«Loslassen», sagte ich leise seufzend. Vielleicht wollte ich einfach nichts ändern, weil es womöglich bedeuten könnte, dass ich Frieda dann verlieren würde.

Und tatsächlich, als hätte Anne auch wahrnehmen können, was ich gerade dachte, fragte sie unumwunden: «Wovor hast du so große Angst?»

Ich erklärte ihr, warum sich die Lage in den letzten Monaten so zugespitzt hatte und dass all meine Hoffnungen auf dem bevorstehenden Besuch Friedas lagen.

«Hast du Lust auf ein Fragespiel?», fragte Anne, als ich geendet hatte. «Aber Vorsicht, wenn du die Antworten hast, gewinnst du vollkommen neue Perspektiven!» Annes klarer Blick war durchdringend, aber nicht unangenehm. Sie machte mich neugierig. Also nickte ich.

Es waren tatsächlich bloß ein paar simple Fragen. Etwa, ob es wirklich wahr sei, dass ich Frieda verlieren würde, wenn ich sie gehen ließ. Und wie ich mich mit diesem Glaubenssatz fühlte. Und umgekehrt, wie es mir ginge, wenn ich diesen Gedanken nicht hätte.

«Die simpelste Umkehrung des Glaubenssatzes ‹Ich verliere Frieda› wäre ‹Ich verliere Frieda nicht›. Aber vielleicht findest du eine noch positivere Formulierung.»

«Na ja, also das Einzige, was mir dazu einfällt, ist: ‹Ich gewinne Frieda.› Aber das klingt ziemlich albern», entgegnete ich.

«Was ist daran albern? Es ist doch möglich, dass deine Tochter sich dir wieder annähert, wenn du sie lässt, wie sie ist. Ganz egal, wo in der Welt sie sich gerade aufhält», erklärte Anne.

Womöglich ist da etwas dran, überlegte ich. Vielleicht hätte Frieda dann gar keinen Grund mehr, sich meiner Dominanz zu entziehen. Wie ich es übrigens auch bei meiner Mutter gemacht hatte, spann ich den Gedanken weiter.

«Mal anders gefragt», fuhr Anne fort, «wen verlierst du, wenn du an deiner Angst festhältst?»

Ich schluckte. Diesmal war die Antwort ganz klar: «Mich.»

Diese Worte trafen mich bis ins Mark. So intensiv,

dass sich mein Kopf nicht einmal mehr die Mühe machte, wenigstens zu versuchen, sie zu entkräften. Den Beweis hatte ich mir selbst ganz allein in den vergangenen Monaten, wenn nicht sogar Jahren geliefert.

«Eine weitere Umkehrung wäre sogar: ‹Frieda verliert dich›.»

Wenn ich ehrlich zu mir war, traf auch das im Kern durchaus zu. Wie liebevoll konnte man als Mutter sein, wenn man sich selbst nicht liebte?, fragte ich mich. Wie präsent, wenn man ständig mit seinen selbst heraufbeschworenen Problemen beschäftigt war? Wie sollte mein Kind lernen, Verantwortung für seine Bedürfnisse zu übernehmen, wenn ich es selbst nicht tat?

Gleichzeitig fragte ich mich, wie das Lieben und Loslassen konkret aussehen sollte, wenn Frieda morgen vor mir stand und mich mit ihrem treuen, klaren Blick ansah. Diese Vorstellung hätte mir normalerweise den Boden unter den Füßen weggezogen. Aber jetzt und hier fühlte ich keine Unruhe aufkommen. Dank Anne ergab sich eine Fülle neuer Sichtweisen, die meine Panik verschwinden ließen.

Mir wurde plötzlich klar, dass es sich nicht lohnte, unnötig gegen etwas anzukämpfen. Und dass die Kraft, die man dabei verlor, nicht in einem angemessenen Verhältnis zu dem stand, was man vielleicht bekam. Falls es überhaupt das Richtige war.

Sosehr ich mich auch immer bemüht hatte, alles richtig zu machen, hatte mich meine Rolle zuletzt nur noch mit Verlustangst und Sorge ausgefüllt. Auch wenn ich in diesem Leben wohl keine Chance mehr bekam, bei einem zweiten Kind alles anders zu machen, nahm ich mir fest vor, ab sofort die beste Mutter zu sein, die ich für meine Tochter sein konnte. Bei all meiner Liebe schwor ich, sie am nächsten Tag offenen Herzens zu empfangen – ganz ohne Erwartungen und Druck.

TAG 8

Die Morgensonne weckte mich früh. Denn es gab keine Vorhänge oder Jalousien an den Fenstern. Die Nacht war zudem sehr unruhig gewesen. Immer wieder war ich aufgewacht und hatte mir schlimmste Szenarien von Friedas Abschied am Flughafen ausgemalt. Die Bilder hatten sich mit denen von Anne an der Feuerstelle gemischt, und auch Hagen hatte sich in meine Phantasien geschummelt. Und so hatte ich lange wach gelegen, mich hin und her gewälzt, immer mit der latenten Angst vor dem kommenden Tag.

Zum Glück war die Pension inzwischen bis aufs letzte Zimmer ausgebucht, sodass buntes Treiben an der Frühstückstafel herrschte. Es wurde erzählt und gelacht und gelobt angesichts des liebevoll angerichteten Frühstücks.

Die Gruppe mit vier Pärchen im Seniorenalter entpuppte sich als Touristen, die das Haus Annegret bereits vom letzten Jahr kannten und es auch in diesem Sommer als Ausgangsstation für Tagestouren jenseits des Heidschnuckenweges schätzten. Wer nicht zu Fuß gehen oder das Fahrrad nutzen wollte, hatte von Uhlendorf aus die Möglichkeit, mit der Kutsche zu fahren, zum Wilseder

Berg, dem Totengrund und all den anderen Highlights der Gegend. Auch Hagens Vater hatte bis zu seinem Tod als Kutscher gearbeitet, wie Anne erwähnt hatte.

Ich fand es eine faszinierende Vorstellung, dass Entschleunigung für Menschen wie Kutscher oder Schäfer Alltag war statt die Ausnahme, so wie für die meisten der Touristen, die genau deswegen diese Ruhe hier so liebten.

In der Pension Annegret ging es an diesem Morgen jedoch hoch her. Marlies hatte frei, und so war es mir eine Freude, trotz meiner wachsenden Nervosität, Anne beim Nachlegen, Abräumen und Abwaschen unter die Arme zu greifen. Meine Füße schmerzten kaum noch.

Ich schielte auf die Küchenuhr. Es war zwar erst halb elf und Frieda hatte sie beide für etwa elf Uhr angekündigt. Doch hatte Simon die unangenehme Angewohnheit, grundsätzlich zu früh aufzutauchen, weswegen ich jede Minute mit ihnen rechnen musste. Ich beeilte mich, die Wurst- und Käseplatten wieder abzudecken und in den großen Kühlschrank in der Speisekammer zu stellen, und wischte den Tisch ab. Dann entschuldigte ich mich bei Anne und lief nach oben, um mich frischzumachen und mit einem Blick in den Spiegel zu checken, ob man mir womöglich ansah, dass ich einen inneren Prozess durchlaufen hatte, obwohl ich gerade mal eine Woche von zu Hause weg war. Fast hätte ich meinen können, ich sei so aufgeregt, weil eine Auseinandersetzung mit Frieda und Simon bevorstand.

Doch das war es nicht. Denn ich fühlte mich gut. Vielmehr war ich gespannt, ob ich auch vor mir selbst bestehen würde. Es ging darum, die wahren Werte endlich auch zu leben.

Ich schaute meinem Spiegelbild fest in die Augen, und als ich durch das weit offen stehende Flurfenster tatsächlich einen Wagen auf den Hof fahren hörte, sprach ich mir selbst noch einmal Mut zu: «Du bleibst stark!»

«Mama!», rief meine hübsche kleine Große, als sie aus dem Auto stieg.

Sie lief auf mich zu, und wir umarmten uns so innig, als hätten wir uns eine Ewigkeit nicht gesehen.

Mit Simon war es genau andersherum. Wir gaben uns einen flüchtigen Kuss, ohne uns wirklich in die Augen zu sehen. Trotzdem fiel mir unangenehm auf, dass er Anzughose und ein hellblaues Hemd trug, was bedeutete, dass er später wohl noch ins Büro würde fahren wollen und er nicht viel Zeit mitgebracht hatte.

«Na, das ist doch ein nettes Plätzchen», sagte er anerkennend und sah sich mit diesem Blick um, mit dem er für gewöhnlich Objekte ins Visier nahm und fachmännisch abschätzte, wie groß das Auftragsvolumen gewesen war oder welchen Wert die Immobilie hatte.

«Außer den paar Autos an der Straße gibt es nichts und niemanden, was stört. Das ist purer Luxus!», versuchte ich ihm höflich beizupflichten.

Doch er reagierte gar nicht auf meine Schwärmerei.

Stattdessen entgegnete Frieda: «Also auch kein einziger Laden weit und breit? Und kein Netz?» Sie grinste schief, weil sie vermutlich ahnte, dass sie dafür einen Knuff in die Seite kassieren würde.

«Wie willst du denn ein Jahr am Ende der Welt überstehen, wenn du es nicht einen Tag in der Heide aushältst?», fragte ich lachend und bemerkte, wie die beiden sich einen irritierten Blick zuwarfen.

«Tja, ich mach mich dann mal auf den Weg», sagte Simon schnell in Friedas Richtung.

Nun war ich diejenige, die irritiert war. «Du willst direkt wieder los?»

«Ich treffe mich mit Bodo im Snow-Dome. Den wollten wir schon immer mal in Augenschein nehmen», erklärte Simon und schaute auf seine große Armbanduhr. «Dann muß ich kurz ins Büro. Gegen drei bin ich wieder da und hole Frieda ab.»

In mir mischte sich Enttäuschung mit Erleichterung. Ich war froh, dass ich nun unter vier Augen mit Frieda sprechen konnte. Und Bodo, einen früheren Geschäftspartner aus Hannover, mochte ich ohnehin nicht. Es war also nicht schade darum, dass Simon uns nicht dabeihaben wollte. Aber dass er nicht einmal fragte, wie es mir ging oder wie mir meine Auszeit gefiel, verletzte mich. So sehr, dass ich mich sofort wieder in meinen alten Mustern gefangen fühlte und nur schweigsam nickte.

«Okay, Paps. Und sonst ruf an, falls es knapp wird», schlug Frieda vor.

Ich hatte das seltsame Gefühl, dass hier etwas vor sich ging, mit dem ich nicht einverstanden war. Doch die Freude, Frieda für ein paar Stunden für mich allein zu haben, überwog schließlich.

Wir sahen Simon in unserem schicken weißen Jeep hinterher, wie er vom Hof fuhr. Plötzlich kam es mir lächerlich vor, dass wir einen Geländewagen besaßen, wo wir die meisten Touren doch eindeutig im Stadtverkehr oder auf der Autobahn bewältigten. Automatisch wanderte mein Blick zu Hagens Grundstück hinüber, wo sein alter Mercedes stand, der mit getrockneten Schlammspuren bedeckt war.

Nachdem ich mich vergewissert hatte, dass Frieda wie so oft weder Hunger noch Durst hatte, schlug ich vor, sie erst einmal ein bisschen herumzuführen. Ich zeigte ihr all die Elfen aus Ton, die Anne hier und da auf dem Hof platziert hatte, und die zauberhaft duftenden Rosen, die laut Anne dieses Jahr besonders voll in ihrer Blüte standen. Und natürlich stellte ich ihr den Kleinen Onkel vor.

«O mein Gott! Wie süß ist der denn?», rief sie entzückt und schlug sich die Hände vor den Mund. «Wie kann ich ihn denn herlocken?», fragte sie begeistert.

«Am liebsten hat er die hier», hörte ich Anne hinter uns rufen. Sie kam mit einem gut gefüllten Eimer Karotten auf uns zu und strahlte Frieda an.

«Herzlich willkommen in Uhlendorf!», sagte sie und streckte Frieda die Hand entgegen.

Meine Tochter reichte ihr ebenfalls die Hand und sagte: «Ich bin Frieda. Sie haben es aber schön hier!»

Die beiden unterhielten sich eine Weile darüber, wie putzig Esel doch waren und dass Frieda noch nie Heidschnucken gesehen hatte. Ich beobachtete mit einem gewissen Wohlwollen und Vergnügen, wie schnell sie eine Herzensebene gefunden zu haben schienen.

«Versuch mal dein Glück», sagte Anne schließlich und reichte Frieda den Eimer. «Kleiner Onkel ist zwar verfressen, kann aber trotzdem sehr, sehr stur sein!»

Tatsächlich brauchte Frieda mehrere Minuten und viele nette Worte, bis das rundliche Tier sich zu uns bequemte. Doch dann knabberte es zu unserer Erheiterung in aller Seelenruhe eine Möhre nach der anderen, inklusive Grünzeug.

«Daraus wollte ich eigentlich Pesto machen», beschwerte sich Anne lachend, und auf unsere fragenden Blicke hin fügte sie erklärend hinzu: «Das Möhrengrün ist auch für uns Menschen durchaus genießbar. Es kann wie Petersilie verwendet werden.»

Der lautstark kauende Esel ließ es sich nun jedenfalls gerne gefallen, von Frieda ausgiebig gestreichelt zu werden.

«Na, da kannst du dir aber was drauf einbilden», freute sich Anne, «normalerweise schnappt er gerne zu, wenn ihm jemand zu nahe kommt».

Wir lachten, und als das tierische Frühstück beendet war, schlug ich Frieda vor, ein paar Schritte zu gehen. Schließlich lag die Heide direkt vor der Tür und war sicher nicht die schlechteste Umgebung für ein klärendes Gespräch. Ich stellte zunächst ein paar unverfängliche Fragen. Eben das, was man immer so fragte als Mutter. Ob das Mädelswochenende schön gewesen war, wie es zu Hause mit dem Essen und der Wäsche lief und was der Hockeytrainer zum Saisonabschluss gesagt hatte. Frieda schilderte ungewohnt ausführlich, was sich in den letzten Tagen abgespielt hatte. An ihrem Strahlen und ihrer Aufregung merkte ich, dass sie schon längst in Aufbruchstimmung war.

Ein idyllischer Weg aus feinem Heidesand führte uns über leichte Hügel und durch weite Täler, bis wir an einen Unterstand kamen, von dem aus man eine wundervolle Aussicht auf den breiten Horizont im Westen hatte.

Wir setzten uns, und ich wählte meine Worte mit Bedacht: «Liebes, ich muss dir etwas gestehen und will dich um Entschuldigung bitten.»

Frieda sah mich mit großen Augen an. Vor lauter Staunen brachte sie kein Wort heraus, was mich dazu ermunterte, mein Herzensanliegen offen und ehrlich auszusprechen.

Behutsam sagte ich: «Mir war bislang nicht klar, wie sehr ich dir im Weg stehe. Und es fällt mir unendlich schwer, dich für ein Jahr ans andere Ende der Welt ziehen zu lassen. Aber du sollst deine Herzenswünsche leben und deshalb werde ich deine Entscheidung respektieren.»

«Aber, Mami ...» Friedas Augen füllten sich mit Tränen.

Ich strich ihr eine lange Strähne aus dem hübschen, manchmal noch kindlichen, manchmal schon erwachsenen Gesicht und drückte sie fest an mich.

«Ich wollte dich jetzt gar nicht traurig machen. Ich wollte dir nur unbedingt sagen, wie sehr ich dich liebe und dass ich alles tun werde, damit du selbstbestimmt dein Glück findest», erklärte ich und musste selbst arg schlucken.

Wir hielten uns eine ganz Zeitlang ganz fest, bis meine Kleine irgendwann wieder aus meiner Umarmung auftauchte, mit verschmierter Mascara, aber einem dankbaren Lächeln.

«Und ich dachte, du wirst mich hassen», sagte sie und schüttelte, offenbar noch etwas ungläubig, den Kopf.

«Wieso denn hassen?», fragte ich.

«Ich dachte, du machst mir die Hölle heiß, weil ich das jetzt wirklich durchziehen will. Ich meine, ich hab schon Schiss. Aber ich glaube, wenn ich jetzt kneife, werde ich es mein Leben lang bereuen.»

«Das klingt doch wirklich so, als wenn du gründlich darüber nachgedacht hast», sagte ich lächelnd und strich über ihren klugen Kopf. «Und das hab ich auch. Ich gebe zu, ein Teil von mir, ein großer sogar, will dich einfach nicht gehen lassen. Das muss ich aber mit mir ausmachen. Ein anderer Teil macht sich aber natürlich Sorgen, ob es richtig ist, mit sechzehn schon über den Rest seines Lebens zu entscheiden. Dass du Hebamme werden willst, das ist ... Also ich finde es eigentlich toll, dass du so genau weißt, was du willst. Ich verstehe nur nicht, warum du jetzt schon entscheiden musst, die Schule abzubrechen.»

«Genau das hab ich mit Paps auch schon besprochen. Ich muss mich ja aber gar nicht jetzt entscheiden. Ich meine, ich kann ja erst mal planen, mein Abi doch noch zu machen. Und wenn ich dann in Down Under merke, ich will nicht mehr zurück an die Schule, kann ich ja immer noch jobben oder ein freiwilliges soziales Jahr machen, bis ich einen Platz an der Hebammenschule oder einen Ausbildungsplatz bekomme», pflichtete Frieda mir zu meiner Überraschung bei.

Ich wusste nicht, worüber ich mehr verwundert war. Darüber, dass sie meine Bedenken offenbar ernst genommen hatte und doch noch mal in sich gegangen war, oder darüber, dass Simon ausnahmsweise mit mir an einem Strang gezogen hatte.

«Aber Mama?», entgegnete Frieda. «Ich fliege nur unter einer Bedingung!»

«Ja?», fragte ich gespannt.

«Du musst mich über Weihnachten und Silvester besuchen kommen!»

Ich lachte kurz auf, so, als sei das eine Schnapsidee. Aber Frieda plapperte bereits munter weiter: Sie berichtete von ihrer Gastfamilie mit drei Kindern, von denen ein Mädchen im selben Alter war wie sie und zwei jünger waren, und von dem riesigen Hund namens Betty und den sympathischen Eltern, die uns angeblich gleich in der ersten E-Mail für die Feiertage zu sich nach Hause eingeladen hatten. «Und vielleicht will Olivia das nächste Schuljahr ja dann in Hamburg verbringen!»

«Also die Tochter, in deinem Alter?», vergewisserte ich mich.

Frieda nickte eifrig und holte ihr Handy hervor, um mir Fotos von der tatsächlich sehr nett aussehenden Familie und deren hübschem holzgetäfeltem Haus zu zeigen. Auch die Schule und der Vorort von Wellington, wo die Familie Robinson wohnte, waren auf den Bildern zu sehen.

«Der Ort ist ziemlich klein. Aber ich finde das eigentlich ganz gut. Nur dass ich da jetzt mitten im Winter ankomme, ist schon krass, oder?», schloss Frieda ihren Bericht, der mir zeigte, wie groß ihr Vorsprung mir gegenüber war.

Aber ich bemühte mich, mich mit den vielen spannenden Neuigkeiten anzufreunden. Ich nahm all meinen Mut zusammen und fragte nach dem genauen Zeitplan bis zu ihrer Abreise. Irgendwie fühlte ich mich doch ziemlich überfahren.

«Ich bräuchte jetzt nur noch deine Unterschrift für Anmeldung, Visum und so weiter, und Ende Juli startet bereits der nächste Term in der Schule, so nennen die das da. Ich würde also spätestens in zwei Wochen losfliegen.»

So bald? Das war ein Schock!

«Seid ihr jetzt nur rausgekommen, weil du meine Unterschrift brauchst?», fragte ich und wusste nicht, was ich davon halten sollte.

«Schon», gab Frieda zu, «aber natürlich auch, weil ich dich sehen wollte, also, solange es noch geht.»

Nun kämpfte ich mit den Tränen. «Ich breche meine Tour sofort ab. Die Reportage kann ich auch später noch schreiben», erklärte ich und wollte schon aufspringen.

Doch Frieda griff meinen Arm und sah mich eindringlich an. «Das will ich aber nicht, Mama! Ich hab noch so viel vor die nächsten Tage. Da hätte ich immer das Gefühl, ich muss zu Hause bleiben.»

Ich schluckte.

«Und außerdem», fuhr sie mit fester Stimme fort, «diese Auszeit ist doch wichtig für dich. Wir können uns zum Abschied doch immer noch ein, zwei schöne Tage machen, wenn du zurück bist. Und ich verspreche dir auch, wir skypen jeden Tag, wenn ich weg bin.»

Ich atmete tief durch und nickte. «Ich werde dich sehr vermissen. Zu Hause wird es verdammt einsam werden ohne dich.»

«Aber einsam bist du doch eh schon, Mama», wandte Frieda plötzlich ein, «ich weiß doch, dass du mit Papa nicht glücklich bist.»

Erschrocken hielt ich die Luft an. Wo war nur mein kleines Mädchen geblieben, das an die Zahnfee glaubte und Einhörner und Bibi & Tina liebte?

«Na ja, also, ich kenne eigentlich kein Ehepaar, das nicht auch mal Probleme hat», versuchte ich mich rauszureden.

«Ich kenne aber keine Eltern, die sich schon so lange aus dem Weg gehen, und keine Mutter, die so deprimiert ist», widersprach Frieda und sah mich mitfühlend an. «Im Ernst, Mama, ich finde es schrecklich, wenn du immer so traurig oder genervt bist!»

Mir wurde heiß und kalt. «Willst du deswegen weg von mir?»

Frieda verdrehte die Augen. Dann schüttelte sie langsam den Kopf und biss sich auf die Lippe, ehe sie sagte: «Nein, aber vielleicht bist du ja nur für mich noch mit Papa zusammen. Das will ich nicht!»

Ich konnte es nicht fassen. Ich hatte meine Tochter ganz offensichtlich unterschätzt. Jedenfalls schien mir, sie hatte längst mehr begriffen als ich all die Jahre.

Ich wusste nicht, was ich sagen sollte. Wir starrten

schweigend in die Ferne. Plötzlich musste ich an Frau Stein-Nolte denken und an ihre Aussage, dass Kindern mindestens genauso wichtig sei, ihre Eltern glücklich zu erleben, wie umgekehrt. Ich wusste noch, wie albern ich diese Behauptung gefunden hatte. Schließlich wünschte sich doch auch jedes Kind, dass die Eltern um alles in der Welt ein Paar blieben. Und wie sehr hatte ich es selbst gehasst, urplötzlich nur noch einen Elternteil zu haben!

«Hast du mit Papa darüber gesprochen?», wollte ich nun wissen. Mein Herz klopfte bis zum Hals.

«Nee, nur mit Oma.»

Ich staunte. «Und was hat Oma dazu gesagt?»

Frieda zuckte mit den Schultern. «Nicht viel, nur dass sie auch denkt, dass ihr kein richtiges Paar mehr seid. Aber vielleicht könnt ihr mich ja trotzdem gemeinsam in Neuseeland besuchen kommen.»

Ich atmete tief durch. Obwohl Frieda gerade bewiesen hatte, erwachsen genug zu sein für die Wahrheit, konnte ich sie nicht aussprechen.

Als wir zurück zum Haus Annegret kamen, rief Anne uns in die Küche. Es gab frische Erbsensuppe mit Minze. Frieda schien sich über diese liebe Einladung ehrlich zu freuen, also setzten wir uns zu dritt in den Garten.

Während mir all die Neuigkeiten ein wenig auf den Magen schlugen, verschlang Frieda gleich zwei Teller. Und schon kam auch Lieschen angelaufen, um sich von ihr ausgiebig kraulen zu lassen.

«Mama, hier können wir doch auch mal Urlaub machen, oder?», sagte Frieda lachend und tauschte mit Anne einen zufriedenen Blick.

Für einen Moment spürte ich ein Stechen in meinem Brustkorb bei der Vorstellung, dass wir vielleicht nie wieder Urlaub als Familie machen würden. Doch dann sah ich in Friedas strahlendes Gesicht und freute mich einfach über diesen kostbaren Moment.

«Henry war eben hier und hat gefragt, ob wir Honig machen wollen», sagte Anne und stellte uns eine Schale Erdbeeren als Nachtisch hin.

Frieda schaute mich fragend an. «Das klingt spannend. Aber wer ist Henry?»

Ich erklärte ihr, dass Henry und sein Vater nebenan wohnten und dass ich den kleinen Jungen gerne noch kennenlernen wolle, bevor ich am nächsten Tag wieder aufbrechen würde. Und da wir beide absolut keine Ahnung hatten, wie der Honig aus den Waben in die Gläser kam, gingen wir kurzentschlossen mit Anne rüber. Von Hagen war keine Spur zu sehen.

«Wer passt denn auf Henry auf, wenn Hagen arbeitet?», fragte ich, als ich den wuseligen Blondschopf von weitem sah. Er spielte mit einem großen Bagger an einem Sandhaufen und ahmte vermutlich seinen Vater nach.

«Das Dorf!» Anne lachte und fügte noch erklärend hinzu: «Der Junge kommt meist gegen eins aus der Schule. Entweder geht er dann zu mir zum Essen, oder Magda, die Putzfrau, passt auf. Die wohnt auch hier im Ort. Ansonsten kümmern sich Hagens Schwiegereltern. Aber die sind schon ziemlich in die Jahre gekommen und schnell überfordert mit einem Achtjährigen. Dabei ist Henry ein prima Junge!» Anne winkte ihm zu.

Henry kam direkt angelaufen, und Anne stellte uns einander vor. Er hatte ein niedliches Gesicht und einen schlauen Blick, wirkte aber auf den ersten Eindruck etwas schüchtern.

Wir folgten den beiden durch einen Nebeneingang des Hauses in eine Art Waschküche.

«Henry, die beiden hübschen Damen hier haben das noch nie gemacht mit dem Honig. Du musst denen das jetzt mal ganz genau zeigen, ja?», schlug Anne vor und blinzelte uns zu.

«Geht klar», sagte Henry und erklärte uns tatsächlich fachmännisch Schritt für Schritt, wie er die Waben zunächst vorsichtig von der dünnen Wachsschicht befreite.

Dafür benutzte man einen flachen und breiten Kamm mit vielen Zacken und einem Griff, eine Entdecklungsgabel, wie Anne ergänzte. Dann setzte Henry eines der Rähmchen, in denen die Waben klebten, vorsichtig in die Halterung einer Maschine, die aussah wie ein länglicher Topf mit Füßen und einer Kurbel. Er begann daran zu drehen, immer schneller und schneller, bis er aus der Puste war und sagte: «So, ich kann nicht mehr.»

Also ermunterte Anne Frieda, weiterzukurbeln, bis auch ihr Arm schlappmachte. Anne hatte unterdessen eine Auffangschale sowie ein flaches Sieb unter der Honigschleuder bereitgestellt. Gespannt starrten wir auf das Ventil am Boden des metallenen Behälters, das Henry nun beinahe ehrfürchtig öffnete. Und tatsächlich, sofort lief die goldene Masse gleichmäßig auf das Sieb, das die Wachsreste zurückhielt, und von dort in die Schale.

«Ich komm gleich wieder», sagte Henry.

Ich warf Anne einen verzückten Blick zu, der sagen sollte, wie angetan ich von diesem niedlichen Jungen war. Da kehrte er bereits aus der Diele zurück, mit den kleinen Brötchen, die Marlies am Vortag im Backofenhäuschen offenbar nicht nur für die Pensionsgäste, sondern auch für die Nachbarschaft gebacken hatte.

«Das war der Deal, was Henry?», erklärte Anne lachend. «Dein Papa und du, ihr habt uns den schönen Backofen gebaut, und dafür bekommt ihr von jeder Ladung etwas ab.»

Wie aufs Stichwort trat Hagen plötzlich in die Tür.

«Moin», sagte er, und nachdem Anne ihn und Frieda miteinander bekannt gemacht hatte, setzte er nach: «Da weiß man ja gar nicht, wer hübscher ist – die Tochter oder die Mama.»

Ich spürte, wie ich rot wurde, und war froh, dass Henry derweil die Brötchen verteilte. Frieda durfte als Erste ein Stück in den noch langsam, aber stetig fließenden Honig halten und probieren.

«Mhm, das ist echt lecker!», nuschelte Frieda mit einem großen Bissen im Mund.

Auch ich war angetan. Eigentlich machte ich mir nichts aus diesem süßen Zeug. Aber wenn man wusste, wo es herkam, schmeckte es einfach besser.

«Aber ist das nicht auch gemein, den Bienen ihren Honig wegzunehmen?», wollte Frieda wissen, während sie ein zweites Stück Brötchen unter den Honig hielt.

«Sagen wir so, wenn wir nicht auf unsere Bienenstöcke Acht geben würden, gäbe es sie gar nicht», erklärte Hagen.

«Und außerdem entnimmt man immer nur so viel Honig, wie ein Volk verkraften kann», ergänzte Anne und fragte Henry, ob er ihr wieder behilflich sein wolle, den Honig in kleine Gläser abzufüllen, die sie dann beschriften und als Gruß des Hauses jedem Gast mitgeben würde.

«O, dann hab ich ja was, worauf ich mich morgen freuen kann», scherzte ich. Denn natürlich wollte ich von Anne keine Geschenke. Sie hatte so viel für mich getan, dass ich ihr vor meinem Aufbruch gerne einen Strauß Blumen überreichen wollte.

Frieda schaute auf ihr Handy und sagte: «Papa kommt jeden Moment. Wollen wir?»

Ich nickte und warf Hagen einen Blick zu, weil ich ihn gerne noch kurz abgepasst hätte, um nach einem Blumenladen zu fragen. Doch er verschwand grußlos in Richtung Diele, sodass uns nur noch übrig blieb, uns formvollendet bei Henry für diese besondere Lehrstunde zu bedanken.

TAG 9

Passend zu meiner Stimmung lag Uhlendorf am nächsten Morgen in feuchtem Dunst. Von der Sonne war nichts zu sehen. Die anderen Gäste, eine Seniorengruppe, waren bereits zu einer Kutschfahrt aufgebrochen, wie ich von Anne hörte, als ich gegen neun Uhr in die Küche kam.

«Wie schade, dass du schon weitermusst», sagte Anne, und genau das dachte ich auch. Ich hatte mich einfach rundum wohl gefühlt und mir keine bessere Auffangstation wünschen können während meines Weges, der mich so tief in die Abgründe meiner Seele geführt hatte.

«Ich finde es auch schade. Wenn es wirklich so was wie Schutzengel oder Begleiter gibt, hat mich meiner zu dir geführt», sagte ich mit einem Lächeln und griff nach dem großen Honigtopf, um mir mein Frühstück zu versüßen.

Anne lächelte zurück und betonte, dass ich jederzeit willkommen sei, und Frieda, meine wunderbare Tochter, natürlich auch.

«Das ist lieb. Wir kommen garantiert wieder. Spätestens nächsten Sommer, wenn Frieda zurück ist», sagte ich, allerdings eher, um mir selbst Mut zuzusprechen.

Anne, empathisch und aufmerksam, wie sie war, fragte: «Hast du dich an den Gedanken, wirklich loszulassen, denn schon ein bisschen gewöhnen können?»

Ich ging noch einmal in mich und antwortete schließlich schulterzuckend: «Keine Ahnung. Ich fühle mich so seltsam leer.»

«Das ist ein gutes Zeichen», befand Anne und setzte sich mit ihrem heißen Ingwerwasser, das sie jeden Morgen trank, zu mir an den Tisch. «Heilung bedeutet, dass wir uns von negativen Emotionen lösen, die wir nicht mehr brauchen. Du bist dabei, sie zu transformieren. Und da kann es vorkommen, dass wir uns leer fühlen», fuhr sie fort und legte ihre Hand tröstend auf meine.

«Das heißt also, wenn wir uns schlecht fühlen, hängen wir an diesen Gefühlen?»

«Ja und nein», gab Anne zurück. «Jedes Gefühl ist ein Wegweiser unserer Seele. Angst, Wut oder Trauer sind so gesehen gar nicht negativ, sondern dienen eigentlich dazu, uns auf etwas aufmerksam zu machen.»

«Du meinst, meine Angst um Frieda hatte insofern ihre Berechtigung, als dass sie mich darauf hinweisen wollte, dass da etwas in mir ist, das es zu ...»

«... genau, zu heilen gilt», ergänzte Anne nickend. «Weißt du, als Hagen seine Frau verloren hat, wurde er aggressiv und ungerecht. Seine Wut war nicht zu übersehen und natürlich vollkommen verständlich. Und dann hatte er einen Unfall. Er hat sich so sehr über einen schleichenden Urlauber geärgert, dass er ihn in einer Kurve lautstark hupend überholt hat. Eine Frau, die ihm in einem Golf entgegenkam, hat er nicht mehr rechtzeitig gesehen und sie mehr oder minder von der Fahrbahn gedrängt.»

Ich schluckte. «Was ist passiert?»

«Ich hatte ihn dann hier sitzen, hab ihm nächtelang zugehört, auch wegen seiner Schuldgefühle. Denn die Frau hatte einen Totalschaden, zum Glück aber nur leichte Verletzungen. Aber Hagen hatte auch Schuldgefühle seiner Frau gegenüber. Das ist oft so bei Hinterbliebenen. Jedenfalls war das der extremste Punkt, an den er sich unbewusst gebracht hat. Er hat seine Wut so lange rausgelassen, bis es nicht mehr ging und er sowohl die Schuldgefühle als auch die Trauer darunter fühlen und dann loslassen konnte.»

Ich ließ all das wirken und überprüfte, was diese Geschichte mit mir zu tun hatte. Wie Anne es prophezeit hatte, war da tatsächlich eine Stimme in mir, eine sanfte zwar, die nicht so penetrant war wie mein Tinnitus. Sie war aber sehr klar und flüsterte mir schon lange zu, dass es an der Zeit war, Verantwortung für mein Trauma zu übernehmen, das lange von vermeintlich schwerer wiegenden und selbst heraufbeschworenen Problemen überdeckt worden war.

«Okay, ich versteh schon», sagte ich schließlich. «Und es ist seltsam, dass wir ausgerechnet jetzt und hier darüber sprechen. Aber du hast recht: Heute ist der beste Tag, um meiner Trauer Raum zu geben.»

Etwa eine Stunde später war es dann so weit. Ich hatte die vier Übernachtungen gezahlt und Anne noch geholfen, einen Eimer Kartoffeln zu schälen, den sie am Abend brauchen würde, um die Gäste zu verköstigen.

Nun hieß es Abschied nehmen. Ich sah mich ein letztes Mal in dem hübschen Zimmer um, in dem ich mich so geborgen gefühlt hatte, trat ans Fenster und ließ noch einmal meinen Blick über die Heide wandern. Auch wenn ich mir sicher war, früher oder später wieder an diesen magischen Ort zurückzukehren, war ich doch ein bisschen traurig, Anne erst einmal Lebewohl sagen zu müssen. Ich schulterte stöhnend meinen Rucksack und war überrascht, wie viel leichter er sich jetzt anfühlte. Dabei hatte ich bloß ein paar unnütze Dinge wie Bodylotion, Haarspülung oder ein Zweithandtuch aussortiert.

Auch meine Socken hatte ich allesamt entsorgt und dafür selbstgestrickte von Anne bekommen, die mich, wie sie behauptete, vor wunden Füßen bewahren würden. Außerdem hatte sie mir ein Puder aus Ackerschachtelhalm mitgegeben, das ich vor jeder Etappe auf die Füße geben sollte, damit sie nicht schwitzten und die Haut reizen würden. Zum Glück waren die Blasen vollständig verheilt, sodass es sich auch gar nicht mehr unangenehm anfühlte, in den Wanderschuhen zu laufen.

Ich hatte mir vorgenommen, den Weg so zügig wie möglich, also lediglich mit drei weiteren Übernachtungen zu bewältigen, um Frieda zu Hause bei ihren Vorbereitungen helfen zu können. Ich würde schon dafür sorgen, dass sie sich frei fühlen konnte von jeglicher Verpflichtung, Zeit mit mir zu verbringen. Ohnehin wäre ich sicher noch ein paar Tage mit meiner Reportage beschäftigt. Zwar hatte ich einen Großteil noch am Vortag vorgeschrieben, nachdem Frieda mit Simon abgefahren war. Doch während der Tour war es mir einfach nicht möglich, in den richtigen Schreibflow zu kommen. Dafür waren all die Eindrücke und Erlebnisse zu emotional, als dass ich unterwegs an meinem Text strukturiert würde weiterarbeiten können.

Der schwerste Gang stand mir gleich heute bevor. Immer und immer wieder war ich um die Wanderkarte herumgeschlichen, die ich auf dem Fußboden ausgebreitet hatte. Aber heute Morgen nach dem Aufwachen hatte ich mich getraut, mir genauer anzusehen, wann und wo genau ich am Baum meines Vaters entlangkommen würde. Von Uhlendorf bis zum Friedwald waren es nur etwa vier Kilometer. In gut einer Stunde würde ich dort ankommen.

Ich ging nach unten und rief nach Anne, um mich zu verabschieden. Doch abgesehen vom Ticken der Uhr im Lesezimmer war es seltsam stumm in diesem großen alten Haus. Dann fiel mir ein, dass Anne etwas von Mirabellen gesagt hatte, die sie mir mit auf den Weg geben wollte. Also schaute ich draußen, ob ich sie an der Obstbaumwiese fand.

Doch außer Kleiner Onkel, der vor sich hin zu dösen schien, konnte ich niemanden entdecken. In mir wuchs ein ungutes Gefühl. Ich ging ein Mal ums ganze Haus herum, vorbei am Gewächshaus und an der Scheune. Keine Spur von Anne.

Ob es im Haus einen Keller gab, den ich noch nicht

kannte? Ich beschloss, wieder reinzugehen und nochmals nach ihr zu rufen. Nichts! Ich fand eine Tür unter der Treppe, die vermutlich in den Keller führte, aber sie war abgeschlossen. Also konnte Anne auch nicht unten sein.

Vielleicht war sie zu Hagen rübergegangen, dachte ich. Allerdings nahm ich an, dass er um diese Zeit bereits unterwegs war und Henry womöglich in der Ferienbetreuung.

Ratlos beschloss ich, mich einen Moment auf die Bank vor dem Haus zu setzen und auf Anne zu warten. Früher oder später würde sie schon auftauchen. Jedenfalls konnte ich unmöglich gehen, ohne mich zu verabschieden.

Ich nahm also meinen Rucksack wieder ab, setzte mich und schloss für einen Moment die Augen.

Plötzlich kam Lieschen auf mich zugestürmt und miaute lautstark. Nervös lief sie zwischen meinen Beinen hin und her. Plötzlich spürte ich eine Gewissheit, dass irgendetwas nicht stimmte. Also sprang ich auf und rief Anne noch mal so laut, wie ich konnte. Dann lief ich zu den alten Ställen. Doch auch dort war sie nicht. Erst als ich nochmals ums Haus lief, traf mich der Schlag. Ich sah Anne auf dem Boden liegend, am Ende der Koppel, hinter einem Baum.

«Anne?!», schrie ich entsetzt auf und rannte, so schnell ich konnte, an dem Esel vorbei in ihre Richtung. Sie war offenbar von der Leiter gefallen, die neben ihr im Gras lag.

Anne rührte sich nicht. Auch nicht, als ich sie ansprach und vorsichtig schüttelte. Mir schlug das Herz bis zum Hals. Ich konnte ihren Puls nicht tasten. Dann überprüfte ich, ob sie noch atmete. Ein Glück, ja! Und dann endlich fühlte ich doch einen Puls an ihrem Hals. Aber sie war nicht bei Bewusstsein.

Gute zwei Stunden später war ich noch immer voller Sorge. Im Soltauer Krankenhaus liefen Schwestern und Ärzte an mir vorbei, aber niemand konnte mir sagen, was mit Anne los war. Auch die Rettungssanitäter, die etwa zehn Minuten nach meinem Notruf eingetroffen waren, hatten mich nicht wirklich beruhigen können. Immerhin hatten sie mich mit in die Notaufnahme genommen. Und nun saß ich hier im Wartebereich und starrte unentwegt auf die große Uhr an der Wand und hoffte inständig auf eine erlösende Nachricht. Die Sorge und das schlechte Gewissen brachten mich fast um den Verstand. Ohne mich wäre Anne vermutlich nicht auf die Leiter gestiegen. Nur meinetwegen hatte sie schnell noch Mirabellen ernten wollen, von denen sie zuvor so geschwärmt hatte.

Zum Glück hatte Hagen sich nach meinem Anruf beim VNP bei mir gemeldet. Er wollte Marlies Bescheid geben, damit sie sich um die Pension kümmerte. Und er hatte versprochen, ebenfalls ins Krankenhaus zu kommen. Doch bislang fehlte von ihm jede Spur.

Der Minutenzeiger der Wanduhr schien zu kriechen. Gerade als ich nun doch nach langem Zögern aufspringen und den Eingang zur Notaufnahme stürmen wollte, kam Hagen um die Ecke geeilt.

«Und? Wie geht es ihr?», fragte er atemlos. Auch ihm stand der Schrecken ins Gesicht geschrieben.

«Ich weiß es nicht.» Tränen stiegen mir in die Augen. «Ob wir überhaupt etwas erfahren werden? Wir sind ja keine Angehörigen.»

«Vielleicht sollten wir Theodor informieren», murmelte Hagen und strich sich nachdenklich über den Bart.

«Wer ist Theodor?»

«Annes Sohn», antwortete er.

Ich staunte und hörte aufmerksam zu, wie Hagen berichtete, dass Anne tatsächlich ein Kind hatte. Theodor lebte offensichtlich an der Nordsee und pflegte kaum Kontakt zu seiner Mutter. Das konnte ich gar nicht glauben! Wieso hatte Anne ihn mit keiner Silbe erwähnt? So wie sie von ihrem Mann gesprochen hatte, war ich davon ausgegangen, dass diese Ehe kinderlos geblieben war.

«Ich kenne eine Schwester auf der Station, mit der ich zur Schule gegangen bin. Ich versuche mal, etwas herauszufinden», sagte Hagen schließlich. Und schon verschwand er durch die große Tür.

Die Stunden bis zum Abend waren furchtbar. Offenbar hatte Anne sich nicht nur das Schlüsselbein gebrochen, sondern durch einen Schlag auf den Kopf ein kleines Hämatom erlitten. Aus diesem Grund hatten die Ärzte sie in ein künstliches Koma versetzt. Noch war unklar, ob Anne operiert werden musste und wie der Unfall genau verursacht worden war. So oder so trug ich einen Teil der

Schuld, und es war völlig klar, dass ich auf dem Hof die Stellung halten würde, solange niemand sagen konnte, wie es weiterging. Zwar hatte Hagen seine Beziehungen spielen lassen und über die Krankenschwester herausgefunden, wie schwer Annes Verletzungen waren. Trotzdem blieb unklar, wie dramatisch ihr Zustand war.

Bei meiner Rückkehr suchte ich die Telefonnummer von Annes Sohn aus dem Adressbuch, das Marlies mir direkt neben der Telefonstation in der Diele zeigte. Zunächst hatte ich kein Glück, weswegen ich eine Nachricht auf seiner Mailbox hinterließ und um einen schnellstmöglichen Rückruf bat.

Dann half ich Marlies, die Pensionsgäste zu versorgen. Während ich die Kartoffelsuppe abschmeckte, die wir nach einem Rezept aus Annes loser Sammlung nachgekocht hatten, klärte Marlies mich darüber auf, dass Theodor direkt nach dem Abitur zum Studieren nach Berlin gegangen war. Dieses Studium hatte er jedoch nie abgeschlossen. Angeblich war er ein Schmarotzer, und seine Mutter wollte nichts mehr mit ihm zu tun haben.

Mir kam das alles sehr seltsam vor angesichts der Tatsache, dass Anne ein so liebevoller Mensch war.

Gut gelaunt fanden sich die Gäste zum Essen ein. Marlies und ich hatten zuvor beschlossen, nichts von Annes dramatischem Unfall zu erwähnen. Und so gaben wir die treu sorgenden Gastgeberinnen, servierten nach der Suppe Obstkompott mit Vanillesoße, halfen mit Wanderkarten und Mückenschutz aus und stellten Getränke und Spiele in der Diele bereit.

Kurz bevor ich auf mein Zimmer ging, wollte ich von

Hagen wissen, ob er noch etwas aus dem Krankenhaus gehört hatte. Da drüben aber kein Licht mehr zu sehen war, schrieb ich ihm einfach eine Nachricht.

Keine Minute später kam die Antwort:

> Nee, nichts. Henriette meldet sich, wenn sich was ändert. Bestimmt können wir morgen zu ihr.
> Schlaf schön! H.

Trotz der traurigen Umstände musste ich kurz lächeln bei der Vorstellung, dass wir am nächsten Tag vielleicht tatsächlich zu Anne ins Zimmer konnten. Wir würden so wie heute wieder zusammen fahren. Allerdings hatten wir auf dem Rückweg vom Krankenhaus kaum gesprochen. Zu tief saß der Schock bei uns beiden.

Es war ein seltsames Gefühl, ohne Anne in diesem Haus zu übernachten. Aber ich war hundemüde und froh, dass sie es am Morgen noch nicht geschafft hatte, meine Bettwäsche abzuziehen. Und so ließ ich mich nach einer Katzenwäsche einfach in die weichen Federn fallen.

Beim Einschlafen dachte ich an Anne. Aus Verzweiflung faltete ich einfach meine Hände und versuchte so etwas wie ein Gebet.

Auch wenn ich nicht wirklich gläubig bin, dachte ich, ist Anne es zumindest. Ich bat inständig darum, dass sie so schnell wie möglich wieder ganz gesund werden würde.

Meine Gedanken gingen zu dem Buch, das Anne mir gegeben hatte und in das ich aus Neugier gleich am selben Abend reingelesen hatte. Darin stand, dass jeder zu jeder Zeit und in jeder Lage mit Gott – oder besser gesagt mit sich selbst – kommunizieren könne. An sich mochte ich die Idee einer inneren Stimme. Und ich fragte mich, ob das unterm Strich alles das Gleiche war: Ob Intuition und Bauchgefühl ein Synonym dafür waren, auf sein Herz zu hören? Oder geriet da etwas mächtig durcheinander, wenn man Kopf, Herz und Bauch und all die anderen «Berater» mischte? Anne hätte darauf sicher eine kluge Antwort gewusst. Ich dachte an ihre Worte über die vermeintlich negativen Dinge, die am Ende doch zu etwas nutze waren, und versuchte vergeblich in mich hineinzuhorchen, was mir die Situation sagen sollte – und wie wir schnellstmöglich wieder da rauskamen. Aber da war nichts zu hören in mir, außer diesem elendigen Piepton.

TAG 10

Gleich um sieben Uhr morgens, als ich gerade dabei war, das Frühstück vorzubereiten, klingelte das Telefon in der Diele. Ich beeilte mich, dranzugehen, damit die Gäste nicht geweckt wurden.

Ich nahm das Telefon mit in die Küche und schloss die Tür. Es war tatsächlich Theodor, Annes Sohn. In knappen Sätzen stellte ich mich vor und berichtete, was geschehen war. Am liebsten hätte ich mich entschuldigt. Ohne mich wäre der Unfall womöglich gar nicht erst passiert. Zwar hatte Hagen mich eindringlich ermahnt, mir nicht so einen Quatsch einzureden. Mein Gewissen nagte trotzdem an mir.

«Ich mach mich gleich auf den Weg und bin gegen Mittag da», sagte Theodor. Er wirkte sympathisch. Marlies hatte erzählt, Theodor sei Mitte dreißig und jobbe in einer Strandbar auf Sylt. Ich schlug ihm vor, direkt ins Krankenhaus zu fahren, und gab ihm die Nummer durch. Wir tauschten auch noch Handynummern und verabredeten, dass wir einander sofort Bescheid gaben, falls einer von uns etwas Neues erfuhr. Ich wünschte noch schnell eine gute Fahrt und verabschiedete mich.

Marlies hatte mich am Vortag gebeten, mich auch um

die Tiere zu kümmern, was ich gleich nach dem Anziehen tat, zumal ich ohnehin Eier für das Frühstück der Gäste brauchte. Ich gab den Hühnern Futter und frisches Wasser, so wie Marlies es mir gezeigt hatte, und sammelte sechs frisch gelegte Eier ein. Das heißt, ich versuchte es. Denn ich traute mich zunächst gar nicht, den Hennen ihren Schatz zu klauen, und bildete mir ein, dass ich deswegen auch ziemlich böse angestarrt wurde. Vom Hahn mal ganz zu schweigen, vor dessen Spontanangriffen aus dem Hinterhalt mich Marlies gewarnt hatte! Die ersten drei Eier waren kein Problem, sie waren nicht so streng bewacht. Aber schon beim vierten musste ich all meinen Mut zusammennehmen und die Henne sanft wegschubsen. Das war ein merkwürdiges Gefühl.

Dann war Kleiner Onkel an der Reihe, von dem ich mir einbildete, dass er heute besonders traurig dreinblickte. Trotzdem ließ er sich die angetrockneten Brotreste gut schmecken.

Lieschens Napf füllte ich mit Katzenfutter. Von ihr fehlte wie so oft allerdings jede Spur. Ich fragte mich, ob sie wohl weiterhin spürte, dass etwas nicht stimmte.

Gerade als ich die Eier aufschlagen und Schnittlauch schneiden wollte, kamen auch schon die ersten Gäste zum Frühstück herunter. Ich versuchte, mir nicht anmerken zu lassen, wie ich ins Schwitzen kam, sondern tat so, als wäre es ein Leichtes für mich, den altertümlichen Herd anzufeuern und die wunderschön aussehende, aber biestige Kaffeemaschine zu bedienen. Marlies hatte mir den Vollautomaten erklärt, den ich nur aus Cafés kannte, aber ich Vollidiot bekam keinen fluffigen

Schaum hin, weswegen ich die ersten beiden Tassen eher als Milchsuppe statt mit Krönchen servierte.

Und dann kamen auch schon die nächsten Gäste zum Frühstück. Eine Dame fragte sogar, ob sie mir zur Hand gehen solle. Es war wohl doch recht offensichtlich, wie überfordert ich war. Ich bat die Frau, Saft zu verteilen, und bedankte mich mit hochrotem Kopf. Mir war schon klar, dass keiner der Gäste ihn mir abreißen würde. Trotzdem war es mir peinlich, so unter Beobachtung zu stehen.

Umständlich verteilte ich das fertige Rührei, das an manchen Stellen verdächtig dunkel aussah, auf die Teller. Die Portionen waren nicht mal ansatzweise gleichmäßig, aber immerhin mit Gurken- und Tomatenscheiben garniert.

Zum Glück bildeten die Gäste eine lustige Truppe. Sie lobten mein Ei, weil es nur ganz leicht «untersalzen» sei, und machten jede Menge anderer Späße. Für ein paar Momente vergaß ich, dass die eigentliche Gastgeberin fehlte, weil ihr etwas Furchtbares widerfahren war.

Erst als die Meute eine knappe Stunde später bezahlt hatte und abgereist war, ließ ich mich draußen kurz auf die Bank sinken. Ich machte mir große Sorgen um Anne und auch um die Pension. Ratlos und erschöpft schloss ich für einen Moment die Augen.

Gegen Mittag hatte ich alle Betten abgezogen, die Laken und Bezüge in die Waschmaschine gesteckt und angefangen, die Zimmer für die nächsten Gäste vorzubereiten.

Heute sollten laut Reservierungsbuch, das ebenfalls griffbereit auf der Anrichte in der Diele lag, zum Glück nur zwei Frauen für eine Nacht kommen. Übermorgen wären es dann aber gleich wieder fünf Gäste, von denen ich nicht wusste, ob sie zusammengehörten oder nicht. In dem Buch stand nur, dass sie über ein verlängertes Wochenende bleiben würden. Bis dahin wollte ich meine Wanderung eigentlich längst abgeschlossen haben und bei Frieda sein. Aber ich hatte gar nicht wirklich Zeit darüber nachzudenken, sondern machte mich auf die Suche nach dem Staubsauger. Im Keller wurde ich schließlich fündig.

Ich wuchtete das große Gerät gerade die Treppe hoch, als Hagen plötzlich vor mir stand – und ich den Staubsauger vor Schreck fast gleich wieder fallen ließ. Daran, dass auf dem Dorf immer und überall sämtliche Türen offen standen, musste ich mich erst noch gewöhnen.

«Und? Hast du was gehört?», fragte er ohne Umschweife.

Ich verneinte. Wir waren also immer noch nicht schlauer, wie es Anne inzwischen ging und ob sie womöglich ansprechbar war. Ich konnte Hagen immerhin berichten, dass ich mit Theodor telefoniert hatte und dieser bald im Krankenhaus eintreffen müsste.

«Ach so.» Er schien nicht sehr begeistert. «Ich hab meinen Kollegen gesagt, ich mach jetzt frei, damit wir hinfahren können.»

«Das können wir ja immer noch machen, sobald Marlies auftaucht», erwiderte ich. «Ich muss mich mit ihr noch wegen der Einkaufsliste absprechen.»

Aber Hagen schien nicht überzeugt und sagte nur: «Sicher.» Seine schlechte Laune war vermutlich reine Sorge um Anne. «Gut, dann gehe ich mal wieder.» Hagen war schon halb aus der Tür, als er sich noch mal zu mir umdrehte.

«Und sieh bloß zu, dass Theodor sich hier nicht so breitmacht. Ich glaube nicht, dass Anne das recht ist, wenn er länger hier wohnt.»

Durch die großen Fenster der Eingangstür sah ich ihm irritiert hinterher, wie er mit großen, schnellen Schritten den Hof verließ.

Theo wirkte wie ein echter Sonnyboy. Auf den ersten Blick hatte er nicht viel Ähnlichkeit mit seiner Mutter, und sie schienen sich auch wirklich nicht besonders nahezustehen. Jedenfalls plauderte er mit lebendiger Mimik und auffallend fröhlich über seinen entspannten Alltag im Surferparadies, obwohl er keine zwei Stunden zuvor am Krankenbett seiner Mutter gesessen hatte. Ihr Zustand war offensichtlich noch immer unverändert. Jedenfalls hatte er keine wirklichen Neuigkeiten mitgebracht.

Theos Augen waren ebenso hell und klar wie Annes, aber sein Blick wirkte eher gewitzt als weise. Er war tatsächlich nicht unsympathisch, schien aber ein richtiger Kindskopf zu sein. Alles, was er offenbar zu seinem Glück brauchte, war ein Job als Surflehrer im Sommer und als Barkeeper im Winter.

Der mit vielen bunten Aufklebern verzierte Bulli, mit dem er in die Heide gekommen war, gehörte einem Kumpel.

«Sag mal, könnten wir zusammen die Einkäufe für die Gäste erledigen?», fragte ich ihn. Annes Vorräte neigten sich nämlich dem Ende zu. Zwar hatte Marlies angeboten, das zu übernehmen. Aber ich wollte ihr auf keinen Fall noch mehr Arbeit zumuten als unbedingt nötig. Es reichte schon, dass sie sich um die Küche kümmerte. Mir schien es eine gute Idee zu sein, Theo gleich einzuspannen.

Zunächst schickte Marlies ihn jedoch in den Garten, damit er die ersten Kirschen erntete, weil sie sonst im nächsten starken Regen aufplatzen würden.

Zwei gut gefüllte Eimer später machte ich mich mit Theo auf zum Einkaufen nach Bispingen. Ich war noch nie in einem VW-Bus mitgefahren und schon gar nicht in so einem hippen Teil, das sonst wohl nur Surfbretter statt Einkäufe transportierte.

«Wie lange bist du denn schon auf Sylt?», fragte ich und hoffte, nicht wie so eine neugierige alte Tante zu klingen.

«Schon ein Weilchen», antwortete Theo ausweichend. Und auch auf die Frage, wann er denn aus der Heide weggegangen sei, kam nur ein: «Keine Ahnung, fühlt sich alles an wie aus einem vorherigen Leben.» Er wollte offenbar lieber coole Storys von Sylt erzählen. «Die Nordsee ist jedenfalls zehn Mal spannender als die Heide.»

«Im Winter bestimmt nicht», konterte ich und dachte

an die vielen Wochenendausflüge an die See, die Simon und ich mit Frieda unternommen hatten, als sie noch klein gewesen war und es im Gegensatz zu mir geliebt hatte, stundenlang im Watt rumzugeistern, während ich mir den Hintern abgefroren hatte.

«Klar, Sommer ist schon netter. Aber im Winter habe ich mehr Zeit.»

«Und was fängst du so an mit deiner Zeit? Deine Mutter scheinst du ja nicht so oft zu besuchen.»

«Na ja, erst mal muss ich ausschlafen. Dann mache ich 'ne Runde Sport in der Muckibude. Und wenn es dunkel wird, geht's in die Strandbar. Dort triffst du jede Menge krasser Leute und siehst die schönsten Sonnenuntergänge der Welt. Komm doch mal vorbei!» Er grinste und schien sehr geübt darin, Frauen schöne Augen zu machen.

Im Einkaufswagen landete als Erstes eine Flasche Rum und irgend so ein Kokoszeugs. Auf meinen fragenden Blick hin entgegnete er: «Wir wollen uns doch einen gemütlichen Abend machen, oder nicht?»

Ich entgegnete entrüstet: «Während deine Mutter im Koma liegt?»

Doch er winkte bloß ab und betonte: «Künstliches Koma! Sie wird schon nicht dran sterben. Und außerdem hilft es ihr auch nicht, wenn wir keinen Spaß haben.»

Dieser Typ benahm sich wirklich äußerst seltsam. Ob das ganze coole Theater bloß seine Art war, mitzuteilen, dass er einfach jemanden zum Reden brauchte?

Also konzentrierte ich mich einfach auf Marlies' Einkaufsliste. Weil weder Theodor noch ich wussten, in welchen Regalen wir Backzutaten oder Klopapier fanden, dauerte der Einkauf ziemlich lange.

Am Abend meldete sich Hagen endlich mit Neuigkeiten. Seine Bekannte hatte herausgefunden, dass sich das Hämatom zum Glück zurückgebildet hatte. Das Risiko für Folgeschäden oder weitere Komplikationen war angeblich nur noch minimal. Morgen würden die Ärzte Anne aufwachen lassen.

Erleichtert überbrachte ich Theo die guten Nachrichten, bevor dieser sich zu einem Kumpel aus Schulzeiten verzog, statt sich auf dem Hof weiter nützlich zu machen. Ich konnte nicht verstehen, warum er offenbar nur an sich dachte, während Anne einer der hilfsbereitesten Menschen war, denen ich je begegnet war. Und auch Theos Vater konnte doch nun wahrlich kein schlechter Kerl gewesen sein, nach allem, was Anne über ihren Mann erzählt hatte.

Trotzdem ermahnte ich mich innerlich, dass mich das Leben der anderen eigentlich nichts anging.

Am späten Abend fiel ich vollkommen kaputt ins Bett. Ich schrieb Frieda noch eine Gutenacht-Nachricht und berichtete darin knapp, dass ich noch nicht auf dem Weg sei, weil Anne krank geworden war und ich aushelfen würde.

Trotz der körperlichen Erschöpfung war ich innerlich zu aufgewühlt, um zu schlafen. Es war seltsam, zu wissen, dass Anne einsam und allein auf der Intensivstation eines Krankenhauses lag, während ich in ihrem riesigen Haus inmitten einer Art Niemandsland schlief. Und doch fühlte ich mich ihr sehr nahe.

Aus einem Impuls heraus griff ich nach dem Buch, das Anne mir empfohlen hatte, und blätterte darin herum.

Ich las, dass jeder Tag die Chance böte, zwischen zwei Kernelementen, die das große Ganze bildeten, zu wählen. Denn alle Emotionen seien letztlich auf zwei Aspekte zurückzuführen: auf die Liebe oder die Angst. Und die Liebe könne man nur dann erfahren, wenn man auch die Schattenseite derselben kenne. Im Bestreben einer Seele ginge es aber allein darum, Liebe zu erfahren.

Ich las fasziniert weiter und ließ die Worte auf mich wirken, auch wenn ich mir nicht sicher war, ob ich alles verstand. Aber die Worte sprachen mich auf einer Ebene an, auf der ich spürte, dass all das wahr sein könnte, was dort behauptet wurde. Dass wir mit einer allumfassenden Weisheit in das Leben hineingeboren werden, aber die Erinnerung daran verlieren würden. Wenn ich an Frieda dachte, war sie als reines und vollkommenes Wesen auf diese Welt gekommen. Erst durch ihr Umfeld begann auch sie daran zu zweifeln, ob das Leben wirklich so voller Liebe war und nicht, im Gegenteil, von Ängsten überschattet. Ausgerechnet ich, ihre bedingungslos liebende Mutter, hatte ihr vorgelebt, wie man das Urvertrauen verlor und vor allem von Angst geleitet wurde, wenn nicht gar Panik. Panik davor, geliebte Menschen zu verlieren.

Aber haben wir wirklich eine Wahl?, fragte ich mich. Vielleicht. Die Angst bewahrte uns schließlich nicht davor, Menschen zu verlieren. So war es auch beim Tod meines Vaters gewesen. Aber war es wirklich so einfach, statt der Angst die Liebe zu wählen? Mir zu verzeihen und darauf zu vertrauen, dass die Liebe trotzdem da war?

Ich lehnte mich zurück. Ob es Zufall war, dass ich diese Lektion in die Hände bekommen hatte?

Obwohl ich ganz und gar nicht wusste, wie es mit meinem Leben weitergehen würde, fühlte ich eine gewisse Veränderung. Nie hatte ich weniger Ziele gehabt als heute. Nie hatte ich mich unvollkommener gefühlt als jetzt und hier im größten Chaos. Ich wusste nicht, wie es Frieda auf ihrem Weg ergehen würde. Ob es mir wirklich gelingen würde, loszulassen und zu vertrauen, statt der Trauer allzu großen Raum zu geben. Ich wusste auch nicht, ob ich Simon jemals wieder in Liebe würde begegnen können. Jedenfalls nicht in leidenschaftlicher Hinsicht. Auch hatte ich keine Ahnung, ob es mir gelingen würde, ein erfülltes Leben zu leben. Aber ich wusste, dass ich nichts verlieren würde, wenn ich dem Vertrauen ins Leben eine Chance gab.

Mit diesem versöhnlichen Gedanken glitt ich langsam in den Schlaf.

TAG 11

Wieder weckte mich die frühe Morgensonne. Ich war es nicht gewohnt, mit der Natur aufzuwachen. In Hamburg hatten wir Außenjalousien, die uns so hermetisch abschirmten, dass mir nur der Blick auf meinen Radiowecker verriet, ob der Tag bereits angebrochen war oder nicht. Doch was war es für ein Irrsinn, sich jeden Morgen mit neuesten Horrormeldungen wecken zu lassen. Wie konnte man etwas Gutes vom Tag erwarten, wenn man den Fokus schon gleich zu Beginn auf Nachrichten aus der anscheinend durchweg schlechten Welt lenkte?

Ich beschloss, es künftig besser zu machen und lieber den Vögeln zu lauschen statt Radio Hamburg. Jetzt war es allerdings noch sehr früh, und ich versuchte, noch mal einzuschlafen. Ich legte mir ein Halstuch über die geschlossenen Augen und döste vor mich hin.

Ich hatte weder von Frieda noch von Simon geträumt. Sondern davon, dass ich in der Pension nicht bloß zu Gast war, sondern dort wohnte. Im Traum hörte ich ein Wimmern, von dem ich zunächst nicht wusste, woher es kam. Ich irrte durchs Haus, dann über den gesamten Hof, doch nirgends fand ich die Quelle dieser Rufe. Erst als Hagen mir sagte, dass sie aus dem Keller kamen und von Theo stammten, begriff ich, was ich tun musste. Aber es gab keinen Schlüssel. Anne hatte ihn. Nach einer ganzen Weile fand ich sie auf der Wiese bei den Obstbäumen. Sie reichte mir den Schlüssel, und endlich konnte ich Theo aus dem Keller befreien.

Ich fragte mich, ob der Traum mir irgendetwas sagen sollte, konnte mir aber keinen Reim darauf machen. Schließlich gab ich es auf und machte mich für den Tag frisch. Heute musste ich unbedingt meine Klamotten waschen und mich natürlich um das Frühstück für die Gäste kümmern. Zum Glück war Marlies ab morgen regulär zum Wochenenddienst eingeteilt. Dennoch hoffte ich, heute noch einen Moment Zeit zu finden, um Anne im Krankenhaus zu besuchen.

Als ich durch den Flur schlich, konnte ich sehen, dass die Tür zu Theos altem Kinderzimmer geschlossen war. Er musste also irgendwann in der Nacht nach Hause gekommen sein.

Unten in der Küche empfing mich Lieschen. Ihr Futternapf war leer, und sie umgarnte mich sofort schnurrend. Ich kannte mich nicht besonders gut aus mit Katzen. Aber es schien fast so, als ob Lieschens Unruhe und Scheu einer Entspannung und Zutraulichkeit gewichen waren.

Ich gab ihr Futter, setzte mich mit einem Glas Wasser auf die Bank vor der Terrassentür zur Küche und freute mich, als die Katze nach ihrem Frühstück dazukam und es sich auf meinem Schoß gemütlich machte. Ich hatte mir immer ein Haustier gewünscht. Schon als Kind.

Aber eine Stadtwohnung war eben ungeeignet, um einen Hund oder eine Katze zu halten.

Hier auf dem Hof und in der scheinbar endlosen Weite schien es noch offensichtlicher, dass weder Mensch noch Tier dafür gemacht waren, eingesperrt auf engstem Raum zu leben. Von hier aus betrachtet, erschien es mir merkwürdig, Tag für Tag mit Leuten unter einem Dach zu wohnen, die man nicht einmal mit Namen kannte.

Hier draußen hingegen fühlte ich mich so lebendig wie nie zuvor. Das erste Mal hatte ich das Gefühl, alles schaffen zu können. Das umzusetzen, was ich mir wirklich wünschte. Es war ein Glücksgefühl, das ich so lange vermisst hatte!

Ich ließ meinen Blick über den Hof schweifen und phantasierte in der Morgensonne ein Leben voll erfüllter Träume. Käme eine gute Fee vorbei, würde ich mir wünschen, einfach hier in Uhlendorf bleiben zu können, meinen Job zu kündigen, die Scheune in ein schönes Café umzugestalten und den ganzen lieben langen Tag Dinge mit meinen Händen zu tun, die mir Freude bereiteten, etwa mit Marlies Kuchen zu backen, mit Anne zu töpfern oder mein spärliches Talent an der Nähmaschine auszubauen. Unglaublich. Bis vor kurzem hätte ich nicht im Traum daran gedacht, mein geliebtes Stadtleben mit all den schönen Läden und Cafés gegen das Landleben eintauschen zu wollen. Ich fürchtete, geistig oder sozial zu verarmen, fernab von kulturellen Impulsen, ohne Spaß, Konsum und dieses hippe urbane Lebensgefühl.

Aber es fühlte sich nicht mehr richtig an, Herzensangelegenheiten auf den Sankt Nimmerleinstag zu verschieben. Wie oft hatte ich mir im Alltag schon vorgenommen, mehr für mich zu tun? Öfter in die Sauna und zum Schwimmen zu gehen, mit einer Freundin ins Kino? Wie lange wollte ich schon ins Planetarium oder all die Gutscheine für Wellness-Behandlungen oder Kochkurse einlösen, die ich seit Ewigkeiten in meinem Schreibtisch hortete?

Kurz überlegte ich, eine neue Liste zu machen, verwarf diesen Gedanken aber gleich wieder. Ein Mensch wie Anne brauchte bestimmt keine Liste, um erfüllt und zufrieden zu sein. Wenn ich mich endlich wieder lebendig fühlen wollte, musste ich jetzt und nicht erst eines schönen Tages dafür sorgen ...

«Was machst du nur für Sachen?!», flüsterte ich, als ich am Nachmittag an Annes Bett trat. Ich griff nach ihrer Hand, drückte sie kurz und bekam ein müdes Lächeln zurück. Mit Schrecken sah ich, dass ihr anderer Arm in einem Gipsverband steckte. «Wie geht es dir?», fragte ich besorgt.

«Also, der Kopf ist so weit in Ordnung», erwiderte sie mit ungewohnt schwacher Stimme. Dann berichtete sie von den Symptomen einer starken Gehirnerschütterung. «Daher darf ich auch noch nicht aufstehen.»

«Aber das ist zumindest beruhigend im Vergleich zu dem, wonach es anfangs aussah», sagte ich erleichtert und schilderte Anne, wie ich sie vorgefunden hatte und dass wir uns große Sorgen gemacht hätten. «Da hattest du wohl einen Schutzengel», schloss ich meinen Bericht und lächelte sie aufmunternd an.

Doch sie blieb ernst und entgegnete: «Der Arm ist das Problem. Er ist gebrochen und das Schlüsselbein auch. Die Ärzte sagen, ich werde ihn mindestens acht Wochen nicht benutzen können. Das ist eine Katastrophe, so kurz vor der Hauptsaison!»

«Marlies, Hagen und ich haben in Uhlendorf alles im Griff, keine Sorge.» Die Erleichterung über den glimpflichen Ausgang des Unfalls war so groß, dass ich positiv blieb, zumal draußen auf dem Flur eine Überraschung wartete. «Und wir haben sogar Verstärkung angeheuert. Ich wollte dich bloß vorwarnen.»

Anne sah mich fragend an.

«Theodor ist hier. Er ist extra gekommen.» Ich ließ unerwähnt, dass er sie eigentlich schon am Vortag hatte besuchen wollen, was, wie er mir erst auf dem Weg hierher gebeichtet hatte, gar nicht der Fall gewesen war.

In der Überzeugung, Anne eine Freude zu machen, sah ich sie erwartungsfroh an. Doch ihr Blick blieb besorgt, und sie sagte nichts, weswegen ich Theo einfach ins Zimmer bat. Über ein Jahr hatten sich die beiden nicht gesehen. Also ließ ich sie allein.

Die neuen Gäste waren mit Harleys auf der Durchreise und saßen am Abend um das Lagerfeuer am Thingplatz hinterm Haus, das Theo spontan vorbereitet hatte. Marlies hatte flugs einen Teig für Stockbrot gezaubert, während ich mich um die Getränke kümmerte und Hagen und Henry dazu einlud. Doch Hagen hatte behauptet, zu müde zu sein. Und auch ich musste noch vor Einbruch der Dunkelheit unentwegt gähnen, weshalb ich die Runde schon gegen halb zehn verließ, um ins Bett zu gehen.

Theo folgte mir in die Küche und druckste herum.

«Ich dachte, wir ... schnacken vielleicht noch 'ne Runde?»

Tatsächlich hatte ich ihm auf dem Rückweg vom Krankenhaus gesagt, dass ich mir gerne seine Version der Geschichte über das angespannte Verhältnis zu seiner Mutter anhören würde. Im Auto hatte es irgendwie nicht gepasst. Jetzt hatte Theo offenbar ein paar Bier intus, die es ihm einerseits wohl erleichterten, über alles zu reden, ihn aber andererseits auch bedürftiger zu machen schienen. Er lehnte in der Tür und sah mich mit glasigen Augen an.

«Also gut, wir können uns ja noch ins Lesezimmer setzen, bevor ich in der Falle verschwinde.» Dort wären wir ungestört, und es wäre gleichzeitig nicht zu privat.

Theo holte uns zwei Bier und folgte mir ins Lesezimmer.

«Dann schieß mal los! Irgendwas muss ja vorgefallen sein, wenn ihr so distanziert miteinander umgeht», sagte ich.

Ich rutschte an das äußerste Ende der Chaiselongue und bedeutete Theo, am anderen Ende Platz zu nehmen.

«Erzähl mal lieber erst mal was von dir», sagte er mit einem schiefen Grinsen und nahm einen großen Schluck aus seiner Bierflasche. «Du bist eine interessante Frau und hast doch bestimmt was Spannendes zu erzählen!»

Ich staunte nicht schlecht über seinen natürlichen Charme, der gut passte zu seinem lässigen Auftreten mit zerrissenen Jeans, Chucks und T-Shirt und der strohblonden Strubbelfrisur. Im Vergleich zu ihm kam ich mir schrecklich spießig und altbacken vor. Sein Kompliment tat ich deshalb als eindeutig ironisch ab. Und abgesehen davon: Das Letzte, was ich jetzt gebrauchen konnte, war ein Techtelmechtel mit einem Kerl, der sich benahm wie ein Teenager!

«Ich bin eine verheiratete Frau», erwiderte ich lachend, «und dachte, du kannst einfach mal ein offenes Ohr gebrauchen.»

Wir maßen uns mit Blicken, bis er einknickte.

«Keine Ahnung. Ist ja nicht gerade einfach, seine Backstory auf den Punkt zu bringen. Wo soll ich anfangen?»

Ich zuckte mit den Schultern und musste an Anne denken. Von ihr hatte ich gelernt, dass man mit direkten Fragen am weitesten kam. «Seit wann verstehst du dich denn nicht mehr mit deiner Mutter? Geht das schon länger so?»

«Schon immer eigentlich. Sie verachtet mich!», antwortete Theo dann doch überraschend direkt. So direkt, dass ich unwillkürlich auflachen musste. Denn das konnte unmöglich die Wahrheit sein! Jede Mutter liebte ihr Kind bedingungslos, vor allem jemand wie Anne.

«Sie hat das nie so gesagt. Aber ich weiß es.» Theo wurde nun nachdenklicher. Er nahm nochmals einen großen Schluck und kam allmählich ins Reden.

«Ich war eben schon immer ein schwieriges Kind. Schlecht in der Schule, dauernd Ärger mit den Lehrern.

Und als mein Vater abgehauen ist, wurde alles nur noch schlimmer.»

«Moment», unterbrach ich ihn, «ich dachte, dein Vater ist gestorben?»

«Den Scheiß hat mir meine Mutter erzählt. In Wahrheit hat er sich nach Kolumbien verpisst. Das hab ich aber erst gerafft, als ich schon vierzehn war, und da war mein Dad dann tatsächlich schon tot.»

Er sprach mit so viel Verbitterung in der Stimme, dass er mir plötzlich sehr leidtat. Behutsam legte ich eine Hand auf seinen Arm. Ich hatte nun so viele Fragen, weil Anne mir eine ganz andere Geschichte erzählt hatte. Aber ich ließ Theo den Raum, den er brauchte. Das Eis schien gebrochen, es sprudelte nur so aus ihm heraus, bis er sogar mit den Tränen kämpfte.

Über eine Stunde erzählte er. Es war offensichtlich, dass er sich etwas sehr Schmerzhaftes von der Seele reden musste. Alles schien aus ihm rauszubrechen, was er jahrelang tief in seinem Herzen vergraben mit sich rumgeschleppt hatte.

Erst viel später, als ich schon im Bett lag und das bewegende Gespräch nachwirken ließ, sah ich ein paar Zusammenhänge. Allmählich ergab sogar mein seltsamer Traum einen Sinn. Vielleicht war es ja wirklich kein Zufall, dass ich hierhergekommen war. Vielleicht gab es überhaupt gar keine Zufälle im Leben. Alles hängt mit allem zusammen. Nichts geschieht ohne Ursache oder Wirkung.

Dieses kosmische Gesetz hatte ich noch nie so deutlich aufgezeigt bekommen wie in der traurigen Geschichte von Annegret und Theodor.

TAG 13

Der gestrige Freitag und auch der heutige Tag waren sehr trubelig. Eigentlich hatten wir alles gut im Griff. Ich kümmerte mich um die Wäsche und die Zimmer und Marlies hauptsächlich um die Küche. Theo tauchte wieder erst gegen Mittag aus seinem Bett auf. Nur betrachtete ich ihn inzwischen mit ganz anderen Augen. Denn jetzt kannte ich den Grund, warum er unbewusst verweigerte, erwachsen zu werden und Verantwortung zu übernehmen.

Marlies und ich waren guter Dinge, zumal auch Hagen sich an seinem freien Tag nützlich machte, wo er nur konnte. Während Theo und Henry bei Kleiner Onkel auf der Wiese Fußball spielten, mähte er die riesigen Rasenflächen, kümmerte sich um die morschen Eichenäste, die er schon länger im Visier gehabt hatte, und half mir später im Keller, einen Schlauch zum Befüllen der Heizung zu suchen, weil das Wasser nicht mehr richtig warm wurde.

Zum Dank bot ich Hagen in der Küche ein Stück von Marlies' Käsekuchen an.

Doch er lehnte ab und entgegnete: «Ich wüsste aber, wie du dich revanchieren kannst!» Er musterte mich mit einem schelmischen Grinsen. «Kannst du tanzen?»

«Und ob!», erklärte ich lachend. «Ich bin praktisch Jennifer Grey persönlich!»

Verblüfft sah Hagen mich an.

«Als Kind Ballett und als Teenie Hiphop und Jazzdance.» Sogar die Tanzschule hatte ich besucht. Nur waren meine Fähigkeiten ziemlich eingerostet, denn ausgerechnet ich hatte den größten Tanzmuffel aller Zeiten geheiratet.

«Perfekt!» Hagens Augen leuchteten auf. «Im Nachbarort ist nämlich Schützenfest. Und ich wäre froh, wenn ich da nicht allein auftauchen müsste.»

Wie ein Soufflé fiel die glanzvolle Phantasie von mir als glückselig tänzelnde Disneyprinzessin in sich zusammen. «Auf keinen Fall!», wehrte ich ab und schob schnell noch hinterher: «Nimm's bitte nicht persönlich. Aber ein Schützenfest? Stadtpflanzen wie ich erleiden doch bekanntermaßen einen Kulturschock, sobald sie ein Festzelt mit alkoholisierten Landeiern in Trachten betreten.» Warum hatte ich bloß so mit meiner Tanzerfahrung kokettiert?

«Mal abgesehen davon, dass ich nicht als Schütze hinmuss, sondern bloß als Ortsvorsteher von Uhlendorf, verweigerst du dich also neuen kulturellen Erfahrungen, obwohl du Journalistin bist und über landestypische Gewohnheiten schreiben sollst?!», stichelte Hagen und witterte wohl doch noch eine Chance.

Ich floh zur Kaffeemaschine, die allerdings so laut zischte und Dampf abließ, dass Marlies von draußen herbeigeeilt kam, um mich wieder einmal vor diesem Ungetüm zu retten. Und vielleicht ja auch vor dem aufdringlichen Nachbarn, wie ich schmunzelnd dachte, als ich mich an die Zubereitung des Milchschaums machte.

«Nein, das Schützenfest findet ohne mich statt», erklärte ich kurzerhand und versuchte, die Diskussion mit einer gewissen Strenge zu beenden. «Ich kann mich irgendwie schlecht amüsieren gehen, wenn Anne im Krankenhaus liegt und das Haus voller Gäste ist.»

Aber ich hatte die Rechnung ohne Marlies gemacht. «Natürlich kannst du das!», rief sie und sprang Hagen bei. «Die Gäste wollen auch zum Schützenfest, so wie alle jungen Leute weit und breit.»

Hagen grinste süffisant.

«Sorry, aber es geht echt nicht. Ich hab ja nicht mal was zum Anziehen. Ich kann da wohl kaum in Funktionskleidung und Wanderschuhen auftauchen!»

«Nein, aber in einem Kleid ... von Anne! Die müssten dir passen», erklärte Marlies und schubste mich zur Seite, weil sie das Elend, wie ich mich mit dem Milchschaum abmühte, nicht mehr mit ansehen konnte. «Und welche Schuhgröße hast du?» Marlies musterte meine Füße. «Bestimmt auch eine 39?!» Ich nickte überrumpelt.

Was für ein Triumph für Hagen!

«Ich hol dich also ab, gegen acht!», sagte er bestimmt.

Alles, was ich noch hinterherrufen konnte, war: «Aber bitte nicht mit dem Trecker!»

Marlies schenkte mir einen zufriedenen Blick. Ich dagegen wusste nicht, ob ich lachen oder heulen sollte.

Als ich gute drei Stunden später im Bad stand, um mich ausgehfein zu machen, fühlte ich mich wie ein Teenager, der gerade das Clubleben für sich entdeckte. Auch wenn ich in meinem Outfit sicher nicht in eine Disco reingelassen worden wäre, war ich seltsam aufgekratzt. Telefonisch hatte ich Anne um Erlaubnis gebeten, mir etwas auszuleihen, und dann hatte ich Marlies nach gründlicher Durchsicht von Annes Schrank drei unterschiedliche Kleider gezeigt. Sie sollte mir verraten, mit welchem ich auf dieser zweifelhaften Veranstaltung am wenigsten unangenehm auffallen würde. Ihre Wahl fiel auf ein schlicht geschnittenes, aber leuchtend rotes Kleid, von dem ich eigentlich gehofft hatte, dass es durchfällt. Doch natürlich hatte Marlies treffsicher auf genau dieses gezeigt, weil es mir angeblich so gut stand.

Ich musste zugeben, es machte ein tolles Dekolleté und schmiegte sich angenehm an den Körper, nicht zu eng, aber trotzdem figurbetont. Die Träger wurden nach unten hin in kleinen Wellen breiter. Hinten reichte es mir bis zu den Waden, vorne bis knapp übers Knie. Annes schicke silberfarbene Sandaletten, die Marlies mir hinhielt, kamen damit toll zur Geltung, obwohl sie etwas altmodisch wirkten und Frieda mich damit sicher nicht hätte losziehen lassen. Meine Haare ließ ich offen. Und die paar Schminkutensilien, die ich auf meine Wandertour mitgenommen hatte, reichten aus, damit ich mich nach einer halben Ewigkeit mal wieder halbwegs ansehnlich fühlte.

In Hamburg wäre die Vorbereitung für ein Fest viel aufwendiger und langatmiger gewesen. Aber hier war alles anders. Hier machte es mir nichts aus, womöglich belächelt zu werden, weil ich over- oder underdressed war.

Als ich nach unten ging, wartete Hagen schon auf mich. Er saß am Küchentisch und las die Lokalzeitung.

«Du bist zu früh», sagte ich mit Blick auf die Küchenuhr.

Hagen schaute auf und lächelte mich warm an. «Besser als zu spät, oder?» Er erhob sich, um mir einen Kuss auf die Wange zu geben. «Du siehst toll aus!», flüsterte er mir ins Ohr.

Mir lief es heiß und kalt den Rücken runter. So attraktiv hatte ich mich schon lange nicht mehr gefühlt.

«Danke, du aber auch», sagte ich schnell und begutachtete seine dunkle Hose, die schicken Schuhe und sein hellblaues Hemd. Er sah zum Anbeißen aus.

Weil ich die peinliche Stille überbrücken wollte, fragte ich: «Und wer passt eigentlich auf Henry auf?»

«Die Haushälterin steht bereit, falls etwas sein sollte. Aber er ist total happy, dass er endlich mal alleine bleiben und Mist anstellen darf. Und mir geht es da ganz ähnlich.»

Ich lachte, denn ich mochte Hagens Humor. Bereitwillig hakte ich mich bei ihm unter und trat mit ihm auf den Hof, wo sein frisch gewaschener Wagen schon auf uns wartete.

Der Schützenball war weit entfernt von dem, was ich mir darunter vorgestellt hatte. Das Festzelt war ansprechend geschmückt und rappelvoll. Ein bunt gemischter Haufen junger Leute stand in Straßenklamotten an der Theke, während etliche andere Gäste jeder Altersklasse in feinsten Roben übers Parkett fegten. Eine Liveband spielte bekannte Stücke. Die Stimmung schien schon ausgelassen, als wir kamen. Überall spürte ich neugierige Blicke: Welche fremde Begleitung hatte Hagen denn da mitgebracht? Er begrüßte jeden zweiten Gast mit Handschlag, stellte mich jedes Mal höflich vor und legte mir dann und wann vorsichtig seine Hand um die Taille. Ich war mir nicht sicher, ob er mich einfach intuitiv vor den vielen Menschen abschirmen wollte, die dicht an dicht zur Sektbar drängten, oder ob er zeigen wollte, dass ich zu ihm gehörte. Ich genoss dieses Kribbeln jedenfalls, das sich nach den ersten Schlucken Sekt sogar noch steigerte. In einer Ecke versuchten wir, uns trotz der Lautstärke zu unterhalten. Hagen erklärte mir geduldig, wen er schon aus Kindergartenzeiten kannte, wen durch die Schule, vom Sportverein oder durch seinen Job.

Und dann, als die ersten Takte von Stayin' Alive von den Bee Gees erklangen, nahm Hagen mir mein fast leeres Glas ab, stellte es auf die Theke und sah mich auffordernd an. Mein Herz klopfte.

Wie selbstverständlich griff er nach meiner Hand und zog mich sanft, aber bestimmt auf die Tanzfläche. Wir begannen uns in dem mitreißenden Takt der Musik zu bewegen. Es klappte auf Anhieb. Hagen war ein toller

Tänzer. Ich fühlte mich wohl an seiner Seite und bildete mir ein, beinahe über die Tanzfläche zu schweben.

Seine Hand hielt meine ganz fest, die andere lag auf meiner Hüfte. Ich hingegen hatte Mühe, meinen Arm auf Höhe seiner breiten Schultern zu halten, weil er trotz Absätzen so viel größer war als ich. Und auch als Simon, wie es mir urplötzlich durch den Kopf schoss.

Auch bei den beiden nächsten Stücken bewegten wir uns als Einheit zur Musik, mal eng aneinander, mal schwungvoll auseinander. Hagen grüßte hin und wieder andere Paare auf der Tanzfläche mit einem Nicken oder Lachen. Trotzdem fühlte ich mich irgendwann so sicher, als wären wir ganz allein auf der Welt.

Erst in der Pause, als wir zur großen Theke am Eingang gingen, entdeckte auch ich ein bekanntes Gesicht. Theo war da und unterhielt sich mit zwei Männern in seinem Alter. Als sich unsere Blicke trafen, unterbrach er das Gespräch und prostete mir mit seinem Glas und einem breiten Lächeln zu. Ich nickte lächelnd, verlor ihn dann aber wieder aus den Augen.

«Willst du noch etwas trinken?», fragte Hagen.

«Gerne.» Schließlich war es eine Ewigkeit her, dass ich so einen Spaß gehabt hatte.

«Und? Wie oft bin ich dir auf die Füße getreten?», witzelte Hagen los, nachdem er mir das nächste Glas überreicht hatte.

«Kein einziges Mal!», beteuerte ich. «Wir sind bisher unfallfrei durchgekommen.»

Für einen winzigen Augenblick verfinsterte sich Hagens Gesichtsausdruck. «Dabei bin ich hier berüchtigt für meine Unfälle», murmelte er, sodass ich nicht wusste, ob dieser Satz überhaupt für mich bestimmt gewesen war.

Ich legte ihm tröstend meine Hand auf den Arm. War das wirklich der passende Moment, Hagen auf die Wunden seiner Vergangenheit anzusprechen? Der Alkohol machte mir den Einstieg jedoch leicht.

«Anne hat mir ein bisschen von dir erzählt. Es tut mir leid, was du alles durchmachen musstest. Und Henry natürlich auch», sagte ich mitfühlend.

Hagen nickte nur und sah zu Boden. Und schon bereute ich meinen Vorstoß und schwieg betroffen. Doch nach wenigen Augenblicken nahm er meine Hand und sah mir fest in die Augen. Ich spürte, wie er um die richtigen Worte rang, und hielt seinem Blick stand. Nichts und niemand außer uns war präsent in diesem Moment.

«Nach langer Zeit geht es mir endlich wieder gut. Ich kann dir sogar ziemlich genau sagen, seit wann», raunte er ohne seinen sonst so spielerischen Unterton.

Mir schlug das Herz bis zum Hals. Unter anderen Umständen hätte ich ihn in diesem Moment vielleicht einfach geküsst. Ohne ein Wort. Ohne Erwartungen, nur aus der Situation heraus. Doch dies war weder der richtige Ort noch der richtige Zeitpunkt. Ich wünschte, ich wäre Hagen unter anderen Umständen begegnet.

«Danke, dass du mich mitgenommen hast.» Ich entzog ihm meine Hand und nahm noch einen Schluck. «Mir geht es auch gut, heute.»

Wir lächelten uns an, und dann kam auch schon der nächste Bekannte, der Hagen freundschaftlich auf die Schulter klopfte.

TAG 14

Am Sonntag war Hagen so lieb, mir sein Auto zu leihen, damit ich ins Krankenhaus fahren konnte. Theo hatte es bis zum Mittag nicht geschafft, aus dem Bett zu kriechen, obwohl wir eigentlich verabredet hatten, zusammen zu fahren. Ich konnte mir schon denken, warum. Er war vermutlich stark verkatert und wollte seine Mutter wohl auch nicht wirklich sehen. Insgeheim war ich sogar froh darüber. Denn so bekam ich hoffentlich Gelegenheit, Anne all das zu fragen, worauf ich mir noch immer keinen Reim machen konnte.

Auf dem Weg nach Soltau musste ich die ganze Zeit über an Hagens Blicke von gestern Abend denken. Vor allem an jene zum Abschied, nachdem er mich weit nach Mitternacht formvollendet zur Tür gebracht hatte. Aber ich hatte mich nicht auf einen Kuss einlassen können. Ich wäre mir vorgekommen wie eine Verräterin. Simon gegenüber, Frieda gegenüber, Hagens Frau und Henrys Mutter gegenüber. Und vor allem Hagen selbst gegenüber, weil ich sah, wie viel Hoffnung in seinen Blicken lag. Hoffnung, die ich nicht erfüllen konnte. Ich war einfach nicht die Frau für eine Nacht oder eine Affäre. Und für weit mehr war ich nicht bereit. Nicht, solange ich mein Leben nicht in Ordnung gebracht hatte, das ohnehin wohl kaum zu seinem passte.

Bevor ich auf dem Krankenhausparkplatz aus dem Wagen stieg, telefonierte ich kurz mit Frieda, um noch mal die Details unserer Abmachung zu erläutern. Ich war sehr gespannt, was Anne sagen würde.

Noch auf dem Weg zu der Station, auf die sie gestern verlegt worden war, dachte ich darüber nach, ob es richtig wäre, ihr auch von meinen Zweifeln zu erzählen.

Als ich nach kurzem Klopfen ins Zimmer trat, sah ich, dass dort noch zwei weitere Damen untergebracht waren, von denen eine ebenfalls Besuch hatte.

Anne saß auf ihrem Bett und las. Als sie aufsah, hellte sich ihr Gesicht auf.

Ich trat zu ihr. «Die hier habe ich dir aus dem schönsten Garten der Welt mitgebracht», sagte ich und überreichte ihr einen kleinen Strauß ihrer eigenen Rosen in allen denkbaren Farben.

Als ich die Blumen mit Wasser versorgt und zu Annes sichtbarer Freude auf den Nachttisch abgestellt hatte, setzte ich mich an ihre Bettkante. «Wie geht es dir?»

«Zum Glück muss ich nicht operiert werden. Ich werde spätestens Ende kommender Woche entlassen.»

«Das sind gute Nachrichten.»

«Ja, länger halte ich es hier auch nicht aus.» Sie lächelte, fügte dann aber ernst hinzu: «Könntest du die bis dahin angemeldeten Gäste kontaktieren und für eine andere Unterkunft an das Bispinger Touristikbüro verweisen?»

Ich schüttelte entschieden den Kopf. «Das kommt

überhaupt nicht in Frage! Wir schaffen das schon irgendwie, den Laden am Laufen zu halten.»

«Nein, bitte, Valerie», sagte Anne mit flehendem Blick. «Ich möchte dir und auch Marlies keine Umstände mehr machen. Du hast genug zu tun und wolltest längst bei deiner Tochter in Hamburg sein.»

«Und genau deswegen habe ich mir auch etwas überlegt», entgegnete ich mit einem triumphierenden Lächeln. «Ich habe mit Frieda besprochen, dass sie nach Uhlendorf rauskommt und ein bisschen in der Pension mithilft. Frieda ist ganz begeistert von der Idee und ich auch!»

«Ach, das Mädchen hat doch Wichtigeres zu tun! Und was ist mit deiner Arbeit?», wollte Anne wissen und sah nicht überzeugt aus. Sie richtete sich mit schmerzverzerrtem Gesicht auf.

«Ach, es bleibt ja immer noch genug Zeit, um meine Wanderung fortzusetzen. Zur Not verlängere ich meine Auszeit noch etwas.» Dann versuchte ich, das Gespräch auf viel Wesentlicheres zu lenken. «Außerdem ist Theo ja auch noch da, um zu helfen.»

«Na, der wird sich bestimmt nicht nützlich machen», murmelte Anne. «Wie lange will er überhaupt bleiben?»

«Oh, Theo hat sich sehr wohl schon nützlich gemacht. Und er hat mir sein Herz ausgeschüttet.»

Anne sah mich prüfend an. Und weil ich nichts weiter sagte, fühlte sie sich aufgefordert, den Anfang zu machen.

«Ich weiß ja nicht, was er dir erzählt hat. Aber du kannst getrost die Hälfte davon abziehen. Leider ist Theo ein Schmarotzer und stellt sich gerne als Opfer dar», begann Anne mit gedämpfter Stimme. «Darin hat er große Ähnlichkeit mit seinem Vater, der ebenfalls keine Verantwortung für sich oder andere übernommen hat.»

Ich verstand nicht, was sie meinte, weil das alles so gar nicht zu der Vorstellung passte, die ich von Annes glücklicher Ehe gehabt hatte. Nach mehreren irritierenden Sätzen stellten wir mit einem kurzen Auflachen fest, dass wir die ganze Zeit aneinander vorbeigeredet hatten. Theo war gar nicht der Sohn von Annes erstem Mann, sondern stammte aus einer späteren Beziehung mit einem gewissen Meinhard, die aber nicht lange gehalten hatte. Als Theo gerade zwei Jahre alt gewesen war, war Meinhard nach Südamerika ausgewandert. Weil Anne es nicht übers Herz gebracht hatte, Theo zu sagen, dass sein Vater nichts mehr mit ihm zu tun haben und auch finanziell nicht für ihn sorgen wollte, hatte sie einfach behauptet, dass er gestorben sei. Erst Jahre später fand Theo heraus, dass seine Mutter gelogen hatte. Als er daraufhin alles daran gesetzt hatte, seinen Vater zu finden, erfuhr er, dass dieser längst gestorben war.

Seit diesem Bruch hatten Anne und er nie wieder richtig zueinander gefunden. «Ich hab weiß Gott alles versucht – ihn zigfach um Verzeihung und Verständnis gebeten. Eine Zeitlang haben wir uns auch irgendwie arrangiert. Doch seit ich ihm endgültig den Geldhahn zugedreht habe, hat er sich vollkommen zurückgezogen, obwohl ich natürlich gehofft hatte, dass er endlich zur Vernunft kommt», schloss Anne mit traurigem Blick ihren Bericht.

Ich seufzte betroffen. Dieser schon viel zu lange währende Konflikt zwischen Mutter und Sohn war vermutlich nicht so einfach zu lösen. Denn so, wie ich Anne verstand, hatte sie ihren Sohn im Grunde schon längst aufgegeben oder zumindest die Hoffnung auf einen Neuanfang.

«Aber es ist in Ordnung, Valerie. Jede Seele will ganz bestimmte Erfahrungen machen. Und jeder Mensch hat einen freien Willen. Mein Glaube hilft mir, das zu akzeptieren.»

Noch auf dem Rückweg musste ich darüber nachdenken, ob ich versuchen sollte, zwischen den beiden zu vermitteln. Ob ich es überhaupt durfte, und falls ja, wie könnte ich das am besten anstellen? Andererseits respektierte ich Annes Sicht auf die Welt. Vielleicht war es aus ihrer Perspektive wirklich ein Akt der Liebe, ihren Sohn so zu lassen, wie er war.

Als ich nach Uhlendorf zurückkam, fiel es mir wiederum schwer zu glauben, dass Theo wirklich so ein Egoist war, wie Anne und auch Hagen behaupteten. Denn er war begeistert dabei, die abgesägten Eichenäste klein zu hacken, und plante ein gemeinsames Essen. Er wollte wieder ein Feuer am Thingplatz vorbereiten und Speere schnitzen, um Stockfleisch zu machen.

Als ich in die Küche kam, fädelte Marlies gerade dicke Speckstreifen durch Roastbeef-Stücke.

Ich berichtete auch ihr von meinem Besuch im Krankenhaus und richtete Annes Grüße aus. Marlies würde später aber ohnehin noch mal mit ihr telefonieren, um ein paar Dinge zu besprechen.

«Sag mal, weißt du, ob die alte Nähmaschine noch funktioniert? Die im Lesezimmer steht», fragte ich Marlies.

«Und ob die funktioniert, ich liebe diese alte Singer! Mit meiner habe ich immer Probleme», erwiderte sie. «Ich kann sie dir gern zeigen. Was willst du denn machen?»

«Ich habe mich gefragt, ob Anne sich wohl darüber freuen würde, wenn ich für die Pensionszimmer Gardinen nähe.»

«Das wäre doch großartig», pflichtete mir Marlies bei. «Manchen Gästen ist es morgens viel zu hell. In der Gemeinde gibt es einen Ausstatter, den hatte Anne eigentlich noch vor Hauptsaison damit beauftragen wollen. Aber er hat immer alle Hände voll zu tun und ist bisher noch nicht einmal aufgetaucht, um Maß zu nehmen.»

Marlies ermunterte mich, einfach mal dort auf Stoffsuche zu gehen. Der Gedanke erfüllte mich mit großer Vorfreude. Ich war nicht gerade begabt in Handarbeiten, aber geradeaus nähen, das hatte ich gelernt. In Gedanken hatte ich auch längst den Hofladen und das Café eingerichtet, das Anne zu mehr Einnahmen verhelfen könnte.

«Meinst du eigentlich, du könntest mich auch in deine geheimen Backkünste einweihen?», fragte ich Marlies, während ich den Küchenboden fegte. «Mit deinen tollen Rezepten müsste es doch möglich sein, noch mehr Gäste auf diesen wunderschönen Hof zu locken.»

Sie hielt inne und sah mich begeistert an. «Ich sag das

Anne schon so lange. Die Gäste lieben es, sich hier in diesen tollen Garten zu setzen und sich verwöhnen zu lassen. Im Nachbarort gibt es auch ein Hofcafé, das platzt aus allen Nähten, wenn das Wetter schön ist. Im Winter ist es natürlich ruhiger. Aber auch ein gutes Frühstück ist sehr gefragt. Und selbstgebackene Brötchen und selbstgemachte Marmelade bekommt man nicht überall.»

Eine leise innere Stimme flüsterte mir zu, dass ich diese fixe Idee nicht so schnell verwerfen sollte. Vielleicht fanden meine Ideen Anklang bei Anne, ganz unabhängig davon, wer sie ausführen würde. Ich freute mich fürs Erste auf die nächsten Tage und auf Friedas Besuch. Schon bei der Vorstellung kribbelte es gewaltig ...

TAG 15

Noch nie hatte ich mich so sehr auf Besuch gefreut wie heute. In der Pension hatten Theo und ich einen Tag Verschnaufpause, bis die nächsten Gäste eintrafen. Und so war es ein guter Tag, um Frieda in Empfang zu nehmen und Beate, meine Mutter, zu begrüßen. Schon bei unserem Telefonat, in dem ich sie gebeten hatte, Frieda nach Uhlendorf zu bringen, hatten wir uns überraschend nett unterhalten. Sonst verstanden wir uns immer nur so lange gut, bis sie wieder etwas Übergriffiges tat, was nicht meinen Bedürfnissen oder Wünschen entsprach. Und auch wenn wir uns sehr ähnlich sahen, wie uns unser Umfeld oft bestätigte, waren wir vom Charakter grundverschieden. Aber hier, im Haus Annegret, fühlte ich mich stark genug, um mich abzugrenzen.

Ich war geradezu gespannt darauf, wie gut mir das gelingen würde. Ganz so, wie ich es mir nach der Lektüre von Annes Buch vorgenommen hatte, wollte ich mein Leben insgesamt mit mehr Dankbarkeit würdigen und diese auch fühlen. Caro wäre sicher begeistert, das zu hören, und ich war gespannt, was sie dazu sagen würde, wenn ich ihr nach meiner Rückkehr berichtete, dass ich endlich begriffen hatte, wie wichtig es war, eine positive

Grundeinstellung zu haben, um noch mehr Schönes und Gutes im Leben anzuziehen.

Deshalb hatte ich beschlossen, meiner Mutter so offen wie möglich zu begegnen und einfach dankbar dafür zu sein, dass ich sie überhaupt noch hatte.

Entsprechend herzlich war auch unsere Begrüßung, als sie mit ihrem schicken cremefarbenen Fiat 500 auf den Hof fuhr. Ich drückte Tochter und Mutter fest an mich und sagte aufrichtig: «Wie schön, dass ihr da seid!»

Dann führte ich sie ein bisschen auf dem Hof herum. Das heißt, eigentlich führte Frieda ihre Oma herum, und als Erstes natürlich zu Kleiner Onkel, der bei der Wärme im Schatten unterm Marillenbaum vor sich hin döste.

In der Küche stießen wir auf Theo, der gerade ein spätes Frühstück einnahm. Ich stellte sie alle einander vor. Beate und Theo fanden sofort ein Gesprächsthema, da meine Mutter jedes Jahr ein paar Tage auf Sylt verbrachte. Während sie über die schönsten Strandabschnitte und die besten Lokale plauderten, nahm ich Frieda zur Seite.

«Weißt du schon, wie lange du bleiben kannst?»

Betreten schaute sie mich an. «Ich hab schon mein Flugticket. Am Freitag geht's los. Tut mir leid.» Sie hatte wohl doch ein schlechtes Gewissen, dass nun alles viel schneller ging als gedacht.

Mir sank das Herz.

«Aber ich kann bis Donnerstag bleiben», fügte sie schnell hinzu. «Papa holt mich hier ab, ich packe noch den Rest ein, und er bringt mich dann am Freitag zum Flughafen.»

Ich schluckte schwer. «Okay, bis dahin könnte ich hier

alles geregelt haben», sagte ich hoffnungsvoll, aber ich stand etwas unter Schock.

«Aber Mama, ich glaube, es ist viel weniger traurig, wenn du nicht mit zum Flughafen kommst. Lilly kommt mit. Denn wenn du dabei bist, müssen wir doch nur die ganze Zeit heulen.»

Ich wusste nicht, was ich dazu sagen sollte. Sollte ich es ihr übelnehmen, dass sie über meinen Kopf hinweg entschieden hatte? Durfte ich etwa nicht dabei sein, wenn sie ging? Oder sollte ich stolz auf sie sein, weil sie die Dinge so klar sah und auch klar benennen konnte?

«Wie sieht's denn aus?», unterbrach meine Mutter meine trüben Gedanken. «Ich wollte noch in den Friedwald, bevor ich nachher wieder zurückfahre. Möchte jemand von euch mit?»

Wieder fühlte ich mich vollkommen überrumpelt. Doch statt aggressiv zu reagieren, wie ich es sonst immer tat, erklärte ich: «Lasst uns erst mal eine Kleinigkeit zusammen essen.»

Ich servierte Marlies' phantastisches Brot mit Pesto aus dem Backofenhäuschen. Und so saßen wir bei einem leckeren Snack mit Holunderschorle eine ganze Weile zu viert auf der Terrasse und unterhielten uns über Uhlendorf und darüber, wie schlecht man es hier als Jugendlicher aushalten konnte. Theo schockierte Frieda regelrecht mit Horrorgeschichten aus seiner Jugend, als der Schulbus «über die Dörfer» fuhr und er morgens immer als Erster einsteigen und nachmittags als Letzter aussteigen musste. Auch bis zum Gymnasium in Soltau brauchte er pro Strecke eine gute Stunde. Und sein bester Kumpel wohnte über zehn Kilometer entfernt in einem Ort, zu dem keine einzige Busverbindung führte.

«Aber die Heide hat sich doch wirklich gemacht», konterte Beate. Sie liebte es grundsätzlich, einem Gesprächspartner zu widersprechen. «Ich meine, es gibt doch mittlerweile so viele Attraktionen, gerade hier in der Gemeinde. Und es machen längst nicht mehr nur alte Leute hier Urlaub.»

Theo zuckte mit den Schultern und warf nur ein: «Aber die Wölfe hier draußen! Die sind schon ein bisschen gruselig. Am besten, du gehst in der Dunkelheit nicht vor die Tür, Frieda, zumindest nicht allein!»

Ganz offensichtlich wollte er sie ein bisschen hochnehmen, was ihm auch gelang.

«O mein Gott, ist das krass!», entgegnete Frieda unheilvoll.

«Schatz, lass dir nicht so einen Quatsch einreden!», versuchte ich Frieda zu beruhigen und warf Theo einen mahnenden Blick zu. «Ich bin jetzt schon 100 Kilometer durch die Heide gelaufen und hab nicht einen einzigen Wolf gesehen.» Dann erzählte ich noch von meiner Nacht im Schafstall, meiner Fahrt mit dem Trecker und der Gruppe E-Bike-Fahrer, die mich beim Pinkeln erwischt hatte, und brachte damit alle zum Lachen.

Nachdem Frieda, Beate und ich eine kleine Tour durch Bispingen unternommen und dort ein Eis gegessen hatten, fuhren wir tatsächlich gemeinsam zum Friedwald.

Je näher wir dem ausgeschilderten Ortsteil Volkwardingen kamen, desto schweigsamer wurde ich. Während Frieda und Beate munter über die schöne Gegend und die vielen Pferde, die wir sahen, plauderten, merkte ich, wie mein Hals immer enger und mein Mund immer trockener wurde. Seit Jahren war ich nicht mehr an der Grabstelle meines Vaters gewesen. Es kam mir so vor, als würde ich in das Alter zurückkatapultiert, in dem Frieda jetzt war. All die beklemmenden Bilder seines Todestages mischten sich mit denen von der Trauerfeier und der Urnenbeisetzung in Hamburg im engsten Familienkreis, der einige Jahre später die im Friedwald folgte, als dieser eröffnet wurde. Und auch das Gefühl, das ich bei all den unangenehmen Besuchen dort hatte, kam plötzlich wieder hoch.

Ich versuchte trotzdem, mir nichts anmerken zu lassen, und konzentrierte mich auf meinen Atem. Angeblich bestimmten die Gedanken unsere Gefühle, und die davon geleiteten Taten unsere Realität. Wenn das wirklich stimmte, musste es doch einen Ausweg aus diesem unsinnigen Leid geben. Mein Vater war nun schon über dreißig Jahre tot, und noch immer fühlte es sich so an, als sei dadurch auch mein Leben bedroht. Wenn der Kopf diese Panik auslöste oder eine tiefsitzende Verlustangst, dann war es wohl allerhöchste Zeit, sie zu *transformieren*, wie Anne es nannte.

Wir fuhren an einem riesigen Maisfeld entlang und bogen dann auf einen Sandweg ab, der zum Parkplatz des Friedwaldes führte. Fest entschlossen stieg ich aus dem Wagen. Mein Blick fiel auf eine aufgestellte Karte mit all den umliegenden Ortschaften, an denen der Heidschnuckenweg entlangführte. Der Friedwald lag irgendwie zwischen den Welten – in tiefer Ruhe, aber unweit der Autobahn. Direkt angrenzend begann das Naturschutzgebiet, wo man weder Pilze sammeln noch die Wege verlassen durfte. Und auch im Friedwald selbst war kaum etwas erlaubt. Es gab weder Grabsteine noch Blumenbeete. Auch Kränze, Kerzen und Fotos waren verboten. Die einzigen Anzeichen, dass es sich um einen Friedwald handelte, waren die Schilder, die den Weg wiesen, und kleine schwarze Plaketten an den Bäumen, so unauffällig klein, dass man sie nur entdeckte, wenn man gezielt hinguckte.

Die Vögel zwitscherten, die Sonne schien, und der Weg durch den Mischwald war angenehm zu laufen. Ohne meine Mutter hätte ich nicht mehr gewusst, wo wir vom Hauptweg abbiegen mussten, geschweige denn, welche der vielen Buchen die richtige war.

Nach etwa zwanzig Minuten erreichten wir den Baum, den ich gar nicht als so schön und so groß in Erinnerung hatte. Er besaß eine weitverzweigte Krone und genügend Platz, um seine riesigen Äste gleichmäßig in alle Himmelsrichtungen auszustrecken. Ich ließ dieses satte schöne Grün auf mich wirken und blieb hinter den beiden zurück, die direkt auf die Plakette zusteuerten. Beate erklärte Frieda, dass ihr Opa damals der Erste gewesen sei, der unter dieser Buche beigesetzt wurde. Alle anderen Urnengräber waren erst im Laufe der Jahre dazugekommen, im Kreis von je etwa zwei Metern Abstand zum Stamm und zum jeweiligen Nachbarn.

Ich trat zu ihnen. «Wo genau ist die Stelle?» Ich war mir wirklich nicht mehr sicher.

«Genau hier», antwortete meine Mutter und zeigte entschlossen auf einen Punkt am Boden.

«Wie kannst du dir da so sicher sein?», wollte ich wissen.

Es gab keinen Anhaltspunkt. Weder ein Stein noch irgendeine Pflanze ließen darauf schließen. Aber statt mir eine Antwort zu geben, deutete sie mit einem wissenden Lächeln auf den dicken Stamm der Buche. Ich trat näher und konnte gar nicht glauben, was ich da sah. Dort war ein Herz ins Holz geschnitzt, in dem geschrieben stand:

B & V
forever

Wenn man das Herz, das etwa auf Augenhöhe war, betrachtete, hatte man die Grabstelle genau im Rücken.

Frieda und ich mussten lächeln. «Das ist aber krass romantisch», erklärte sie.

«Dabei passt das eigentlich gar nicht zu dir», sagte ich an meine Mutter gewandt.

«Tja, Oma muss Opa halt so richtig geliebt haben!», schlussfolgerte Frieda.

Doch meine Mutter schüttelte sanft ihren Kopf und entgegnete: «Ich habe ihn nicht geliebt. Ich liebe ihn noch immer!»

Plötzlich musste ich schlucken. So viel Sentimentalität hätte ich meiner Mutter nicht zugetraut. Bislang hatte ich immer angenommen, sie hätte sich nur deswegen nie auf einen neuen Partner eingelassen, weil sie viel zu anspruchsvoll war und nicht auf jemand anderen Rücksicht nehmen wollte.

«Warum hast du mir das nie so gesagt?», fragte ich leise und suchte in meinen Erinnerungen nach Gelegenheiten, bei denen sie über sich und Papa gesprochen hatte. «Eigentlich hat es sich für mich immer so angehört, als wenn ...» Ich unterbrach mich. Nie hatte sie wirklich liebevoll von meinem Papa, ihrem Mann gesprochen. Sie hatte zwar auch nie etwas Schlechtes gesagt. Aber ich hatte sie eben auch nie weinen oder leiden sehen. Sie war immer kontrolliert und kopfgesteuert, was, wenn ich es mir bewusst machte, auch das Bild sein musste, das ich nach außen abgab.

«Was hätte es denn für einen Sinn gehabt? Vor allem, als du noch so jung warst – hätte ich dir zeigen sollen, dass mein Herz gebrochen war?»

Ich starrte meine Mutter betroffen an.

«Ich musste, nein, ich wollte stark sein für dich!»

Ich konnte kaum glauben, was ich da hörte. So gut hatte sie offenbar immer ihre Rolle gespielt.

«Opa hatte echt 'nen komischen Zweitnamen», sagte Frieda, als sie jetzt vor der Plakette stand und las, was auf dem Schild stand:

Volker Redolf Hoferland
* 11.04.1942 – † 12.05.1987

Ihre Oma lachte und erklärte, dass der Name Redolf ostfriesisch sei, wie der Nachname.

Nun trat auch ich etwas näher und las die Inschrift. Meine Augen wurden glasig. Ich blinzelte in den Himmel, konnte aber nicht verhindern, dass mir doch eine Träne übers Gesicht lief.

Als ich sie schnell beiseitewischte, trat meine Mutter an meine Seite und legte den Arm um mich. Sie hatte es wohl doch bemerkt.

Ich lehnte meinen Kopf an ihre Schulter. Und dann kam auch Frieda näher und stellte sich an meine andere Seite. Eng umschlungen standen wir drei nebeneinander und starrten auf diese Buchstaben. Plötzlich war Papas freundliches Gesicht so präsent vor meinem geistigen Auge wie schon lange nicht mehr. Ich sah ihn, wie er an unserem Küchentisch saß und mich fragte, wie mein Tag gewesen war.

Ich schloss meine brennenden Augen. Und fühlte die Liebe. Ich musste lächeln. Heute war ein guter Tag.

TAG 16

Eine richtige Shoppingtour unternahmen Frieda und ich zwar nicht, aber immerhin fuhren wir mit Theo Lebensmittel besorgen. Außerdem schafften wir es zum Einrichtungsladen und erstanden eine blassgrüne Rolle Stoff für die Verdunkelungsgardinen, zu der Frieda mir geraten hatte, weil das dezente Muster angeblich modern und gleichzeitig heimelig wirkte. Zudem versorgte mich der Inhaber mit Gardinenband, Haken und Stangen. Theo versprach, dass er sie anbringen würde, rechtzeitig, bevor Anne aus dem Krankenhaus zurückkehrte.

Marlies wiederum war so lieb, mir eine Einweisung für die alte Nähmaschine zu geben. Und dann saß ich zwischen Stoffbergen und nähte im Akkord einen Vorhang nach dem anderen, während Frieda Marlies zur Hand ging. Der Stoff war bei der eher geringen Fenstergröße zum Glück handlich und damit zügig zu schaffen. Natürlich fluchte ich dann und wann, weil mir der Faden riss oder ich beim Zuschneiden übers Ziel hinausschoss. Einmal steckte sogar einer der Neuankömmlinge, eine ältere Dame aus dem Rheinland, den Kopf zur Tür ins Lesezimmer, weil ich so laut geschimpft hatte. Erst am späten Nachmittag merkte ich, wie schnell die Zeit verflogen war.

Seit dem frühen Nachmittag war Theo mit Frieda und Henry unterwegs. Sie hatten von Marlies frei bekommen und wollten bei der Kartbahn und der Skihalle vorbeischauen. Hoffentlich hatten sie viel Spaß.

Mich beflügelte die Vorstellung, zumindest eine gewisse Zeitlang auf dem Hof zu helfen und Anne und Marlies, so gut es ging, zu unterstützen.

Und wer weiß, dachte ich, als ich zufrieden lächelnd die Nähte meines vorletzten Tagwerkes verknotete und abschnitt, vielleicht ließ Theo sich ja erweichen, eines Tages Frieden mit seiner Mutter zu schließen.

Wie aufs Stichwort hörte ich plötzlich seine Stimme in der Diele. Und dann die von Frieda, die plötzlich neben mir stand.

«Hi, Mum! Prosciutto ist doch richtig? Oder hat sich dein Pizzageschmack geändert, seit wir das letzte Mal bei Carlos waren?»

«Eigentlich nicht, wieso?», fragte ich überrascht.

Nun trat auch Theo ins Lesezimmer. «Frieda und ich wollen den Backofen draußen anschmeißen, Marlies hat uns Pizzateig in den Kühlschrank gestellt.»

Ich freute mich, dass die beiden anscheinend gut miteinander ausgekommen waren.

«Wenn ich hier fertig bin, helfe ich euch. Ich hab auch schon eine Idee, wie wir sie veredeln können», sagte ich und bekam sofort Appetit auf Annes Köstlichkeiten aus dem Garten.

«Es braucht sowieso eine Weile, bis ich das Feuer in

Gang kriege und der Ofen heiß genug ist», entgegnete Theo im Weggehen.

Währenddessen griff Frieda einen meiner Vorhänge und hielt ihn, sichtlich beeindruckt, in die Höhe.

«Wow, ich wusste echt nicht, dass du so gut nähen kannst», rief sie, «eigentlich wusste ich nicht mal, dass du überhaupt nähen kannst!»

«Na ja», sagte ich mit einem Schmunzeln.

«Und wieso bringst du es mir nicht bei?», fragte Frieda und schaute mir interessiert über die Schulter.

Ich lächelte und erhob mich, damit Frieda sich auf meinen Platz setzen konnte. Dann holte ich einen zweiten Stuhl heran, um ihr zu zeigen, dass man für Geradstiche kein Naturtalent sein musste.

Und so erklärte ich ihr, welcher der Ober- und welcher der Unterfaden war und trat schließlich das mechanische Pedal, während Frieda den Stoff vorsichtig nach hinten schob. Dann zeigte ich ihr, wie man die Naht am Ende verriegelte.

«Das ist alles?», fragte sie erstaunt.

«Es ist natürlich viel komplizierter, mit Schnittmustern zu arbeiten. Und moderne Maschinen wie meine zu Hause im Keller tun auch nicht immer das, was man will.»

«Ich wusste gar nicht, dass wir überhaupt eine Nähmaschine haben», beschwerte sich Frieda.

Es fühlte sich bittersüß an, dass wir unsere gemeinsamen Jahre zu Hause ungenutzt gelassen hatten, in denen wir zusammen vielleicht viel Spaß an diesem Hobby gehabt hätten.

«Was hältst du denn davon, wenn wir mal zusammen einen Nähkurs besuchen?», fragte ich. Sie schaute mich irritiert an. «Also, ich meine natürlich, wenn du aus Neuseeland zurück bist.»

«Das klingt weltklasse, Mama!», sagte sie und schloss mich in ihre Arme.

Ich drückte sie fest an mich und atmete ein Mal tief durch, ehe ich sie wieder losließ.

«Ich war in meinem Leben noch nie so voll!», klagte Frieda nach dem vierten Stück Pizza.

Auch Theo schien satt zu sein. Er rieb sich zufrieden sein Sixpack, das er beim Holzhacken gerne öffentlich zur Schau stellte.

Und ich war ein bisschen stolz, weil ich es offensichtlich geschafft hatte, sowohl die vier neuen Gäste als auch die anderen mit meiner *Pizza Valeria* zu begeistern. Ohne Annes hocharomatische Tomaten und Kräuter aus dem Garten wäre das Abendessen natürlich nur halb so lecker gewesen. Trotzdem war es ein gutes Gefühl, in dieser wildromantischen Umgebung Gastgeberin spielen zu dürfen.

Allmählich verabschiedete sich die untergehende Sonne am Horizont. Der Himmel war in ein leuchtendes Pink getaucht und verhieß Traumwetter für den nächsten Tag. Erste Sterne blitzten hervor. Es war ein herrlicher Sommerabend.

Frieda gähnte. Die gute Landluft und all die vielen

Eindrücke hatten sie offenbar sehr müde gemacht. Sie verabschiedete sich ins Bett, um morgen fit für unseren Ausflug zu sein. Ich beschloss, Hagen und Henry noch schnell den Rest der Riesenpizza zu bringen. Auch wenn Henry sicher längst schlief, würde er sich vielleicht am nächsten Tag darüber freuen.

Ich schnappte mir das Blech und zwängte mich durch ein geheimes Schlupfloch zwischen den riesigen Rhododendren, das Henry mir als sein Geheimnis anvertraut hatte. Auf dem Nachbargrundstück erschrak ich beinahe zu Tode: Ein Mann stand vor mir, in dunklen Klamotten, mit einem Gewehr in der Hand.

«Ach du Scheiße!», stieß ich hervor, als ich Hagen erkannte. «Musst du mich so erschrecken?!»

«Man weiß ja nie, wer sich heimlich Zutritt aufs Grundstück verschafft», entgegnete er und lächelte mich herausfordernd an.

«Ich hätte fast die Pizza durch die Luft geschleudert», beschwerte ich mich. Doch ich hatte den Beweis gerettet, der zweifelsfrei zeigte: Ich war in guter Absicht und ganz ohne Hintergedanken gekommen. «Also, wie sieht es aus, hast du noch Hunger, oder hast du dir schon ein Wildschwein fürs Abendessen erbeutet?»

«Ich wollte gerade los, einen Bären erlegen.»

«Ha ha, wohl eher unschuldigen Frauen nachstellen!»

«Nein, aber nach Wölfen gucken. Willst du mit?»

«Nicht dein Ernst», entgegnete ich. Es war eine Sache, sich diese Geschichten über den Wolf anzuhören, aber eine ganz andere, leibhaftig einen zu sehen.

«Und nein, ich würde dir auch nicht die Knarre an

den Kopf halten und über dich herfallen», kommentierte Hagen mein Zögern.

Aber ich war mir beinahe sicher, dass ich vor Angst sterben würde, wenn plötzlich ein Raubtier in freier Wildbahn vor mir stand.

«Beschützt du mich, falls der Wolf mich fressen will?», fragte ich.

«Ich könnte dich vielleicht vor Wildschweinen beschützen, immerhin», sagte er mit einem schiefen Lächeln und erklärte mir, dass er zwar einen Jagdschein besitze, aber seit Jahren nichts mehr geschossen habe. Bei Wildschweinen wisse man nie, gerade nachts. Die seien tatsächlich gefährlich.

«Und was ist mit Henry?», versuchte ich Zeit zu gewinnen.

«Der ist bei den Großeltern», erklärte Hagen. «Bei Munster wurde letzte Nacht wieder ein Rudel gesichtet. Da wollte ich jetzt hin.»

Als wir nach etwa zwanzig Minuten Autofahrt an einem Waldstück hielten und leise ausstiegen, fühlte ich mich wie ein Kind, das das erste Mal Geisterbahn fahren durfte. Einerseits war ich aufgeregt und voller Vorfreude. Andererseits war mir ziemlich mulmig zumute.

Doch je länger ich neben Hagen herging, oder besser gesagt, -eilte, weil er mit seinen großen Schritten viel schneller war als ich, desto sicherer fühlte ich mich. Es war ohnehin immer ein gutes Gefühl an seiner Seite, musste ich feststellen. Nicht nur auf der Tanzfläche. Vielleicht wirkte er vor allem deshalb so anziehend, weil er stets in sich zu ruhen schien und schon allein durch seine Haltung Selbstsicherheit ausstrahlte.

«Wo genau gehen wir jetzt eigentlich hin?», flüsterte ich.

«Zum Hochsitz», erklärte er und zeigte geradeaus. «Ist nicht mehr weit.»

Und tatsächlich, nur wenige Minuten später gelangten wir an einen Feldrand, wo ein recht großer Hochsitz zwischen zwei Bäumen stand. Hagen ließ mir den Vortritt, und wir stiegen die Leiter nach oben.

«Was für eine schöne Aussicht», murmelte er, als er mir folgte. Zum Glück konnte Hagen mein Grinsen und mein bestimmt errötetes Gesicht nicht sehen.

Als wir oben ankamen, tauchte der fast volle Mond die Landschaft in ein fahles Licht. Hinter uns lag Waldgebiet, vor uns breiteten sich unendlich weit erscheinende Hügel aus.

«Ist das hier gar keine Heidefläche?», wollte ich wissen.

«Das ist Truppenübungsgelände», erklärte Hagen. «Früher war es noch weitläufiger, als die Engländer noch da waren. Die haben weite Teile zerstört. Ich kann mich sogar noch daran erinnern, dass Panzer durch die Straßen fuhren.»

«Dürfen wir denn überhaupt hier sein?», fragte ich alarmiert.

Hagen entgegnete etwas von «halblegal» und dass es immer gut sei, die richtigen Leute zu kennen.

Ich schüttelte lächelnd den Kopf und zog es vor, erst

einmal zu schweigen. Nicht dass Hagen noch von mir dachte, ich sei gänzlich ungeeignet als Begleitung für Naturerfahrungen.

Während er mit seinem Feldstecher die Gegend absuchte, dachte ich darüber nach, wie selten ich mich wirklich eingelassen hatte auf die wundervollen Schöpfungen der Natur. Klar war ich schon viel rumgekommen – Strandurlaub auf den Seychellen, Elefantenreiten in Thailand. Aber selten hatte ich mich der Natur wirklich nahe gefühlt oder mich gar als einen Teil davon begriffen. Die Heide dagegen machte es einem so leicht, sich ihr hinzugeben. Sie drängte sich nicht auf. Sie war einfach nur da mit ihrer Weite und ihrer Schönheit und lud einen zu einer Reise ein, in der die Zeit stillstand und alles andere außerhalb dieser Welt keine Rolle zu spielen schien.

Eine gefühlte Ewigkeit verging, und nichts passierte.

«Kommen Wölfe nicht nur bei Vollmond?», witzelte ich, um die Situation aufzulockern.

Hagen zog nur die Brauen hoch.

«Ich mein ja nur ...», entgegnete ich.

Plötzlich reichte Hagen mir das Fernglas. «Guck mal!»

Mein Herz polterte direkt los. Sollte vor uns tatsächlich ein Wolf aufgetaucht sein?

«Man kann richtig gut erkennen, dass es ein Planet ist», erklärte Hagen und deutete auf einen Himmelskörper in der Nähe des Mondes. Ich schaute gespannt durch das Fernglas, hatte aber Schwierigkeiten, es ruhig zu halten.

«Warte», sagte Hagen und trat hinter mich, um seine Arme um mich zu legen und das Fernglas für mich zu halten. «Ein Stück höher.»

«Wow! Der schimmert so rötlich. Ist das der Mars?», fragte ich begeistert.

Hagen nickte. Er erklärte, dass eine Mondfinsternis bevorstand, bei der dann auch der Mond in rötlichem Licht erschien. «Wenn wir Glück haben, ist der Himmel wolkenlos. Dann kann man den Blutmond, den Mars daneben und auch die ISS sehen.»

«Wahnsinn!», sagte ich beeindruckt. «Das nenne ich mal romantisch. Schade, dass ich dann schon weg bin.»

«Jetzt bist du aber hier», flüsterte Hagen, drehte mich zu sich um und sah mir fest in die Augen. Mein Herz sprang schneller.

Er griff nach meiner Hand. Ich entzog sie nicht, sagte aber mir Bedauern in der Stimme: «Ich mag dich. Sehr ...»

Verlegen wandte ich den Kopf zur Seite. Ich wusste einfach nicht, wie ich es Hagen erklären sollte. Ich fühlte mich zwar sehr zu ihm hingezogen, aber alles in mir sträubte sich bei der Vorstellung, ihn hier und jetzt zu küssen.

«Äh, ich denke, Frieda erwartet mich bald zurück, und ... dann wäre da noch Simon ...», stammelte ich. Dann blickte ich ihn fest an. «Hagen, ich bin einfach noch nicht so weit und muss noch so viel klären. Ich bin seit fünfzehn Jahren verheiratet. Bis vor kurzem hätte ich mir nicht mal vorstellen können, mich überhaupt auch nur nach einem anderen umzudrehen.»

Hagen nickte und ließ meine Hand wieder los. Leider. Denn trotz allem genoss ich seine Nähe und Aufmerksamkeit sehr.

«Geht es dir nicht ähnlich?», fragte ich. «Ich meine, du

hast ja auch eine Vergangenheit, auch wenn der Schmerz vielleicht weniger wird.»

«Wir alle haben eine Vergangenheit», entgegnete Hagen. Er starrte in die Ferne. Ich sagte nichts, doch es dauerte eine ganze Weile, ehe er weitersprach: «Anne hat dir ja schon von Melanie erzählt. Aber ihre und meine Geschichte ist nun mal zu Ende.»

Mein Blick wanderte wie automatisch zu seiner Hand, an der ich keinen Ring mehr entdecken konnte. «Dir müssten die Frauen doch reihenweise hinterherlaufen», sagte ich, um wieder etwas Leichtigkeit entstehen zu lassen. Doch Hagen schüttelte sanft den Kopf und sah mir wieder in die Augen.

«Ich bin aber nur an einer einzigen interessiert», flüsterte er.

Seine Worte rührten mich. Ich legte meine Hand an seine stoppelige Wange und lächelte ihn an. «Gib mir ein bisschen Zeit», bat ich.

Er nickte und suchte das Gelände noch einmal mit dem Feldstecher ab. Beinahe beiläufig flüsterte er irgendwann: «Erzähl doch mal deine Geschichte! Ich bin ein guter Zuhörer.»

Ich zögerte zunächst, aber dann sprach ich über meine Ehe und wie es passieren konnte, dass wir uns über all die Jahre verloren hatten. Und vor allem, dass ich mich selbst verloren hatte, ohne es zu merken.

Weil Hagen mir das Gefühl gab, dass ich ihm vertrauen konnte, fiel es mir nicht schwer, zu meinen Schwächen zu stehen. Weder verschwieg ich meine Panikattacken noch meine depressiven Phasen. Und auch vom Tinnitus und dem drohenden Burnout berichtete ich ihm.

«So, jetzt weißt du, wie verrückt ich bin», schloss ich lächelnd und hoffte, er würde mich nicht dafür verurteilen.

«Ach, ein bisschen durchgeknallt darf doch jeder sein», sagte er mit einem schiefen Grinsen, das seine Grübchen wieder hervorzauberte.

«Ach ja? Was ist denn an dir verrückt?», fragte ich.

«Nun, ich wäre wohl ziemlich verrückt, wenn ich eine Frau wie dich einfach ziehen lassen würde», sagte er. Nach einer verlegenen Pause fuhr er fort: «Ich verliebe mich nicht schnell, Valerie. Aber wenn, dann richtig!»

Mein Herz machte wieder einen Sprung. Panik und Glück vermischten sich in Sekundenschnelle in meinem Bauch.

«Du hast Melanie also sehr geliebt?», hörte ich mich leise fragen.

Hagen erzählte, dass er seine Frau durchaus geliebt habe. «Aber die Krankheit hat sie sehr verändert. Seit der Diagnose hat sie jegliche Nähe verweigert. Und als sich kein Stammzellenspender fand, der sie vielleicht hätte retten können, hat sie den Glauben ans Leben aufgegeben.»

«Meinst du, ohne dieses harte Schicksal wärt ihr für immer zusammengeblieben?»

Er seufzte. «Ich weiß es nicht. Im Nachhinein sehe ich die Dinge sehr viel klarer. Melanie war ein schwieriger Mensch. Kein schlechter, aber sie hat immer das Schlechteste erwartet, auch von anderen, und von mir. Es war nicht immer einfach, positiv zu bleiben. Aber vermutlich hätten wir uns irgendwie arrangiert, allein schon wegen Henry.»

Nach etwa zwei Stunden machten wir uns wieder auf den Rückweg zum Auto. Wir gingen schweigend nebeneinanderher und versuchten wohl beide, all das Gesagte einzuordnen.

Dann ließ mich ein Geräusch innehalten.

«Hörst du das auch?», fragte ich ungläubig.

Hagen sah mich irritiert an, dann horchte er ebenfalls in die Dunkelheit hinein.

«Nein?», entgegnete er und schüttelte den Kopf. «Ich höre nichts.»

«Ich glaub's nicht: Ich höre auch nichts!», rief ich begeistert. «Mein Piepen im Ohr ist verschwunden!»

Hagens Gesicht hellte sich auf. Er lächelte und drückte mich kurz an sich.

Ich erklärte ihm, dass das zwar noch nichts zu bedeuten habe, weil der Tinnitus jederzeit wiederkommen könne. Aber für den Moment war ich einfach nur froh über diese Tendenz der Besserung.

Glückselig ging ich weiter. Ich folgte Hagen über einen schmalen Trampelpfad, als nun er abrupt stehen blieb. Ich stoppte ebenfalls und befürchtete schon, dass wir tatsächlich auf ein Rudel gestoßen waren.

Hagen drehte sich zu mir um und legte den Finger an die Lippen. Und tatsächlich hörte ich wenige Augenblicke später, was er meinte: das Heulen der Wölfe.

TAG 18

Der Tag des Abschieds war gekommen. Frieda und ich hatten viele schöne Stunden beim Shoppen und im Heide-Park verbracht. Und wir hatten zusammen mit Theo alle Gardinen aufgehängt, die ich mit Friedas Hilfe fertig genäht hatte. Wir hatten außerdem jede Menge Kirschen, Mirabellen und Aprikosen geerntet und eins von Marlies' Kuchenrezepten ausprobiert. Und Frieda hatte sogar versucht, eine Runde auf Kleiner Onkel zu reiten, was dieser aber so gar nicht mitmachen wollte. Minutenlang hatte sie auf ihn eingeredet. Erst im Befehlston, dann flehend und schließlich wüst schimpfend – alles ohne Erfolg, außer dass ich einen gigantischen Lachanfall bekam.

Das Allerschönste aber war, dass ich mit Frieda in einem Bett Seite an Seite übernachten durfte und wir vor dem Einschlafen noch mal in Ruhe und Vertrautheit über alles gesprochen hatten, was uns am Herzen lag.

«Ich werde dich bei allem unterstützen, was du willst», versprach ich ihr. «Falls du dich nicht wohl fühlen solltest in Neuseeland, hab bitte keine Bedenken, jederzeit zurückzukehren, ganz gleich, wie sich die Situation zu Hause entwickelt.» Ich drückte sie an mich. «Du sollst niemals mehr Sorge haben, dass ich nur deinetwegen an Vergangenem festhalte. Und ich besuche dich Ende des Jahres, versprochen.»

«Und ich werde mich jeden Tag melden, und wenn es nur eine kurze Nachricht ist. Damit du weißt, dass es mir gutgeht», sagte Frieda. «Ich will aber auch regelmäßig mit dir skypen. Das würde ich sonst gar nicht aushalten.»

Ich wertete das als erfreuliches Zeichen, dass ich meine Tochter nun tatsächlich weniger umklammerte.

Doch jetzt und hier war es unendlich schwer, sie gehen zu lassen. Wir standen auf dem Hof vor dem Haus. In wenigen Augenblicken würde Simon kommen und sie mitnehmen. Es war vielleicht kein Zufall, dass ausgerechnet heute auch Anne aus dem Krankenhaus entlassen wurde. Auch wenn sie Frieda natürlich nicht würde ersetzen können, freute ich mich schon allein deswegen auf sie, weil ich für sie da sein und mich so hoffentlich auch etwas ablenken konnte.

«Bitte vergiss niemals, wie ...», setzte ich an und griff nach Friedas Hand.

Doch sie unterbrach mich: «Wie lieb du mich hast. Mama, das weiß ich! Und du weißt, wie lieb ich dich habe. Und daran wird sich auch nichts ändern.»

Ich musste schmunzeln. Und schlucken, als wie immer überpünktlich der schneeweiße SUV auf den Hof fuhr. Simon hielt direkt vor uns, mitten auf der Einfahrt, sodass sofort klar war, er würde sich hier nicht lange aufhalten wollen.

«Hallo!», sagte er mit feierlichem Tonfall und gab uns beiden jeweils einen Kuss auf die Stirn.

«Hi, Paps!», erwiderte Frieda. «Ich hol schnell meine Tasche.»

«Wie geht es dir?», fragte Simon und sah mich prüfend an. Aber anders als sonst.

«Schon seltsam. Nun ist unsere Kleine groß und verlässt uns eine Weile», sagte ich und seufzte tief.

«Trotzdem: Du siehst gut aus, irgendwie gelöst», entgegnete Simon und versuchte offenbar in meinem Gesicht abzulesen, wie der Stand der Dinge war.

Ich schaute etwas betreten zu Boden, fasste mir dann aber ein Herz, weil ich die Wahrheit nicht mehr für mich behalten konnte. «Ich werde bald zurück sein. Und dann sollten wir in Ruhe über alles reden.»

Simon nickte und biss sich auf die Lippe. Dann sagte er leise: «Ich weiß schon, was du mit ‹alles› meinst.»

Ich sah ihm in die Augen und spürte unser beider Beklemmung, aber auch eine enorme Erleichterung. «Es tut mir leid», wimmerte ich und fiel ihm in die Arme.

«Schon gut», tröstete er mich, «wir machen das Beste draus.»

Ich war mir nicht sicher, ob er vom Aus unserer Ehe sprach oder von Friedas großem Abenteuer. Wahrscheinlich von beidem. Jedenfalls fing er sich schnell, als unser Kind angesaust kam.

Ich löste mich aus Simons Umarmung und fasste Frieda an den Schultern, damit sie meinem Blick nicht ausweichen konnte. «Beim Stopp in Dubai meldest du dich bitte sofort. Und auch, wenn du in Wellington angekommen bist!»

«Natürlich, Mum!», sagte sie. Nun zitterten auch ihre

Lippen. Wie drückten uns ganz fest, bis Simon drängelte: «Na los, ihr beiden. Macht es nicht noch schlimmer, als es schon ist.»

«Pass auf dich auf, meine Kleine! Ich denk an dich», sagte ich zum Abschied unter Tränen.

Sie stiegen in den Wagen, Simon wendete und fuhr vom Hof. Frieda und ich winkten einander so lange zu, bis das Auto außer Sichtweite war. Trotzdem sah ich ihnen noch eine gefühlte Ewigkeit hinterher, starr vor Sehnsucht.

Anne hatte im Erdgeschoss ein sehr schönes Zimmer mit großen Terrassentüren, die den Blick Richtung Westen auf die Heide frei gaben. Auch wenn sie sich sowieso nicht daran gehalten hatte, sich nach ihrer Ankunft in der Pension sogleich hinzulegen, wie es der Arzt angeordnet hatte, sollte sie wenigstens früh schlafen gehen. Ich hatte das Bett frisch bezogen, ihren Willkommensstrauß aus der Küche geholt und ihn auf den Nachttisch neben die Bücherstapel gestellt.

Anne befand sich gerade im angeschlossenen Badezimmer und fluchte leise.

«Brauchst du Hilfe?», rief ich.

«Nein!», rief sie energisch zurück.

Ich schmunzelte. Marlies hatte bereits prophezeit, dass Anne sich nur äußerst ungern helfen ließ.

Etliche Minuten später kam Anne aus dem Bad. Es war das erste Mal, dass ich sie mit offenen Haaren sah.

Die langen Haare und auch ihr weißes Spitzennachthemd ließen Anne älter erscheinen, als sie war. Aber es war ja auch kein Wunder, dass sie mitgenommen wirkte. Meinem Eindruck nach hatte sie mehr Schmerzen, als sie zugab. Hilfe beim Umziehen oder Zähneputzen lehnte sie aber trotzdem ab.

«Darf ich dir wenigstens noch was zu trinken bringen?», fragte ich, als ich sie zu ihrem Bett geleitete und die Kissen noch mal aufschüttelte.

«Hier im Haus wird schon genug getrunken», entgegnete sie mürrisch. Eine Anspielung auf die vielen leeren Flaschen, die sie in der Abstellkammer entdeckt hatte. Ich verstand ihre schroffe Reaktion. Offenbar passte es ihr nicht, dass ihr Sohn noch immer da war und sich zudem munter durchfüttern und es sich feuchtfröhlich gutgehen ließ. Zwar hatte ich betont, wie viel Theo in den letzten Tagen mitgeholfen hatte. Doch das hatte Anne nicht sonderlich beeindruckt. Nicht einmal über die Gardinen hatte sie ein Wort des Dankes verloren, als ich sagte, dass sie von Theo angebracht worden waren. Ich konnte es ihr nicht verübeln. Wahrscheinlich war das alles viel zu aufreibend für sie. Und einem stolzen Menschen, der lange auf sich allein gestellt war, fiel es nun mal sehr viel schwerer, auf Unterstützung angewiesen zu sein.

Es war mittlerweile nach 21 Uhr. Ich wollte mich ebenfalls früh zurückziehen, um mich endlich wieder ans

Schreiben zu machen. Noch immer fehlte mir über die Hälfte meiner Reportage. Über der ganzen körperlichen Arbeit, die mir sehr gutgetan hatte, hatte ich die geistige ziemlich vernachlässigt. Doch vorher musste ich noch schnell die letzten Vorbereitungen fürs Frühstück treffen.

Als ich in die Küche kam, stieß ich auf Theo.

«Du hier?», fragte ich überrascht. Er hatte sich seit Annes Ankunft nicht blicken lassen, weshalb ich angenommen hatte, dass er wieder mit seinem alten Schulkumpel verabredet sei.

Theo bereitete sich gerade einen Brotteller zu und bot mir etwas an. Ich lehnte ab, aber er ließ nicht locker: «Oder ein Glas Weinchen? Am Lagerfeuer?»

Ich schüttelte überfordert den Kopf.

«Na gut, dann machen wir es uns eben hier drinnen gemütlich!» Theo öffnete die Klappe des alten Herds, um darin ein Feuer zu machen. Er war wirklich durch und durch ein Spielkind.

Vielleicht sollte ich die Gelegenheit beim Schopfe packen, dachte ich, und versuchen, ihm ins Gewissen zu reden, jetzt, wo seine Mutter da war und sie die Chance hatten, sich auszusprechen.

«Aber einen Heidegeist trinkst du schon noch mit mir, oder?», fragte er und versprühte mal wieder all seinen Charme.

Als ich nickte, verschwand er in die Speisekammer und kam kurz darauf mit einer grünen Flasche zurück, auf der ein Schäfer mit Weihnachtsmannbart abgebildet war.

Da wir auf die Schnelle keine Schnapsgläser fanden,

nahm Theo zwei Eierbecher von Annes gutem Calluna-Porzellan, das mit feinen Heidesträußchen verziert war. Er füllte die Eierbecher mit dem scharf riechenden klaren Zeugs und stellte sie auf dem Küchentisch bereit. Dann holte er seinen Teller und pflanzte sich direkt neben mich, sodass wie beide in das zugegeben schön anzusehende Feuer schauen konnten.

Wir stießen an. Der erste Schluck war so grausam, dass ich den Rest in einem Rutsch runterwürgte. Ich musste husten, so sehr brannte der Schnaps im Magen, was Theo mächtig zu amüsieren schien.

Ich sah ihn streng an und nutzte die Gelegenheit, um ihn unverblümt zu fragen, wie es nun eigentlich mit ihm weitergehen würde. Er war schon eine ganze Woche hier. Dass er mitten im Sommer seinen Job als Surflehrer so lange unterbrechen konnte, erschien mir irgendwie seltsam, und das sagte ich ihm auch.

«Keine Ahnung. Ich dachte, ich guck mal, wie es hier so läuft», entgegnete er schulterzuckend und mit vollem Mund.

«Das heißt, du willst ganz hierbleiben?», stieß ich verwundert hervor. «Geht das denn so einfach?»

Diesmal kaute Theo zu Ende, bevor er antwortete. Vermutlich, um Zeit zu gewinnen. So gerne ich ihn mochte, ich traute ihm nicht über den Weg.

«So einen Job ist man ja schnell mal los. Da muss man entspannt bleiben», sagte er schließlich, und ich wusste sofort, was das bedeutete. Er war arbeitslos, und deshalb war der Zeitpunkt ideal für ihn, sich in seinem alten Zuhause breitzumachen.

«Willst du dich denn hier nur durchschnorren, oder geht es dir um einen echten Neuanfang?», fragte ich.

Er sah mich erstaunt an, fast ein bisschen verletzt. Aber ich hielt seinem Blick stand. Schließlich wandte er sich ab und griff erneut zur Flasche.

«Stopp!», sagte ich entschieden und hielt ihn am Arm fest. «Du weißt genau, dass du zu viel trinkst. Lass es, solange du noch kannst. Und bring dein Leben in Ordnung! Du bist noch so jung.»

«Aber eine rauchen darf ich schon noch?», fragte er spöttisch. Er zog etwas Gras und Blättchen aus seiner Hosentasche.

Ich warf ihm einen strengen Blick zu.

«Du bist ja wohl nicht so spießig, zu denken, dass das schlimmer ist als Alkohol?», verteidigte er sich.

«Wenn du schon rauchst, dann nicht hier drin.» Vielleicht würde es Theo draußen leichter fallen, sich zu öffnen, dachte ich im Stillen. «Ich komme auch kurz mit raus», sagte ich daher.

Wir setzten uns draußen auf die Bank. Theo nahm einen langen Zug und bot mir den Joint an. Ich schüttelte den Kopf. Es musste eine Ewigkeit her sein, dass ich mal gekifft hatte.

«Sag mir lieber, was du jetzt vorhast mit deinem Leben.»

Es dauerte ein bisschen, bis er ins Reden kam. Aber dafür dann umso ausufernder. Er gab zu, sich auf der Insel ziemlich einsam zu fühlen. Jede Beziehung, die er bislang gehabt hatte, war immer in Stress und Drama ausgeartet. Er konnte nicht vertrauen und niemanden wirklich an sich ranlassen. «Ganz schön verkorkst, mein Leben, was?», sagte er und nahm einen letzten Zug. «Dabei bin ich schon bereit, etwas zu ändern, wenn ich nur wüsste, wie und was.»

«Na, dich mit deiner Mutter auszusprechen, wäre vielleicht schon mal ein guter Anfang», schlug ich vor und erntete zumindest kein direktes Nein.

«Dafür brauch ich wohl noch ein paar Tage», sagte er. «Aber wenn sie mich nicht sofort vom Hof jagt, ergibt sich vielleicht eine passende Gelegenheit. Ist ja nicht gerade easy, der eigenen Mutter zu beichten, dass man ein Totalversager ist.»

«Ach, komm. Das stimmt doch gar nicht», widersprach ich. «Du bist ein toller Typ. Wenn du dein Leben in die Hand nimmst, findest du garantiert schnell einen guten Job und dann sicher auch irgendwann die Richtige für dich.»

«Und was ist, wenn ich lieber den Moment genießen will?», fragte er und sah mich mit diesem seligen Blick an, den nur Bekiffte haben.

Instinktiv rückte ich ein Stück von ihm weg, doch da war es schon geschehen. Theo lehnte sich zu mir rüber und drückte mir einen Kuss auf den Mund.

Ich brauchte einen Moment, ehe ich angemessen auf diesen Überfall reagieren konnte. Dann drückte ich ihn von mir weg und protestierte: «Das kannst du vergessen, Theo!»

Empört stand ich auf und ging in die Küche zurück, um endlich das Frühstück vorzubereiten. Er folgte mir und legte Holz im Ofen nach.

«Puh, ist mir warm.» Bevor er die Ofenklappe schloss, zog er sich das T-Shirt über den Kopf und legte es über eine Stuhllehne.

Ich drehte mich weg. Glaubte er, mich so von seinen Vorzügen zu überzeugen? Dann überschätzte er aber seinen Charme!

Plötzlich stieß Theo einen lauten Schrei aus. Ich wirbelte herum. Das T-Shirt hatte Feuer gefangen und lag nun lichterloh brennend auf dem Stuhl, der ebenfalls zu schwelen begann. Blitzschnell füllte sich die Küche mit Rauch.

Theo reagierte sofort, ließ Wasser in einen großen Topf fließen und goss es über den Flammen aus, aber doch zu langsam.

Hustend stürmte ich in die Diele und griff den Rest Gardinenstoff, den ich dort abgelegt hatte. Dann warf ich den schweren Stoff über die Flammen und erstickte sie.

TAG 19

Als ich am nächsten Morgen aufwachte, bildete ich mir ein, kaum eine Minute geschlafen zu haben. Nicht auszudenken, was alles hätte passieren können! Was für ein Albtraum!

Der Schock von gestern Abend saß mir noch in den Knochen. Das ganze Haus hätte abbrennen können, und womöglich wären noch Menschen oder Tiere zu Schaden gekommen.

Ich streckte mich im Bett und sah auf die Uhr. Es war bereits kurz nach neun Uhr. Ich musste also doch geschlafen haben – vermutlich auch dank der Verdunkelungsgardinen.

Ich zog die Vorhänge zur Seite und hörte plötzlich von unten laute Stimmen. Vorsichtig öffnete ich meine Zimmertür einen kleinen Spalt weit und hörte Anne und Theo miteinander streiten. Ich fluchte leise und zog mich schleunigst an. Eigentlich hatte ich Anne direkt nach dem Aufstehen schonend auf Theos Fauxpas in der Nacht vorbereiten wollen. Auch damit sie nicht allzu schroff reagierte oder sich unnötig aufregte, was ihrer Gesundung sicher nicht zuträglich war.

Doch es war zu spät. Es fielen bereits Worte wie «eine

einzige Enttäuschung», «Leben wegwerfen» und «machst mich krank».

Dann schrie Theo regelrecht: «Dann kann ich ja wieder gehen, wenn du mich so siehst.»

Alarmiert lief ich nach unten und konnte nichts mehr tun, als zuzusehen, wie Theo aus der Küche stürmte.

«Ja, das wäre sicher das Beste!», rief Anne ihrem Sohn durch die Diele hinterher.

Die Haustür knallte, und wenige Sekunden später war zu hören, wie der Motor des Bullis startete. Als ich neben Anne an der Haustür angelangt war, sahen wir durch die Scheibe nur noch, wie Theo mit hoher Geschwindigkeit vom Hof rauschte.

Anne kämpfte mit den Tränen. Ich sah sie mitfühlend an und wollte sie in die Arme schließen. Doch sie entzog sich und wandte sich ab.

Nachdem ich Anne einen heißen Ingwertee zubereitet hatte, saßen wir schweigend am Küchentisch. Sie starrte einfach aus dem Fenster. Alle Fragen, die die Pension betrafen, handelten wir in knappen Worten ab. Die drei Gäste, die aktuell im Haus übernachteten, hatte Anne bereits am frühen Morgen zum Frühstück in ein Gasthaus im Nachbarort geschickt, als offensichtlich war, dass die Küche in diesem Zustand unbrauchbar war. Es stank noch immer beißend nach Rauch, obwohl ich den verbrannten Stuhl noch in der Nacht draußen hinter der Scheune abgestellt hatte. Auf dem Tisch prangte ein großer Rußfleck, der sicher nur fachmännisch gereinigt werden konnte. Dennoch war die Sache einigermaßen glimpflich ausgegangen, was ich Anne auch behutsam versuchte näherzubringen.

«Warum habt ihr mich denn nicht geweckt?» Ihre Stimme klang schwach. Trotzdem konnte sie ihre Wut nur schwer verbergen.

Ich erklärte ihr, dass wir Rücksicht auf sie hätten nehmen wollen und es ja auch nichts geändert hätte, außer dass sie dann womöglich eine schlaflose Nacht gehabt hätte.

«Die hatte ich sowieso!», entgegnete sie und sah zu Boden.

Ich atmete tief durch und konnte durchaus nachvollziehen, warum sie so böse war. Und doch schmerzte es, mit anzusehen, wie die beiden sich das Leben unnötig schwermachten. Ich stand auf und kniete mich vor Anne, damit sie meinem Blick nicht länger ausweichen konnte. Dann nahm ich all meinen Mut zusammen und fragte: «Meinst du nicht, es ist an der Zeit, dass du deinem Sohn und auch dir verzeihst? Dass du deine Trauer rauslässt und ihr beide wirklich miteinander sprecht, statt euch weiter anzuschweigen und anzufeinden?»

«Es ist alles gesagt», entgegnete Anne verständnislos.

Ich setzte mich wieder auf meinen Stuhl. Ihr Verhalten war mir unheimlich, auch weil es gar nichts mehr mit dem gütigen Menschen gemein hatte, den ich kennen und schätzen gelernt hatte.

«Ich glaube, du machst einen Fehler», unternahm ich

einen zweiten Anlauf und bemühte mich um einen liebevollen Ton.

Doch Anne sah mich plötzlich streng an und rief: «Das geht dich verdammt noch mal nichts an!»

Ich schluckte. «Aber Theo hat mir seine Version der Geschichte anvertraut. Er ist vielleicht gar nicht der, für den du ihn hältst!»

Anne hielt die Luft an und sagte schließlich: «Valerie, er manipuliert Menschen. Er hat sich diese Lügen doch nur zusammengesponnen, um sich interessant zu machen. Oder willst du mir erzählen, dass er nicht versucht hat, dich rumzukriegen?!»

Ich fühlte mich ertappt. Und doch war da in mir dieser übergroße Wunsch, die beiden wieder zusammenzubringen.

«Schon. Er hat versucht, mich zu küssen, ja. Aber aus meiner Sicht ist er bloß ein kleiner Junge, der nichts anderes braucht als Zuwendung und Liebe. Und die kannst nur du ihm geben, Anne!»

«Das ist Unsinn. Die kann nur er sich geben. Und ich lasse mir nicht nachsagen, ich hätte meinem Jungen zu wenig Liebe gezeigt!»

Wir maßen uns mit Blicken. Ich suchte in Annes Augen Güte oder irgendetwas, das ihre Strenge milderte. Doch da war nichts.

«Ich glaube, es ist besser, wenn du jetzt gehst», presste sie mit einem Mal hervor.

Ich spürte einen tiefen Stich im Herzen. Ich konnte nicht glauben, dass sie das wirklich gesagt hatte.

«Du willst, dass ich gehe? Dass ich dich allein lasse in

deinem Zustand?», fragte ich verletzt. «Und mit einem gebrochenen Herzen?»

Sie wandte ihren Blick ab und starrte nach draußen. Eine Zeitlang wartete ich noch auf eine Reaktion, aber es kam kein weiteres Wort. Die Situation war schier unerträglich und tat unendlich weh.

Weil ich spürte, dass ich meine Tränen nicht mehr zurückhalten konnte, erhob ich mich schließlich und eilte wortlos nach oben aufs Zimmer.

Nachdem ich meine Sachen zusammengepackt und mein Bett ordentlich abgezogen hatte, ließ ich mich kraftlos am Schreibtisch nieder und sah ein letztes Mal aus dem Fenster. Doch die schöne Aussicht war getrübt durch meine verheulten Augen. Auch hatte ich keine Ruhe mehr, mich auch nur eine Minute zu entspannen. Alles, was ich wollte, war, Annes Wunsch so schnell wie möglich zu entsprechen und von hier zu verschwinden. Ich wusste nur nicht, wie und ob ich ihr überhaupt noch mal begegnen sollte. Aber ich konnte schlecht einfach nach unten gehen und Lebewohl sagen, als wäre nichts gewesen. Dafür war viel zu viel passiert, seit ich sie kennengelernt hatte.

Ich schaute in die Schublade vom Schreibtisch, die ich bislang unbeachtet gelassen hatte, und sah es als ein Zeichen an, dass ich dort einen Block und einen Stift vorfand. Ich nahm beides zur Hand und ließ mein Herz sprechen:

Liebe Anne,

es tut mir unendlich leid, wenn ich dir offenbar zu nahe getreten bin. Es war nicht meine Absicht, dir zu schaden oder dir auch nur ein schlechtes Gefühl zu geben. Bitte entschuldige!
Andererseits habe ich durch dich – neben so viel anderen wertvollen Weisheiten – gelernt, dass wir uns nur von den Wahrheiten provozieren lassen, die etwas in unserem Inneren auslösen. Wenn bei dir also angekommen ist, ich würde dir vorwerfen, deinem Sohn nicht genug Liebe zu zeigen, gibt es vielleicht irgendeine leise Stimme in dir, die das bestätigt.
Dabei weiß ich genauso wie du, dass die Liebe zum eigenen Kind bedingungslos ist – und wie schmerzhaft diese Liebe trotzdem oder gerade deswegen sein kann. Bitte erlaube mir, dir ein letztes Mal meine Sicht von außen mitzuteilen, so wie du es auch bei mir getan und mir damit ein großes Geschenk gemacht hast. Du hast mir Fragen gestellt. Und so frage ich dich: Ist es wirklich wahr, dass Theo nicht mehr zu retten ist? So wie ich es verstanden habe, weist du ihn zurück, weil du die Erfahrung gemacht hast, dass ein Mehr an Zuwendung wie etwa Geld nicht gut war, weder für dich noch für ihn, da es ihn nicht zu einem verantwortungsvolleren Menschen gemacht hat. Diese Haltung erscheint mir absolut nachvollziehbar, und auch deine Verletzung. Er hat dich wieder und wieder enttäuscht und

zurückgewiesen. Vielleicht hast du für dich daraus den Schluss gezogen, Theo will deine Liebe gar nicht? Aber kannst du dir da absolut sicher sein? Ist das wirklich wahr? Dann frage ich dich, so wie du mich gefragt hast: Wie fühlst du dich bei diesem Gedanken? Und wie viel besser würdest du dich ohne diesen negativen Gedanken fühlen?
Und nun die Umkehrung: Was wäre die gegenteilige Wahrheit?
Ganz genau: Theo will deine Liebe! Und zwar so sehr, dass er wie ein kleines Kind so lange Rabatz macht, bis er die ersehnte Aufmerksamkeit bekommt. Vielleicht hat er gespürt, dass du deinen ersten Mann so viel mehr geliebt hast als seinen Vater. Und das hat ihn zutiefst verletzt. Aus seiner Sicht war die verlorene Ehe mit Theos Vater der Grund, warum du diesen totgeschwiegen hast. Theo fühlte sich offenbar zurückgesetzt und hat damals auch deswegen all die alten Fotos und Briefe verbrannt, wie er mir gebeichtet hatte.
Durch eine sehr weise Freundin habe ich gelernt, wie anders Wahrheiten aussehen können, wenn man seine Gedanken umdreht: Willst du Theos Liebe womöglich gar nicht? Oder gar die Liebe zu dir selbst?
All das sind nur Worte und ein paar simple, aber doch tiefgreifende Fragen. Du allein wirst sie beantworten können oder auch nicht. Denn du hast recht, es geht mich nichts an.
Wenn es wirklich verborgene Kräfte gibt, die uns

helfen, unseren Weg zu finden, haben sie mich wohl nicht ohne Grund zu dir geführt. Ich werde meinen Weg nun allein fortsetzen. Ganz gleich, ob unsere Begegnung für dich wertvoll war oder bedauerlich, ich danke dir aus tiefstem Herzen dafür, was du mir geschenkt hast.

Alles Liebe!
Deine Valerie

Nachdem ich den Brief auf der Kommode in der Diele abgelegt hatte, schlich ich mit meinem gepackten Rucksack hinaus. Anne war nirgends zu sehen. Vielleicht würde sie meine Entschuldigung annehmen. Zumindest hoffte ich es sehr.

Mit unendlich schwerem Herzen schaute ich mich noch einmal auf dem Hof um, suchte nach einem Zeichen, das mir Halt gab. Doch da war nichts.

Dann gab es nur noch eines zu tun, bevor ich meine Wanderung auf dem Heidschnuckenweg fortsetzte: Mich von Hagen zu verabschieden und ihm zu erklären, warum ich schon heute aufbrechen musste und nicht erst in ein paar Tagen. Ich hoffte, ihn zu Hause anzutreffen. Leider war es nicht unwahrscheinlich, dass er irgendwo in der Heide unterwegs war.

Mit weichen Knien betrat ich das Grundstück und ging auf den Eingang zu. Mehrere Fahrzeuge standen vor der Tür.

Gerade als ich klingeln wollte, öffnete sich die Tür. Vor mir stand Hagen mit einem älteren Herrn. Sie wollten offenbar gerade das Haus verlassen.

Als er mich mit Gepäck und Wanderschuhen vor seiner Tür sah, verfinsterte sich Hagens Gesicht. «Valerie», sagte er nur knapp. «Wir wollten gerade los.»

«Ich auch. Deswegen bin ich hier – um mich zu verabschieden.»

Hagen musterte mich kurz und sagte nur: «Ja, dann ...»

Ich wurde unsicher und sah entschuldigend zu seinem Gast, der vielleicht der Grund dafür war, warum er sich so reserviert gab.

«Ich melde mich bei dir, ja?», sagte ich schließlich und wollte ihn in die Arme schließen.

Doch er ging einfach an mir vorbei und sagte: «Mach's gut, Valerie.»

Dann stiegen die beiden in einen Pick-up mit dem Logo des VNP und fuhren los in Richtung Naturschutzgebiet.

Ich wusste gar nicht, wie mir geschah, und sah dem Wagen hinterher, wie er sich durch die sandigen Kurven kämpfte. Als er außer Sichtweite war, schüttelte ich ungläubig den Kopf und machte mich ebenfalls auf den Weg, ohne mich noch einmal umzudrehen.

Nur noch wenige Meter, dann hatte ich es geschafft. Nach eineinhalb Stunden Wanderung erreichte ich buchstäblich den Höhepunkt meiner Reise: den Wilseder Berg.

Ein breiter Weg mit nur leichter Steigung führte nach oben. Je weiter ich kam, desto beeindruckender wurde die Aussicht. Zum Glück schoben sich immer wieder kleine Wolken vor die Sonne, sodass die Mittagshitze trotz der Anstrengung gut auszuhalten war. Ganz oben fand sich kein Gipfelkreuz, sondern eine Art Plateau, in dessen Mitte ein Findling stand. In altdeutscher Schrift war darin eingemeißelt:

Wilseder Berg 169,2 m ü. M.
Verhindert Feuer
Haltet Sauberkeit

Ich hielt erstaunt inne angesichts dieser Mahnung. Auch wenn es wohl kaum der Erleuchtung diente, wirklich alles als Zeichen zu sehen, fragte ich mich unweigerlich, ob ich Schuld hatte an der Zuspitzung des Konfliktes zwischen Anne und Theo. Wäre alles anders verlaufen, wenn ich mich nicht zu Theo in die Küche gesetzt hätte? Hätte ich mich besser heraushalten sollen, obwohl Anne mir zuvor eine so lehrreiche und versöhnliche Lektion über bedingungslose Mutterliebe erteilt hatte?

Ich ließ mich auf einer Bank nieder und beobachtete nachdenklich die anderen Besucher. Einige zeigten Richtung Norden. Ich wurde neugierig und erkannte staunend: Hamburg! Die Sicht war so klar, dass man tatsächlich den Fernsehturm am Horizont erahnen konnte, obwohl er über 50 Kilometer entfernt lag.

Diese Station auf halber Strecke schien mir ein symbolischer Ort zu sein, der meine Vergangenheit von der

Zukunft trennen würde. So viel war passiert, seit ich meine Heimatstadt vor fast drei Wochen verlassen hatte. Nie hätte ich vorher gedacht, dass ich in dieser kurzen Zeit an meine Grenzen geraten und doch über mich hinauswachsen würde.

Ich hatte meine Tochter loslassen müssen und doch zurückgewonnen, auf eine ungeahnte Weise. Ich hatte meinen Ehepartner verloren, aber mich selbst gefunden. Aus der Ferne war ich sogar meiner Mutter nähergekommen. Vor allem aber war ich meinem Vater und dem Schmerz von damals wiederbegegnet, um ihn ein für alle Mal hinter mir zu lassen.

Vielleicht brauchte ich von nun an keine Therapeutin mehr. Und auch keine Behandlung mehr für meinen Tinnitus, dessen Botschaft ich jetzt vernommen hatte. Denn nahezu mein ganzes Leben lang war ich taub gewesen gegenüber meiner inneren Stimme. Erst die Reise durch meine Biographie und die Versöhnung mit ihr ermöglichte mir, die Stille zu nutzen und tief in mich hineinzuhören. Dank Anne hatte ich erfahren, dass wir alle mit Weisheit ausgestattet sind, der wir bloß etwas Achtsamkeit und Vertrauen schenken müssen.

Und doch war ich traurig, weil ich mir den Abschied aus Uhlendorf anders gewünscht hätte. Außerdem war ich enttäuscht, dass Hagen mir offenbar doch keine Zeit geben wollte, sondern mich zurückwies. Aber ganz gleich, was auch kommen würde, ich wollte meinen Weg mutig und zuversichtlich weitergehen.

Ich ließ den Blick über die wunderschöne Landschaft schweifen.

Als die anderen Besucher weitergezogen waren, holte ich mein Handy hervor, um wenigstens einen kleinen Ausschnitt von diesem magischen Ort festzuhalten. In welche Richtung man auch schaute, es fühlte sich an, als liege einem die Welt zu Füßen. Ich scrollte mich rückwärts durch meine Fotosammlung. Zwischen zahlreichen Landschaftsaufnahmen erschien oft meine lachende Tochter. Sie so fröhlich zu sehen, war einfach schön. Auch die Selfies, die wir bei unseren Ausflügen gemacht hatten, machten mich glücklich und stolz. Ich wünschte mir von ganzem Herzen, dass mich dieses tröstende Gefühl tragen würde, bis ich sie wiedersah.

Da waren auch Aufnahmen von Anne, die es nicht mochte, fotografiert zu werden. Trotzdem hatte ich ein paar Schnappschüsse von ihr und Marlies gemacht. Nur von Hagen und Henry hatte ich kein Bild. Doch im Stillen hoffte ich, nein, ich war mir sicher, ich würde sie alle eines Tages wiedersehen.

Von jeder Etappe hatte ich Bilder gemacht, und an jedem hing ein Gefühl. Das erste Foto meiner Tour auf dem Heidschnuckenweg hatte Jana in dem Café in Celle von mir gemacht. Wie anders alles gekommen wäre, wenn ich sie nicht getroffen hätte! Da fiel mir ein: Hatte sie mir nicht ihre Nummer gegeben? In meinem Notizbuch fand ich ihren Zettel und musste vor Dankbarkeit lächeln, als ich ihr eine Nachricht schrieb:

Liebe Jana,
ich weiß nicht, ob du dich noch an mich erinnerst:
Ich war Gast in deinem Café und möchte dir

unbedingt DANKE sagen für deinen Tipp mit dem Haus Annegret. Du hattest recht, die Wirtin ist sehr nett, und ich habe sie von dir gegrüßt. Auf dem Hof mit dem zauberhaften Garten, den Tieren und hübschen Zimmern habe ich mich sehr wohl gefühlt. Ich bin gleich mehrere Tage dort geblieben und habe viele wertvolle Erkenntnisse und Erfahrungen mitgenommen.
Herzliche Grüße
Valerie
PS: Falls dir etwas einfällt, wie ich dich auf deinem Weg genauso unterstützen könnte, lass es mich unbedingt wissen! ☺

Am frühen Abend kam ich in Undeloh an und fand auch gleich eine Pension mit freundlichen, recht jungen Inhabern. Ich aß reichlich und gut. An diesem Tag hatte ich etwa 15 Kilometer geschafft. Daran mussten sich meine Beinmuskeln erst einmal wieder gewöhnen.

Mein Zimmer war groß und freundlich eingerichtet, und doch fehlte mir etwas. Auch wenn ich es gar nicht wollte, stellte ich ständig unbefriedigende Vergleiche zum Haus Annegret an. Dabei verfügte das Zimmer sogar über Außenjalousien und einen modernen Fernseher. Ich stellte ihn an und nach zwei Minuten Tagesschau gleich wieder aus, nur um mich mit meinem Handy ins WLAN einzuloggen. Ich las noch einmal den Chatverlauf mit Frieda aus den letzten beiden Tagen durch, mit dem wir uns zwischen all den kurzen Telefonaten aneinandergeklammert hatten, und musste schmunzelnd den Kopf schütteln. Mal hatte sie gefragt, ob und wenn ja welche Handtücher sie mitnehmen sollte, mal fand sie ihre Handschuhe nicht. Es tat mir in der Seele weh, dass ich sie so kurz vor der Abreise nicht besser unterstützt hatte. Aber sie hatte es so gewollt, und ich wusste selbst: Es war tatsächlich einfacher für uns beide.

Jetzt in etwa begann das Boarding für den Flug mit dem A380. Also schrieb ich ihr eine vorerst letzte Nachricht:

> Liebes, ich wünsche dir einen entspannten Flug – das wird sicher ein tolles Erlebnis in diesem Riesending! Ich denke jede Sekunde an dich und weiß, ich wiederhole mich: Aber vergiss nicht, dich aus Dubai zu melden.
> Hab dich unendlich lieb, Mama

Ich ging auf «Senden» und drückte das Handy an meine Brust, so als könnte ich auf diese Weise meine Liebe und Sehnsucht mitschicken. Dann schnappte ich mir mein Tablet, um an meinem Text weiterzuarbeiten. Ich recherchierte über den Totengrund und Wilsede, wo ich in einem Lokal mit dem Namen «Milchhalle» zu Mittag gegessen hatte. Ich erfuhr, dass man das museumsähnliche Dorf dort tatsächlich nur zu Fuß, per Fahrrad oder Kutsche erreichen konnte. Der Totengrund, die Wiege des 1921 eingerichteten Naturschutzgebietes Lüneburger Heide, war 30 Hektar groß und von Pastor Wilhelm Bode mit Spendengeldern erworben worden, um die einzigartige Schönheit dieser Landschaft zu bewahren. Vermutlich stammte der Name von den Heidebauern und verwies auf den heidetypisch kargen und trockenen Boden.

Ich sah nochmals auf die Karte, um den Weg, den ich von Uhlendorf aus gegangen war, zurückzuverfolgen. Das Grab meines Vaters lag gar nicht weit von diesem schönen Tal entfernt. Dieser Gedanke hatte etwas sehr Tröstliches für mich. Trotzdem spürte ich einen Stich, als ich weiterlas:

> Heute gehört der Totengrund zum Eigentum des 1909 gegründeten Vereins Naturschutzpark e. V. (VNP). Er übernahm diese und weitere Flächen und pflegt sie noch heute.

TAG 20

Das Frühstücksbuffet am Morgen war zwar reichhaltig und vielseitig. Aber ich hatte gar keinen großen Appetit. Wenn man ein Mal im Haus Annegret gewohnt hatte, erschien jede Alternative im Vergleich irgendwie lieblos und unpersönlich. Nach dem Auschecken stattete ich dem Heide-Erlebniszentrum einen Besuch ab und erfuhr unter anderem, wie vor Tausenden Jahren die heutige Landschaft von Eis und Wind geformt wurde und sich aus dichtem Wald die Heide entwickelt hatte. Im angeschlossenen Café stattete ich mich noch mit Proviant aus, dann begab ich mich direkt auf die nächste Etappe Richtung Handeloh.

Auf dem Weg malte ich mir ununterbrochen Annegrets Hofcafé in leuchtenden Farben aus. Dort würden die leckersten Torten und Kuchen weit und breit auf der Karte stehen, dazu frisches Landbrot mit Kräuterpesto aus dem eigenen Garten. Auch Marmeladen, Säfte und Honig gehörten dazu, in niedlichen Einmachgläsern mit einem hübschen, aber dezenten Logo darauf. Die Möbel des Cafés waren bunt zusammengewürfelt, aber allesamt antik und ansprechend, vielleicht sogar farbig aufbereitet. Auf den Tischen und an den Fenstern fanden sich liebevoll genähte Tischdecken und Vorhänge, deren Farben mit den Rosensträußen aus Annes Garten harmonierten. Das Geschirr wiederum stand ganz im Zeichen der Besenheide. Und ich fragte mich, ob es ein Zufall war, dass ich ausgerechnet in dem Jahr hierhergekommen war, in dem die Heide von der Loki-Schmidt-Stiftung zur Blume des Jahres gekürt wurde, um für den Schutz der Artenvielfalt in ihren Lebensräumen zu werben.

Unterschiedlichste Charaktere konnten sich in der Heide offenbar besonders gut entfalten. Die Weite, die auch hier auf dem Weg ein ständiger aber unaufdringlicher Begleiter war, schien das widerzuspiegeln. Ich dachte an Annes Töpferei und daran, dass ich sie mir so gerne noch von ihr hätte zeigen lassen wollen. Und ich dachte an Hagens Bienenstöcke, deren Betreuung eine so viel erfüllendere Aufgabe sein musste, als Pilateskurse oder Workshops zur kreativen Entfaltung in klimatisierten Seminarräumen zu besuchen.

Bei der Vorstellung, bald wieder zehn Stunden täglich an meinem Schreibtisch in der Hafencity zu sitzen, überkam mich Beklemmung. Sosehr ich Caro und unseren Austausch auch vermisste, die Aussicht, durch unsere Chefin gemaßregelt und gegängelt zu werden, nagte sehr an meiner Vision von einem schöneren Leben. Burnout, Tinnitus und Depressionen sollten einfach keinen Platz mehr darin haben.

Irgendwann hinter der Ortschaft Wesel gelangte ich in ein Waldgebiet, das ganz anders war als alles, was ich bislang auf der Strecke gesehen hatte. Mein Reiseführer verriet mir, dass ich im märchenhaften Seevetal angekommen war. Der schattige Pfad schlängelte sich entlang eines kleinen Flusses. Fehlte nur noch, dass zwischen den Farnen Waldwichtel hervorlugten und über dem plätschernden Wasser Elfen emporstiegen und von magischem Glitzer umhüllt durch die Luft tanzten. Womöglich kam mir sogar noch ein Märchenprinz mit einem passenden Schuh entgegengeritten.

Bei der nächsten Bank legte ich eine Pause ein, knabberte Studentenfutter und suchte in meinem Notizbuch nach den Punkten, die mich am meisten an Annes empfohlener Lektüre beeindruckt hatten. Einer davon benannte das tiefste Geheimnis des Lebens: Das Leben sei kein Entdeckungs-, sondern ein Schöpfungsprozess. Der Mensch solle sich nicht selbst finden, sondern sich neu erschaffen. Denn man könne immer von neuem wählen, wer man sein möchte.

Hatte ich das jemals getan?, fragte ich mich. Hatte ich mich jemals wirklich gefragt, wer oder was ich sein möchte, statt immer bloß danach zu suchen, wer ich war?

Dieser Gedanke ließ mich nicht mehr los. Ich schaute zurück auf den Weg, den ich gekommen war, und dann in die Richtung, in die ich gehen würde. Bislang hatte ich immer angenommen, Selbstfindung sei das Maß aller Dinge, wenn es um die persönliche Weiterentwicklung ging. Denn jeder, der im Leben vorankommen wollte, war auf einem Selbstfindungstrip, gönnte sich eine Therapie für die Innenschau und lernte, besser auf seine Bedürfnisse zu achten. Daran war sicher nichts Schlechtes. Durch meine Reise aber hatte ich eine Ahnung davon bekommen, dass wahre Erfüllung und Leichtigkeit wohl nicht zu haben waren, indem man sich selbst immer und immer wieder dieselbe leidige Geschichte seines Lebens erzählte. Wie sollte sich wirklich etwas ändern, wenn die Gedanken immer um dieselben Probleme kreisten? Wie konnte man ein besserer Mensch werden, wenn man sich zum Mittelpunkt der Welt machte, ohne der Welt in irgendeiner Weise zu «dienen»?

Wie gerne hätte ich jetzt mit Anne über diese Fragen gesprochen! Sie hätte sicher kluge Antworten gehabt.

So lange war ich auf dem Entdeckungspfad gewesen, der vor allem in meine schmerzende Vergangenheit geführt hatte. Jetzt wollte ich meinen Blick endlich nach vorne richten, Antworten finden und im Hier und Heute das leben, was mir wirklich am Herzen lag.

Ich ging in gleichmäßigem Tempo weiter und versuchte, mich auf meinen Atem zu konzentrieren.

Wenn ich zu meiner inneren Weisheit finden würde, dann hier in der Stille, dachte ich, und mir fiel Annes Rat wieder ein, man müsse nur gute Fragen stellen und in positiver Erwartung sein. Früher oder später käme dann eine Antwort. Eine Antwort, die als die innere Führung zum Urvertrauen verstanden werden konnte.

Das klang eigentlich zu schön, um wirklich zu funktionieren.

Ich seufzte tief und fragte laut: «Liebes Universum,

oder wer immer auch zuhört, wie führe ich ein erfülltes, glückliches Leben?»

Unsicher sah ich mich um, ob irgendwo eine Antwort lauerte. Schließlich hatte ich gelernt, dass die Lösung auch in Form von Hinweisen, Assoziationen, Träumen oder intuitiv kommen konnte. Jedenfalls hörte ich keine Stimme, die mir erzählte, was ich mit meinem Leben anfangen sollte. Auch alle Achtsamkeitsübungen, die ich daraufhin noch einmal durchspielte, indem ich mich auf meine Sinne konzentrierte, brachten mir keine Erleuchtung.

Ich merkte, wie mich der altvertraute Frust überkam, und dachte wieder missmutig, wenn es so einfach wäre, würde es ja jeder machen. Dabei hatte ich so viele Fragen. Ich wollte wissen, ob ich meinen Job kündigen sollte oder nicht. Ob ich schreiben oder etwas ganz anderes tun sollte. Ob ich auf dem Land oder in der Stadt leben sollte. Ob ich einen Kurs für Meditation belegen und Yoga doch noch mal eine Chance geben sollte. Auch wollte ich wissen, ob ich Anne noch einmal besuchen sollte.

Am meisten aber beschäftigte mich die Frage, ob ich Simon direkt um die Scheidung bitten oder diese hinauszögern sollte. Und auch, ob ich schon bereit war, mich auf einen anderen Mann einzulassen. Ob es an der Zeit war, endlich eine echte, authentische Beziehung auf Augenhöhe zu führen.

Urplötzlich wurde der Weg lichter und führte mich aus dem Märchenwald heraus. Ich ging weiter an Wiesen und Feldern vorbei, bis ich irgendwann wieder auf eine kleine Heidefläche stieß, auf der eine Heidschnuckenherde graste, begleitet von zwei Hütehunden.

Lächelnd blieb ich stehen und betrachtete fasziniert den kitschig schönen Anblick. Ich setzte mich auf einen kleinen Findling und trank mein Wasser leer. Die Karte zeigte, dass ich schon bald in Handeloh ankommen würde. Ich lehnte mich an den Stein und genoss die Sonne. Auch wenn ich leider nicht mit einer Eingebung oder Vision belohnt worden war, war meine Welt jetzt und hier in Ordnung. Ich schloss meine Augen und atmete tief durch.

Und dann war sie plötzlich da – die Antwort! Vollkommen überraschend. Vor meinem geistigen Auge tauchte plötzlich ein Buchcover auf, das grasende Heidschnucken entlang eines Weges zeigte, von dem ich natürlich sofort wusste, welcher es war. Ungläubig riss ich die Augen auf, um mich zu vergewissern, dass um mich herum noch alles real war. Dann atmete ich noch einmal tief durch und versuchte mich wieder auf dieses innere Bild zu konzentrieren. Es bestand kein Zweifel – mein Unterbewusstsein, Gott oder wer auch immer zeigte mir überdeutlich mein wahres Herzensprojekt. Ich holte tief Luft, atmete schwer aus und beschloss, Tessa bei Abgabe meiner Reportage auch meine Kündigung zu überreichen! Ich wollte mich meinem Roman widmen können. Ich würde ihr vorschlagen, weiter frei für sie zu arbeiten. Und ich wollte ihr danken, dass sie mich überhaupt auf diese Reise geschickt hatte.

Dann hörte ich von irgendwoher ein leises Piepsen. Ich hob den Kopf und war auf einmal erfüllt von Glückseligkeit. Auf einem Wegweiser tanzte ein Zaunkönig. Womöglich regte er sich darüber auf, dass ich in seinen Lebensraum vorgedrungen war. Für mich aber war er ein Sinnbild dafür, dass nun etwas Neues begann.

Ich wollte noch eine Weile in der Sonne dösen und dieses Glücksgefühl genießen, als der Frieden plötzlich von einem Motorengeräusch gestört wurde. Ich blinzelte, weil mich die Sonne blendete. Dann sah ich, dass mir das Universum offenbar noch ein deutliches Zeichen schickte. Denn der Wagen, der langsam auf mich zugerollt kam, sah fast genauso aus wie der, der mich vor gar nicht langer Zeit - und doch, als wäre es in einem früheren Leben gewesen - in einem Unwetter aufgelesen hatte. Der Geländewagen stoppte.

Mein Herz zersprang beinahe, als ich sah, wer ausstieg.

«Ist man vor dir denn nirgends sicher?», fragte ich Hagen kopfschüttelnd.

«Solange du hier in der Heide rumirrst, nicht!» Er trat einen Schritt näher, sodass ich aufschauen musste und nun erst recht von der Sonne geblendet war. Gerade als ich mich erheben wollte, ließ Hagen sich einfach neben mir auf dem Findling nieder und schaute mich von der Seite an. Ich meinte, ein leichtes Grinsen in seinem Gesicht ausmachen zu können. Sein Groll war offenbar verschwunden.

«Bist du zufällig hier, oder hast du mich etwa gesucht?», wollte ich wissen.

«Rein zufällig natürlich», entgegnete er mit Ironie in der Stimme, deren Klang ich so gerne hörte.

«Und wie hast du mich so *rein zufällig* gefunden?»

«Ich kenne fast jeden Gastgeber in der Umgebung. Und weit konntest du ja nicht gekommen sein in deinem Schneckentempo.»

Ich verzog die Mundwinkel und wollte schon protestieren. Doch Hagen kam mir zuvor, indem er mit etwas ernsterer Miene sagte: «Anne schickt mich.»

«Ach so?» Ich fühlte gleichzeitig Erleichterung und Enttäuschung.

«Es tut ihr leid. Wenn du möchtest, sollst du zurückkommen.»

Ich starrte ihn an und fand keine Worte.

Hagen redete weiter, und ich versuchte, jedes einzelne Wort aufzunehmen, obwohl meine Aufmerksamkeit immer wieder zu seinen stoppeligen Grübchen wanderte. Er erklärte, dass Marlies Anne von meinen Ideen berichtet habe, wie man dem Haus Annegret und der Scheune zu neuem Glanz und mehr Ertrag verhelfen könnte.

«Aber was ist mit deinem Trecker?», fragte ich, weil mir nichts noch Dämlicheres einfiel.

Hagen verstand die Frage offenbar nicht einmal. Jedenfalls kräuselte er seine hohe Stirn mit den attraktiven grauen Schläfen. «Ach, es gibt so viele andere Möglichkeiten, meinen Kram unterzustellen», erklärte er schließlich. «Beim VNP zum Beispiel. Ich hab das auch nur eingefädelt, um Annes blöden Stolz auszutricksen. Sie würde sonst nie freiwillig Geld von mir nehmen, obwohl sie jeden Cent gebrauchen kann.»

Ich schmunzelte und fühlte mich bestätigt in meinem

Eindruck, dass Hagen ein wirklich großzügiger und empathischer Mensch war. Dann wurde auch ich wieder ernst. «Und was ist mit Theo? Habt ihr auch darüber gesprochen?»

Er runzelte die Stirn.

«Na, weißt du, ob sie noch mal mit ihm reden will?»

«Von mir aus kann der ruhig wegbleiben!»

Ich sah Hagen strafend an und hoffte auf eine befriedigendere Antwort.

Er zuckte mit den Schultern «Ich glaube, sie haben telefoniert. Und er kommt wohl noch mal vorbei, schon allein wegen seiner Sachen.»

Ich nickte. Das wäre ein Anfang, hoffte ich.

«Aber sie hat mir noch etwas viel Wichtigeres verraten», erklärte Hagen.

Ich sah ihn fragend an.

«Dass zwischen Theo und dir gar nichts läuft.»

Ich lachte auf, so überrascht war ich. «Natürlich nicht. Wie kommst du darauf?»

Und dann erfuhr ich, warum Hagen so abweisend gewesen war. Er hatte gesehen, wie Theo mich geküsst hatte.

«Und ich dachte schon, du bist sauer, weil ich dir gesagt habe, dass ich noch ein bisschen Zeit brauche», sagte ich leise und griff nach Hagens Hand.

Obwohl er zu Boden sah, konnte ich erkennen, dass er lächelte. Er hielt meine Hand fest und fragte ebenso leise: «Und wie viel ist *ein bisschen*?»

Ich lächelte und stellte die Gegenfrage: «Wann genau ist noch mal die Mondfinsternis?»

«Nächste Woche Freitag.»

«Okay», sagte ich, «das dürfte reichen, um mein Leben in Ordnung zu bringen.»

Wir lächelten uns an und küssten uns. Innig.

NACHWORT VOM WEGESRAND

Diese Geschichte ist frei erfunden, und doch könnte sie nahezu jeder von uns genau so erleben. Denn es gibt ihn wirklich, den Heidschnuckenweg, der vollkommen zu Recht unlängst zum schönsten Wanderweg Deutschlands gekürt wurde. Er erstreckt sich von Hamburg, dem Tor der Welt, durch die zeit- wie endlos erscheinende Heide bis in die schöne Altstadt am Celler Schloss.

Für dieses Buch durfte ich meiner Heldin Valerie auf ihrem Weg folgen. Auch wenn ich hier und da die Reihenfolge abgewandelt und Orte und Personen dazuerdacht habe, ist die magisch anmutende Erfahrung, mit jedem Schritt immer mehr zu sich zu finden, eine authentische.

Eine Wanderung wie diese ändert vielleicht nicht ein ganzes Leben, aber den Blick auf das eigene Leben allemal. Auf einem solchen Weg drängen sich Vergleiche geradezu auf. Zu Beginn ist da ein Zauber aus Vorfreude, aber auch Verunsicherung. Schönes wechselt sich ab mit Dingen, auf die man nicht vorbereitet ist, die einen ins Stolpern geraten lassen oder gar in die Knie zwingen und ans Aufgeben denken lassen. Stillstand ist keine Option, und so muss man sich immer wieder neu verorten, Anregungen von Reiseführern und Weggefährten abwägen, immerfort Entscheidungen treffen und die Konsequenzen mitschleppen – im Gepäck die mitunter drückende Biographie.

Und doch lohnt sich aller Mut und jede Mühe. Denn das, was am Ende herauskommt, ist eine gewachsene Persönlichkeit, eine gefestigte Identität auf der einen Seite. Auf der anderen Seite Demut und Dankbarkeit der nie präsenteren schönen Natur gegenüber. Und in der Mitte die Erfahrung, ein Teil davon sein zu dürfen. In dieser tief empfundenen Verbundenheit hören wir plötzlich unsere innere Stimme, lernen ihr zu vertrauen und finden wieder in die Schöpferkraft, mit der wir ursprünglich in dieses wundervoll verrückte Leben gestartet sind. Mögen all unsere Schritte im höchsten Sinne aller Tiere, Menschen und Pflanzen wirken ...

Sofie Cramer, im März 2019

Folgende Quellen waren mir beim Schreiben eine Hilfe:

Gespräche mit Gott von Neale Donald Walsch
Lieben was ist – Wie vier Fragen Ihr Leben verändern können von Byron Katie
The Secret von Rhonda Byrne
www.bispingen-touristik.de
www.heidschnuckenweg.de
www.lüneburger-heide.de

Weitere Titel von Sofie Cramer

All deine Zeilen

Der Himmel kann warten

Der Himmel über der Heide

Honigblütentage

iLove

SMS für dich

Was ich dir noch sagen will

Titel von Sofie Cramer und Sven Ulrich

Ein Tag und eine Nacht

Herz an Herz

Titel von Sofie Cramer und Kati Naumann

Nachtflug

MIX
Papier aus verantwortungsvollen Quellen
FSC® C083411

Das für dieses Buch verwendete Papier ist FSC®-zertifiziert.